크라이스트 클론

크라이스트 클론

1권 복제 예수의 탄생

초판1쇄 인쇄 | 2003년 7월 1일
초판1쇄 발행 | 2003년 7월 4일

지은이 | 제임스 보사이너
옮긴이 | 유영일
펴낸이 | 신성모

편집 | 정종화, 김윤창, 김영미
영업·홍보 | 최승필
관리 | 이영하

펴낸곳 | 북&월드
등록 | 2000년 11월 23일 제10-2073호

서울시 서대문구 창천동 68-68 기린하우스 A동 501호
전화 (02) 326-1013 팩스 (02) 326-0232
이메일 onlybook@hanmail.net

ISBN 89-90370-50-7 03840
      89-90370-49-3 03840 (세트)

ⓒ북&월드, 2003. Printed in Seoul Korea

• 책값은 뒤표지에 표기되어 있습니다.
• 파본은 구입하신 서점에서 교환해 드립니다.

1

복제 예수의 탄생

크라이스트 클론

제임스 보사이너 지음 · 유영일 옮김

THE CHRIST CLONE

북&월드

다른 서스펜스 스릴러와 마찬가지로 《크라이스트 클론》 역시 사실을 기반으로 하지만 있는 그대로의 사실은 아니라는 것을 머릿속에 담아두시기 바랍니다. 또한 마지막 책장을 덮기 전까지는 전체 스토리가 어떻게 전개될 것이라고 지레 짐작하지 말아주시길 단단히 부탁드립니다. '복제 예수'에 관한 이야기라고 하면 상당수의 크리스천들이 어떤 식으로 반응할지, 저 자신 그렇게 둔감한 사람은 아님을 미리 말씀드립니다.

읽으실 때 다음의 사항을 마음에 담아둔다면 책 읽는 기쁨이 배가 될 것이라 믿습니다. 하나, 등장인물 중 누군가가 저자를 대변한다고는 추측하지 말아주십시오. 둘, 저는 냉정한 기자의 입장에서 스토리를 전개하고 대화를 기록하고자 했을 뿐 스토리의 진실성에 대한 판단이나 주석이나 방향을 제시하는 일은 삼가려고 애썼습니다. 특히 크리스천 독자 여러분은 인내심을 갖고, 전도서 7장 8절의 「일의 끝이 시작보다 낫다」는 구절을 되새겨주시기 바랍니다.

여러분의 종교적 신념에 상관없이, 저의 진심과 열의를 담아 《크라이스트 클론》으로 여러분을 초대합니다.

– 제임스 보사이너

차 례 ·

이것들은 유령들인가, 아니면 장차 일어날 일들의 조짐인가?

– 찰스 디킨스, 《크리스마스 캐롤》

1
적시적소에

1978년 9월 27일   테네시 녹스빌

– 데커 호손.

막 자기 이름을 쳐넣은 그는, 키보드 위에서 손길을 멈추었다. 눈으로는 마지막으로 틀린 곳은 없는지, 몇 마디 더 첨가할 사항은 없는지, 문장을 더 다듬을 데는 없는지를 확인하기 위해 사설을 재빨리 훑었다. 그는 그냥 원고를 넘겨야겠다고 결심했다. 최종 마감은 이미 지난 시각이었고, 신문은 인쇄기에 걸린 상태였고, 게다가 비행기를 잡아타야 했다.

녹스빌 사무실을 떠나면서, 그는 문 바깥에 걸린 현수막을 똑바로 해놓기 위해 잠시 멈춰 섰다. 그가 발행하고 있는《녹스빌 엔터프라이즈(Knoxville Enterprise)》는 규모는 작지만 성장하고 있는 모범적인 주간지였다. 그는 처음에 작은 자본으로 겁 없이 신문사를 시작했었다. 천진난만한 생각이었다는 것은 살아남기 위해 고투하고 있는 작금의 사정을 보아도 너무나 뻔했다. 그나마 버틸 수 있었던 것은, 데커의 적극적인 성격으로 인해 두 개의 다른 지방 일간지보다 특종을 내는 경우가 잦은 탓이었다. 한 번은 전국적인 특종을 내기도 했다. 운명을 두려워하지 않고 덤벼들면 기대 이상으로 성과를 올리는 경우가 적지 않았다. 그럼에도 얻는 경우보다는 잃는 경우가 더 많았지만, 데커는 만사에는 적절한 때와 장소가 있다는 것을 믿고 싶어했다. 벌써 공항에 도착했어야 할 시각이었지만 그는 이제야 나서는 중이었다.

「비행기 놓치겠어요.」

차를 대기해놓고 기다리고 있던 아내 엘리자베스가 외쳤다.

「다 됐소. 차를 출발시켜요.」

「이미 굴러가고 있는 중이에요. 난 당신을 잘 알아요.」

그들은 겨우 3분을 남겨놓고 공항 입구에 도착할 수 있었다. 데커는 엘리자베스와 함께할 수 있는 시간을 비행기 안에 앉아서 1초도 허비하고 싶지 않았다. 신혼 3개월째인 그로서는 2주일이나 신부를 떠나 있어야 한다는 사실이 내키지 않았지만, 결국 신부를 남겨둔 채 비행기에 올랐다.

비행기가 활주로를 뜨자, 데커는 녹스빌의 남쪽 외곽에 자리한 알코아 시의 전경을 내려다보았다. 저 아래로 알코아의 공원들 중 하나의 끝자락에서 자신의 작은 집을 찾아낼 수 있었다. 서서히 멀어지는 광경이 그의 마음을 적잖이 심란하게 했다. 데커에게는 유독 여행으로 보낸 시간이 많았다. 소년 시절에는 가족과 함께 군대 주둔지를 따라 이리저리 옮겨 다녔다. 1년 반 동안이나 히치하이크를 하며 미국과 캐나다를 여행한 적도 있었다. 그런 다음 4년은 군대에서 보냈다. 마음 한편으로 고단한 인생이라는 느낌이 없지 않았다.

한 번도 집다운 집을 가져본 적이 없었으니 말이다. 하지만 다른 한 편으로는 축복받은 인생이라는 느낌도 들었다. 떠돈다는 것은 결코 좋은 일이 못 되지만 자기 스스로 원해서 떠나는 것은 멋진 일이었다.

*

　예정 시각보다 늦게 뉴욕에 도착하는 바람에 데커는 이탈리아의 밀라노 행 비행기 편에 맞추느라 사뭇 뛰지 않으면 안 되었다. 출구 가까이에 이르자 낯익은 얼굴을 찾아 두리번거렸지만 아무도 보이지 않았다. 사실 첫눈에도, 출구 가까이에는 아무도 없었다. 데커는 창문을 내다보았다. 거기에 비행기가 있었고, 바로 그 순간 제트 엔진이 요란하게 돌아가기 시작했다. 그는 비행기로 이어지는 붉은 카펫이 깔린 길을 요란스레 뛰어 내려가다가 공항 여직원과 거의 부딪칠 뻔했다.
　「저 비행기를 타야 해요!」
　그는 그 여성을 향해 〈제발 날 좀 도와달라〉는 간절한 표정을 지어 보였다.
　「승차권은요?」
　「여기 있소.」
　그는 티켓을 넘겨주었다.
　「짐은 있나요?」
　「이게 전부요.」
　그는 휴대하기에는 다소 무거워 보이는 가방을 들어 보였다.

비행기가 실제로 움직였던 것은 아니어서, 조종사에게 알린 다음 기다리게 하는 것은 그리 어려운 일이 아니었다. 재빨리, 그러나 진심에서 감사하다는 말을 던진 후, 데커는 비행기에 올라 자기 좌석으로 향했다.

거의 모두가 아는 얼굴들이었다. 그의 오른편에는 팀의 리더인 존 잭슨이 있었다. 몇 좌석 뒤에는 에릭 점퍼. 둘 다 콜로라도 스프링스에 있는 공군사관학교 출신이었다. 잭슨은 박사였고, 레이저와 소립자 빔 분야에서 널리 인정받고 있었다. 점퍼 역시 박사였고, 열역학, 공기역학, 열 교환 분야의 엔지니어였다. 사실, 비행기에 탄 거의 모두가 박사였다. 40명이 넘는 과학자, 기술자, 보조원들이 탑승하고 있었다. 그가 눈인사를 건네자 많은 이들이 대화를 중단하고 환영의 미소를 지어 보이거나 비행기를 놓치지 않아서 다행이라는 말을 건넸다.

데커는 자기 좌석으로 가서 앉았다. 해리 굿맨 교수가 그를 환영해주었다. 작달막한 체구의 교수는 엉성한 옷차림에 안경을 코끝에 걸치고는 예의 〈송충이 눈썹〉을 치뜨며 그를 올려다보았다.

「기립박수로 자네를 맞아야 하나 어쩌나, 고민하고 있었다네.」

「놓치지 않으려고 죽자 사자 뛰었어요. 본의 아니게 거창한 입장이 되어버렸네요.」

굿맨 교수는 데커를 팀에 연결시켜 준 고리였다. 데커가 의과대학 예과생이었을 당시 굿맨은 담당 생화학 교수였다. 2학년 때 데커는 굿맨의 연구조교로 일했다. 굿맨은 누구에게 붙임성 있게 구는 사람이 아니었는데 데커와는 많은 대화를 나눴다. 그래서 데커는 그에게 각별한 정을 느꼈다. 그 해 늦게, 굿맨은 날이 갈수록 침울해져갔고,

그와 함께 굿맨이 교수직에서 밀려날 것이라는 소문이 떠돌았다. 데커는 굿맨이 〈당장 행하고, 허락은 나중에 받아도 된다〉는 식으로 일처리를 하기 때문에 학장의 눈 밖에 난 것으로 여겼다. 다음 학기에 굿맨은 UCLA로 자리를 옮겼고, 그 후엔 만나지 못했다.

데커는 그런 일들과는 상관없이, 전공을 저널리즘으로 바꾸었다. 하지만 그는 여전히 과학 잡지의 열렬한 팬이었다. 1978년 7월 어느 날 그는 과학 잡지에서, 많은 이들이 예수 그리스도의 것이라고 믿는 〈튜린의 수의(壽衣)〉를 검사하러 미국의 과학자 팀이 파견된다는 기사[1]를 읽게 되었다. 그는 그동안 수의에 대한 애기를 듣긴 했지만, 순진한 교인들의 주머니를 털기 위한 종교적인 사기극 정도로 치부해버렸다. 하지만 이번에 난 소식은 널리 애독되는 유력한 과학 잡지의 보도이고 보니, 조금 달리 생각지 않을 수 없었다.

처음에는 단지 믿기지 않는 흥밋거리에 지나지 않았지만, 과학자들의 명단 속에서 해리 굿맨 교수의 이름을 발견하고 나자 더욱 흥미가 솟았다. 이건 도대체 이해할 수 없는 일이었다. 굿맨은 예전에 드러내놓고 무신론자임을 표방했었기 때문이다. 그렇다면 엄밀한 의미에서의 무신론자가 아니었단 말인가. 그럴 리 없었다. 여러 면에서 굿맨은 불가지론자였다. 그의 연구실에는 두 장의 전단이 붙어 있었다. 첫번째 것에는 삐뚤빼뚤한 글씨로, 〈굿맨의 제1성취 법칙 : 두 점 사이의 최단거리는 규칙을 빙 돌아서 가는 데에 있다〉라고 쓰여 있었고, 이건 명백히 학장이 반기지 않을 성질의 것이었다. 두번째 포스터에는 한마디로 1960년대 후반의 어질어질한 청년 문화를

---

1) B. J. 컬리튼, 〈튜린의 수의, 그 미스터리에 관한 20세기 과학의 도전〉, 《사이언스》, 1978. 7. 21, pp.235~239.

떠올리게 하는 내용으로, 〈나는 생각한다, 고로 나는 존재한다고 나는 생각한다〉라고 쓰여 있었다. 자기 존재에 대한 불확실성과 신에 대한 불신으로 인해, 굿맨은 자신을 〈체질상으로는 무신론자, 실제적으로는 불가지론자〉라는 말로 표현한 터였다. 그러니 굿맨 같은 사람이 〈튜린의 수의〉를 연구하기 위한 우스꽝스러운 탐험대에 끼어들었다는 것이 어찌 의아스럽지 않겠는가?

기억을 더듬어보면, 옛 친구인 탐 도나핀의 전화가 없었더라면 데커는 이 팀에 낄 수 없었을 것이다. 매사추세츠 주 월탐에서 《쿠리어(Courier)》지의 리포터로 일하는 탐이 전화를 걸어와, 은행의 횡령 사건에 대해 기사를 쓰고 있다면서, 1978년 당시 녹스빌을 떠들썩하게 했던 이야기를 해달라고 했다. 한참 은행 사건을 이야기한 후, 탐은 《사이언스(Science)》에서 그 기사를 보았느냐고 물었다.

「응, 봤어. 그런데?」

「송충이 눈썹이 거기 올라 있는 게 흥미롭지 않아?」

탐이 웃음을 터뜨리며 말했다.

「우리의 늙은 교수님이 확실해? 난 모르겠어. 사진이 실린 건 아니니까.」

「처음엔 나도 그럴 리가 없다고 생각했지. 하지만 몇 가지 체크를 해보니까, 교수님이 맞더라고.」

「그런 데에 바로 기사감이 있는 거겠지. 종교를 파는 행위 말이야.」

「탐험대의 저변에는 그런 게 있을 수 있겠지. 하지만 보안이 보통이 아니야. 몇몇 사람을 붙들고 캐보려 했지만, 씨도 안 먹혀. 그자들은 탐험대의 보도를 리포터 한 사람에게만 제한하고 있어. 《내셔널 지오그래픽(National Geographic)》[2] 기자 말이야.」

「나에게는 일종의 도전장같이 들리는데 그래.」

데커가 말했다.

「불가능하단 뜻은 아냐. 쉽지 않을 거란 얘기지.」

데커는 만약 그 기사감을 노린다면 어떻게 접근해야 할지를 생각해보았다. 누가 됐든 규칙을 만든 사람과 직접 부딪쳐보는 수밖엔 없을 것 같았다. 그런데 도대체 왜 오직 한 사람만의 저널리스트란 말인가? 그러한 조건 속을 테네시 주 녹스빌의 무명에 가까운 주간지가 어떻게 뚫고 들어가겠는가? 그로서 할 수 있는 최선은 굿맨을 통하는 것뿐이었다.

그 다음 3주 이상 동안 데커는 옛 교수와 선을 대려고 여러 차례 시도했지만 허사였다. 굿맨은 일본 어딘가에서 칩거 중이라고 했다. 아내인 마르타조차도 그가 어디에 있는지 감을 잡지 못했다. 그렇다면 우격다짐으로 밀고 나가는 수밖엔 다른 도리가 없었다. 그는 코네티컷 주의 노리치 행 비행기를 예매하고는 수의 팀이 노동절 주말에 모이기로 되어 있는 호텔에 방도 잡아두었다. 그리고 정세를 살피기 위해 하루 전에 미리 도착해서 일행을 기다렸다.

다음날 아침, 데커는 호텔의 다이닝 룸 중 하나가 50명이 식사하도록 되어 있다는 사실을 알아냈다. 웨이터에게 물어보니 수의 팀이 모이기로 된 장소임에 틀림없었다. 몇 분 후 멤버 중의 한 명이 처음으로 룸으로 들어갔다. 그 짙은 눈썹만 보아도 틀림없었다.

---

2) 탐험대의 결과에 관한 기사로는 K. F. 위버의 〈수의의 미스터리〉, 《내셔널 지오그래픽》, 1980. 6, pp.729~753.

「굿맨 교수님.」

데커가 다가가 오른손을 내밀며 말을 붙였다. 굿맨은 어리둥절한 눈치였다.

「호손입니다.」

데커가 앞질러 말했다. 굿맨은 기억을 더듬는 듯했다.

「테네시 대학에서…….」

그가 덧붙이자, 그제야 녹색 눈동자에 알았다는 인지의 빛이 나타났다.

「아, 맞아, 호손! 자네가 여기 웬일인가? 코네티컷 주에서 뭘 하고 있어?」

데커가 대답을 하기도 전에 다른 사람이 방으로 들어와서는 「해리 굿맨!」 하고 외치며, 그들이 서 있는 곳으로 다가왔다.

「지난밤엔 어디 있었나? 함께 식사라도 하려고 전화했었는데.」

굿맨은 대꾸하지 않고, 데커의 소개부터 했다.

「돈 스탠리 교수, 여긴 데커 호손이네. 테네시 대학에 있을 때 내 연구조교였다네.」

스탠리 교수는 데커를 잽싸게 훑어보고는 손을 잡고 흔들었다. 그러고는 다시 굿맨에게로 시선을 돌리고 말했다.

「구원의 손길을 간절히 기다리더니 호손을 다시 연구보조로 쓰시겠다 이거군. 쯧쯧, 창피한 줄 좀 알아.」

그러더니 그는 데커를 한 번 훑어보고는 다시 말했다.

「내가 보기엔 과분한 그릇인 것 같은데?」

「물론이지.」

굿맨이 애석하다는 듯 대꾸했다.

「불행하게도 너무 과분하다네. 자네가 말하는 건 다른 친구야.」

「오, 맞아. 그러니까 그 친구에게 차였군 그래. 안 그래?」

스탠리가 낄낄거리자, 굿맨은 어깨를 으쓱해 보이며 말했다.

「어쨌든, 그 친구는 이탈리아의 튜린까지 비행기 값을 들여서 가봐야 〈들거위 사냥〉처럼 헛물만 켜기 십상이라고 생각한 모양이야.」

데커는 잠시도 흘려들을 수가 없었다. 연구보조원으로 갈 수만 있다면 얼마나 좋은 기회인가. 리포터를 또 한 사람 써달라고 하기보다는 그 편이 훨씬 더 쉬울 것이다.

「〈거위 사냥〉이 될 걸 그렇게 확신한다면, 왜 계속 함께 가자고 고집하지 않나?」

「그랬다가 어긋나기라도 하면 어쩌라고? 나 혼자만 거짓말쟁이가 되는 건 아니잖은가?」

스탠리의 물음에 굿맨은 씨익 웃으며 말했다.

다른 멤버들이 속속 방으로 들어섰고, 삼삼오오 모여 서서 이야기꽃을 피웠다. 스탠리 교수는 관심을 끄는 사람을 발견하고는 그리로 갔다. 데커는 굿맨 교수에게 그 연구보조원 건에 대해 더 물어볼 기회를 갖게 셈이었다.

「함께 가기로 되었던 교수님의 연구보조원이 하기로 되었던 일이 뭔지 물어도 될까요?」

「아, 데이터를 수집해서 정리하는 〈잔심부름〉 정도의 일이라네. 우린 수백 가지 실험을 하기로 되어 있거든. 그걸 모두 하려면 하루 열두 시간씩 매달려도 부족할 거네. 그래서 숙련된 손이 간절하게 필요해.」

「대타를 쓰실 생각은 없으시겠죠?」

데커가 물었다. 테네시 대학을 떠난 굿맨으로서는 데커가 의예과에서 저널리즘으로 전공을 바꾼 것을 알 리 없었다. 데커는 죄책감이 들었지만, 기사를 얻기 위해서 〈말을 하지 않음으로써 서짓말을 하게 된〉 경우가 어디 한두 번인가. 게다가 〈잔심부름꾼〉 정도의 능력은 자신에게도 있지 않은가.

「뭐라고? 스탠리 교수가 방금 한 말을 자네도 듣지 않았나? 자넨 너무 과분하다고.」

「정말이지, 전 가고 싶습니다. 솔직히 말씀드리면, 제가 여기 온 이유가 바로 그겁니다. 제가 좀 녹슬긴 했을지 모르지요. 하지만 전 《사이언스》에서 그 기사를 읽었고, 교수님이 사용하실 장비의 대부분은 저도 다룰 줄 압니다.」

「자네가 읽은 건 시작 단계에 불과해.」

굿맨은 한참이나 뜸을 들였다가 이맛살을 찌푸리며 계속했다.

「도움을 거절하려는 것이 아니라네. 비용을 자네가 부담해야 하거든. 항공 요금, 숙박비, 교통비…….」

「전 괜찮아요.」

「하지만 왜지? 자넨 종교가 없는 걸로 아는데, 안 그런가?」

「예, 그런 것과는 상관없습니다. 단지 흥미 있는 프로젝트 같아서 그럽니다.」

그것이 정말로 납득할 만한 대답이 아니라는 것을 데커는 곧 깨달았다. 그래서 거꾸로 질문을 했다.

「교수님은 왜 가시는 거죠? 그런 종류의 것들과는 거리가 먼 줄 알았는데요.」

「물론 그렇지! 나는 단지 이 모든 것의 정체를 밝히고 싶어서일 뿐이야.」

「그러니까, 제가 함께 갈 수 있나요, 없나요?」

「음, 그럴 수 있을 거야. 자네가 마음만 먹는다면. 에릭한테 말은 해야겠지.」

에릭 점퍼는 실질적인 팀의 리더 중 한 사람이었다.

「팀 명단에 자네 이름을 넣어야 하니까. 보안에 보통 신경을 쓰는 게 아니라네.」

그렇게 해서 데커는 곧바로 팀에 합류할 수 있었다.「적시적소에」라고 그는 혼잣말을 했다. 그것이 그보다 훨씬 전에 이미 정해진 일이었다는 것을 그가 깨닫는 데에는 그로부터 38년이 걸렸다.

*

아침식사 후, 팀은 회의실로 이동했다. 보안 체크를 할 때는 굿맨이 옆에서 거들어주는 바람에 쉽게 넘어갔다.

팀의 리더인 존 잭슨이 먼저 입을 열었다.

「수의에 관한 작업을 승인받기 위해, 우리는 튜린의 당국자와 엄격한 보안을 유지하겠노라고 약속을 하지 않으면 안 되었습니다. 역시 언론 관계가 가장 큰 문제일 겁니다.」

데커는 표정관리를 위해 애써야 했다.

「최선의 방법은 팀원이 아닌 어느 누구와도 수의에 관해서는 아무런 말도 하지 않는 것입니다. 이 방 바깥에 있는 사람과 접촉을 하려면, 허락이 떨어질 때까지 기다려야 합니다.」[3]

잭슨이 말을 마치자 에릭 점퍼가 자리에서 일어났다.

「신사 숙녀 여러분, 이렇게 와주셔서 감사합니다. 저명하신 과학자 분들과 함께하게 되어 흥분을 금할 수 없군요. 우리는 이제 제안된 실험에 대한 계획서를 대부분 갖게 되었습니다. 하지만 해야 할 필요가 있는 실험이 더 남아 있다면, 이번 주말까지는 허락을 받아야 합니다.」

점퍼는 방 가운데에 있는 슬라이드 영사기에 스위치를 넣었다. 첫 번째 슬라이드는 과학자인 탐 드무할라에 의해 제작된 실물 크기의 모조 수의에 대한 것이었다. 모조 수의에 겹쳐서 하나의 격자가 그려져 있었다.

「여러분 각자에게는 이 복사본 한 장이 주어지게 됩니다.」

점퍼가 말을 이었다.

「격자를 그려놓은 목적은, 우리가 하고자 하는 실험을 조직적으로 전개하는 데에 있습니다. 시간이 제한되어 있기 때문에, 우리는 많은 일들을 동시에 진행해야만 합니다. 각각의 실험에 요구되는 공간, 환경적인 변수들 안에서 그 수의를 최대한 활용하고자 계획했다는 것을 알아주시기 바랍니다.」[4]

이어지는 슬라이드는 전개될 실험을 세부적으로 보여주었다. 대부분의 실험은 그 수의가 위조된 것인지, 자연적인 현상의 산물일 수 있는지를 결정짓고자 의도된 것이었다. 데커가 상상할 수 있는, 수의를 파괴하지 않은 상태에서 할 수 있는 모든 방법이 다 포함되어 있는 것 같았다. 탄소연대측정법은 허락되지 않았다. 정확한 측

---

3) 존 잭슨의 실제적인 발언에 대해서는 존 H. 헬러 박사의 《튜린의 수의에 관한 보고서(Report on the Shroud of Turin)》, Boston: Houghton Mifflin Company, 1983, p.76을 보라.
4) 에릭 점퍼의 실제적인 발언에 대해서는 존 H. 헬러 박사의 앞의 책, p.77을 보라.

정을 위해서는 수의의 많은 조각들이 파괴될 것이기 때문이었다.

점퍼는 말을 마치고는 이제 막 튜린에서 돌아왔다는 피터 리날디 신부를 소개했다. 리날디 신부는 수의 연구에 개입될 수밖에 없는 정치적 의미를 설명할 것이라고 했다. 데커는 언뜻 무슨 뜻인지 알 수가 없었다. 하지만 이 고대의 천조각을 에워싸고 있는 수많은 손가락들이 있다는 것만큼은 분명했다.

리날디는 〈수의 길드〉라고 불렸던 것에 대해서 이야기했다. 수의 길드는 수의와 그것에 대한 학문적인 탐구를 지지할 목적으로 1959년에 형성된 조직이라고 했다. 그는 그것에 대한 짤막한 역사로부터 이야기를 시작했다. 리날디는 말하기를, 그 수의의 소유권자로 실증할 만한 첫번째 인물은 지오프리 드 샤니라는 이름의 프랑스 기사로서, 대략 1356년 이전의 인물이라고 했다. 이후 드 샤니 가문은 알 수 없는 이유로 그 수의를 사보이 가문에 넘겨주었고, 이후 수백 년 동안 그 가문의 소유로 남게 되었다. 16세기 후반, 사보이 가문은 이탈리아를 다스리게 되었고, 1578년 수의는 튜린으로 옮겨져서 이후 산 지오반니 바티스차 성당에 보관되어 왔다는 것이었다.

리날디는 4백 년의 역사를 자랑하는 〈수의 연구센터〉도 있다고 덧붙였다. 이런 모임 중 어느 것도 그 수의의 소유권에 대해서는 공식적인 입장을 표명한 적이 없으며, 이런 모임이 실질적으로 어떤 일을 하는 것도 아니라고 말했다. 하지만 오랜 세월 동안 수많은 주교와 신부들이 자기들의 이름을 명부에 올리는 데에 집착했고, 어느 누구도 자기들의 권리가 실재하는지에 대해서 의문을 품지 않았다. 리날디 신부의 요지는 이랬다. 그 수의에 접근하려면 수많은 인물들이 고려되어야 할 것이고, 자존심 같은 것은 한쪽으로 치워놓아야 할 것이라고.

리날디가 말을 마치자, 모조 수의를 제작한 탐 드무할라가 세부적인 작전 계획으로 들어갔다. 회의가 끝난 직후, 계획된 실험들 중의 하나를 시험적으로 암스턴 근처에 있는 드무할라의 창고에서 해보기로 했다. 그 다음 이틀은 전체 실험의 순서를 정하고 계획하기로 했다. 팀의 장비 모두를 내놓고, 시험해보고, 나무상자에 담아야 했다. 튜린으로 가기 전에 빠진 것이나 잘못된 것은 없는지 완벽하게 점검해야 하는 것이다.

팀이 회의실을 떠나는데, 기자들이 벌 떼처럼 달려들었다. 팀원들은 여기저기에서 큰 소리로 쏟아지는 질문을 무시한 채, 드무할라의 창고로 가기 위해 대기하고 있는 버스에 올랐다. 이마가 툭 튀어나온, 수염을 기른 스물다섯 살 가량의 기자 하나가 승객들 중 한 사람을 붙들고자 버스 옆면을 따라 뛰고 있었다. 데커는 그런 기자들의 모습을 보면서, 자신이 수의 팀에 합류하게 된 것은 눈 먼 행운을 붙잡은 것이나 다름없음을 실감했다. 그러다 버스 바깥의 수염을 기른 남자에게 시선이 끌린 데커는 그제야 자기 친구인 《쿠리어》지의 탐 도나핀을 알아보았다. 탐은 순간적으로 입을 딱 벌리고 쳐다보더니, 곧 축하의 미소를 보내주었다. 그는 도저히 믿지 못하겠다는 듯이 다소 과장된 몸짓으로 머리를 흔들었다. 데커는 카나리아를 막 삼킨 고양이처럼 흐뭇한 미소로 화답했다.

*

예비 실험을 할 드무할라의 창고에 들어선 데커는 깊은 인상을 받았다. 여러 모로 시간과 돈과 땀이 들어간 흔적이 역력했다. 방 여기 저기에는 나라 곳곳의 연구소에서 대여해온 수백만 달러짜리 첨단 과학기자재들이 나무상자로 주의 깊게 포장되어 있었다. 방 한가운데에는 모조 수의가 철제 실험대 위에 펼쳐져 있었다. 수의를 상하지 않게 한 자리에 고정시킬 수 있도록 드무할라의 엔지니어들이 고안한 것이었다. 테이블 표면은 이동이 가능한 10여 개의 패널로 이루어져 있어서 수의의 양면을 동시에 검사할 수 있도록 되어 있었다. 패널 하나하나는 1밀리미터 두께의 금박이 입혀져 있었다. 이는 아주 작은 입자라도 테이블에서 수의로 옮겨갈 수 없도록 하기 위한 것이었다.

잠시 동안은 아무도 입을 열지 못했다. 모든 눈이 기자재들과 모조 수의를 훑고 있었다. 컴퓨터로 영상의 질을 올리는 일에 전문가인 해양 연구소의 돈 데반이 침묵을 깨뜨렸다.

「상당하군, 진짜 과학의 개가야!」[5]

팀원들은 여기저기 흩어져서 자기들이 실험에 사용하게 될 기자재를 살펴보느라 정신이 없었다. 데커는 기자재들의 면면을 헤아려 보면서 자신이 쓸모가 있으리라는 것을 확신할 수 있었다. 몇 시간 뒤, 실험이 끝나고 거대한 현미경을 다시 나무상자에 집어넣는 것을 도울 때, 그의 옆자리에서는 레이 로저스와 존 헬러가 자기들의 실험에 관해 토론을 벌이고 있었다. 그들은 고대의 천조각에 테이프를 붙였다가 떼는 것만으로 수의에서 진짜 샘플 추출 작업을 할 참이었다. 테이프를 들어올리면, 작은 섬유 조각이 거기에 붙어 나오게 될

---

5) 돈 데반의 실제적인 발언은 존 H. 헬러 박사의 앞의 책 p.82를 보라.

것이었다. 데커는 레이 로저스가 헬러에게 설명하는 말을 들었다.

「화학 조사를 위한 샘플을 얻으려면, 당신의 혈액 작업을 포함해서, 3M사가 생산하는 접착성이 그리 강하지 않은 특별한 마일라 테이프를 사용해야 할 거요. 우리는 그 테이프를 수의에 정해진 세기로 압력을 가해…….」[6]

「얼마만한 압력을 가해야 하죠?」

헬러의 물음에, 로저스가 나무상자 중 하나에 손을 뻗치면서 말했다.

「로스 알모스에 있는 우리 친구들이 압력을 측정할 천재적인 장치를 고안해냈소.」

로저스는 그 장치를 벗겨내서는 헬러에게 보여주었다.

「멋지군요. 하지만 가해질 압력의 세기는 어떻게 알죠?」

「그게 바로 우리가 여기 있는 이유요.」

그들 두 사람이 테이블 둘레에 붐비는 사람들을 뚫고 들어가자 데커도 그 뒤를 따랐다. 필요한 작업이 끝나자 로저스는 일종의 〈가설〉을 세워 보였다.

「우리가 알기에 진짜 수의는 최소한 6백 년은 된 거요. 그러니 이것보다는 훨씬 부서지기가 쉬울 게 뻔하지 않겠소? 내 생각엔 우리가 여기에서 가하고 있는 압력의 10퍼센트 정도만 사용하는 것이 안전할 것 같소.」

데커는 실소를 금할 수 없었다. 아니, 이건 무슨 헛소리란 말인가. 도대체 10퍼센트라는 근거는 어디서 나왔단 말인가? 하지만 이 시

---

6) 존 헬러와 레이 로저스의 실제적인 발언 내용에 대해서는 존 H. 헬러 박사의 앞의 책 pp.86~87
을 보라.

점에서 그들의 기를 꺾을 말을 내뱉을 수는 없는 일이었다. 로저스
가 말을 이었다.

「그 다음엔 테이프를 수의에서 떼어내고, 각각의 조각을 슬라이드
위에 올려놓을 거요. 슬라이드마다에 고유번호를 붙이고, 사진을 찍
고, 그런 다음엔 오염되지 않도록 플라스틱 케이스에 밀봉할 거요.」

*

그 다음 이틀 동안, 팀은 리허설 작업을 계속했다. 데커는 자신이
팀에 쓸모 있는 사람이라는 것을 알리려고 애썼다. 그러다 보니 기
자라는 신분은 까맣게 잊어먹고 지내기 일쑤였다. 의학을 공부해두
었던 것이 결코 실수가 아니었음을 실감하기 시작했을 정도였다.

2

튜린의 수의

이탈리아 북부

비행기가 북부 이탈리아 상공으로 접어들자 창밖으로 밀라노의 불빛이 희미하게 보이기 시작했다. 데커는 다가올 일들의 결과를 헤아리면서, 지상에 잘못 놓인 것 같은 별자리들을 골똘히 내려다보았다. 굿맨 교수와 마찬가지로, 데커는 팀의 연구 결과로 그 수의가 중세에 날조된 가짜에 불과하다는 것이 밝혀질 것이라고 확신하고 있었다. 문제는, 진실에 의해 신앙의 거품이 제거되는 것을 바라지 않는 사람들이 많으리라는 데에 있었다. 독실한 가톨릭인 장모 역시 그러한 범주에 속할 것이 뻔했다. 지금까지는 장모와 잘 지내왔는데, 이 일 이후에는 어떻게 달라질지 알 수 없었다. 어쩌면 다음 몇 년 동안은 크리스마스를 그녀와 함께 지낼 수 없을지도 몰랐.

코네티컷의 미팅 장소에서 튜린으로 미리 곧장 날아온 리날디 신부는 밀라노에서 튜린까지 팀을 데려올 버스를 전세내어놓고 기다리고 있었다. 1백25킬로미터를 달려 버스가 튜린의 호텔에 닿은 시각은 한밤중이었다. 비록 뉴욕 시각으로는 초저녁인 7시, 미국 서부 해안 시각으로는 오후 4시밖에 안 된 시각이었지만 모두들 내일의 일정을 위해 잠을 청하기로 했다.

다음날, 데커는 시차 때문인지 새벽에 일치감치 눈을 떴다. 호텔 창밖으로 여명이 밝아오는 튜린의 거리가 보였다. 거리 양쪽에는 지은 지 2백 년이 넘는 1,2층짜리 상가 주택이 대부분이었다. 도시의 남쪽을 뺀 나머지 삼면은 찌를 듯 솟구쳐 있는 알프스 산맥과 잇닿아 있었고, 하늘에는 구름이 유유히 떠가고 있었다. 엘리자베스가 봤다면 탄성을 내지를 만한 풍경이었다.

데커는 이른 아침 시내를 둘러보고 싶어 호텔을 떠났다. 알프스와 인접한 도시인데도 거리는 대체로 평지였다. 호텔에서 5백 미터쯤 되는 곳은 팔레티나 항구였다. BC 218년 한니발이 단 사흘간의 포위공격 끝에 병사들과 코끼리를 이끌고 로마의 성읍이었던 이곳으로 진입했다는 곳이었다. 길가의 집들에서는 빵을 굽는 냄새가 흘러나와 기분 좋게 코를 자극했다. 아이들이 뛰노는 소리가 이어졌고, 어느 집 부엌에선가 흘러나오는 텔레비전 소리가 시간이 존재하지 않는 듯한 이 도시의 분위기를 일시에 깨뜨렸다. 그만 호텔로 돌아가야 할 시각이었다.

호텔 로비에 들어서자 팀원들의 목소리가 들렸다. 아침식사 때의 만남은, 미국에서 들여온 기자재에 대한 문제로 화제가 집중되었다. 데커는 일이 어떻게 되어 가는지를 꿰맞추어 보았다. 기자재는 관세 문제를 회피하기 위해 리날디 신부의 이름으로 기재되어 있었다. 그런데 재수 없게도, 리날디 신부는 이탈리아 시민임에도 너무 장기간 미국에 체류하다가 불과 며칠 전에 튜린에 돌아온 처지여서 60일이

지나야만 장비를 국가에 반입할 수 있다는 것이었다. 리날디와 탐 드무할라는 당국자와 직접 대면하여 해결을 시도하기로 하고 밀라노의 관세청으로 달려간 뒤였다.

*

아침식사 후 대원들 중 몇몇은 호텔에서 1킬로미터 남짓 걸어가면 되는 사보이 왕가를 방문하기로 했다. 여러 세기 동안 이탈리아의 왕들이 거처하던 곳이었다. 바로 그 왕실의 방들에서 수의에 대한 검사가 이루어질 것이라고 했다. 왕궁 앞에는 웬일인지 수만 명의 인파가 줄을 잇고 있었다. 왕궁 인근의 성 지오반니 바티스타 성당으로 가는 행렬이었다. 성당 안에는 방탄 유리상자가 있었고, 그 안에 들어 있는 순은 케이스에 그 수의가 보관되어 있었다. 수의는 1백 년 만에 고작 두세 번 정도 일반에 공개된다고 했다. 그래서 지난 몇 주일 동안은 세계 도처에서 그리스도의 수의라고 알려진 것을 보기 위해 3백만의 사람들이 다녀갔다 하니, 눈앞에 보이는 군중은 〈새 발의 피〉인 셈이었다.

팀은 민간인 출입금지 구역인 왕궁 뜰로 인도되었다. 코너마다 무장 경비병이 서 있었다. 뜰로 들어선 그들은 그 규모와 호사스러움에 놀라지 않을 수 없었다. 샹들리에, 그림 액자, 꽃병, 목재가구에 붙은 상감조각 장식 등은 모두가 황금으로 입혀져 있었다. 벽지조차도 황금이었다. 또한 어디를 가나 그림과 대리석 조상이 있었다.

호화롭게 장식된 홀의 끝에는 황태자의 거처로 가는 입구가 있었다. 바로 그 방에서 실험이 진행될 것이라고 했다. 거기에는 사방 20

미터쯤 되는 무도장이 있었는데, 황태자 궁을 이루는 일곱 개의 방들 중 첫번째 방이었다. 두번째 방은 실험을 위한 수의가 놓여져 있을 곳으로, 그 규모나 호화로움은 첫번째 방과 마찬가지였다. 크리스털 샹들리에가 매달려 있는 천장에는 천사들과 백조들과 성서의 장면들을 묘사한 그림이 고전적인 프레스코(새로 석회를 바른 벽에, 그것이 채 마르기 전에 수채로 그리는 화법 – 역주)로 그려져 있었다.

이 고대 건물은 많은 부분이 현대에 맞게 개조되어 있었다. 마차를 보관하던 곳은 차고가 되고, 개인 룸은 전화를 받는 통신실이 되었다. 과거의 미학적 가치들은 현대의 편리함에 자리를 양보해야 했다. 이런 타협의 대표적인 산물은 욕실과 전기의 사용이었다. 두 개의 변기와 다섯 개의 욕조가 있는 욕실은 배치가 아무래도 부자연스러웠다. 이곳은 팀의 사진 암실로도 쓰일 예정이었다. 전기는 표준보다 약간 더 굵은 전선 하나가 유일한 공급원이었다. 첨단 기자재들을 쓰자면 그보다 훨씬 더 강한 전원이 필요할 것이었다.

「지하실에서 이리로 전기를 끌어올 케이블이 필요해요. 철물점이 어디 있는지 찾아봐야겠어요.」

팀원 중에서 전기를 직접 만진 경험이 있는 루디 디틀이 말했다.

데커는 아침에 산보를 하다가 철물점을 보았노라고 일러주었다. 정확히 어디인지는 얼른 생각나지 않았지만, 대충은 가늠할 수 있었다. 그러자 디틀이 말했다.

「잘됐군요. 우리가 필요한 것이 거기 있기만 하다면 전기를 끌어올 수 있을 거예요.」

*

그 다음 이틀 동안은 관광 외에는 별로 할 일이 없었다. 리날디 신부님이 최선의 노력을 했음에도 관세청은 기자재를 풀어주지 않았다. 데커는 그 기간을 다른 팀원을 사귈 기회로 삼았다. 우정도 쌓고, 장차 기사를 쓰는 데에 배경이 되어줄 정보를 수집하려는 의도에서였다. 저마다 그 수의에 대한 생각을 솔직하게 털어놓았고, 각자가 어떻게 해서 탐험대에 끼이게 되었는지도 알게 되었다. 기사를 쓰기만 하면 통신사에 팔 수 있을 것이 틀림없었다. 그리고 그날 이후로는 기자로서의 신분이 달라질 것도 거의 확실했다.

하지만 이 모든 것도 팀이 장비를 확보할 수 있어야만 가능했다. 계속해서 하염없이 기다리고 있을 수는 없는 노릇이었다. 밀라노 당국이 빠른 시일 내에 기자재를 풀어주지 않는다면 탐험대는 결국 들거위 사냥에 나선 꼴이 되고 말 것이다. 수요일 아침, 리날디 신부가 그동안의 진척 과정을 알려주려고 호텔 로비로 들어왔다.

「좋은 소식이라도 있습니까, 신부님?」

데커가 물었다.

「안타깝게도 전혀 그렇지가 못합니다.」

「막힌 데를 뚫을 수 있는 묘안이 있을 것도 같은데요.」

「계속해보시오.」

묘안이 있다는 말에 리날디가 반색하며 재촉했다.

「신부님께서 좋아할 만한 방법은 아니지만, 지금은 문제의 수의를 전시하는 기간이라 튜린에 수많은 기자들이 몰리고 있습니다. 신부님께서 기자회견을 열어 사소한 관료주의로 인해 우리의 기자재가 저당 잡혀 있는 바람에 연구가 이루어지지 못하고 있음을 알리는 겁니다. 관세청은 틀림없이 당황해할 겁니다.」

그때 에릭 점퍼와 존 잭슨이 데커와 리날디 신부가 얘기 중인 호텔 로비로 들어섰다. 데커는 계속 말을 이었다.

「어쨌든 빡빡한 관세청 녀석들을 쩔쩔매게 할 수만 있다면, 아마도 태도가 달라질 겁니다.」

리날디와 잭슨, 점퍼는 좋은 아이디어라고 생각했지만, 사태를 대결 국면으로 가져가는 것은 지양하는 선에서 그 안을 실행해보기로 했다. 리날디는 로마의 통상부 장관에게 전화를 걸어, 문제가 해결되어 장비가 즉각 인도되지 않는다면 미국의 과학자들이 자기들의 일을 할 수 없을 것임을 통보했다. 만약 그렇게 되면 국제적인 신문사들이 관심을 갖고 덤벼들 것이고, 그리되면 튜린의 수의에 대한 과학적인 조사가 이루어지지 못한 데 대해 통상부가 많은 부분 책임을 져야 할 거라고 했다. 불과 5분 정도 의견을 개진했을 뿐인데도 리날디의 압력은 확실히 효과가 있었다. 잠시 후에 다시 걸려온 전화에서 장관은 그 기자재들을 튜린으로 보내도록 하겠다고 했다.

*

기자재를 실은 트럭이 마침내 왕궁에 도착한 것은 금요일 오후였다. 닷새가 지연된 것이다. 트럭에서 짐을 부릴 수 있는 지게차가 없었기 때문에 팀원들 모두가 맨몸으로 힘을 써야 했다. 8톤에 달하는 80개의 나무상자를 긴 층계를 지나 황태자의 거처로 올려놓아야 했다. 숨을 돌리기도 전에 나무틀을 제거하고 기자재를 풀어놓는 일이 이어졌다. 수의를 대중에게 공개하는 일이 곧 마감되고, 일요일 저녁에는 실험을 위해 이리로 옮겨질 예정이었다. 일주일의 준비 기간이 이제 불과 이틀밖에 남지 않은 셈이었다. 다음 56시간 동안 팀원들은 한시도 쉴 틈이 없었다.

실험의 일부는 밝은 빛이 요구되는 반면, 어떤 실험은 완전한 암흑이 요구되었다. 빛이 요구되는 경우는 쉬웠지만, 빛이 완전히 차단된 실험을 위해서는 두꺼운 검은 플라스틱 시트로 2,3미터 사방을 봉해야 했다. 출입구에도 검은 플라스틱으로 만들어진 미로 같은 장치가 세워져야 했다. 실험 테이블은 수의가 보관된 방에 마련되었고, 인접한 방들은 실험과 계기(計器)용 장비들이 놓이게 되어 있었다. 물이 나오는 유일한 곳인 욕실은 X레이와 다른 사진을 위한 암실로 전환되었다. 현장에서 손보아야 할 장비도 적지 않았다.

일요일 저녁 자정이 가까울 무렵, 홀 안의 누군가가 말했다.

「이제 오시는군요.」

튜린의 대주교인 코티노가 수의를 테스트할 방으로 들어섰다. 3/4인치 두께에 4피트의 너비, 16피트 길이의 베니어판을 운반하기 위해 열두 명의 사람들이 뒤따랐다. 합판은 값비싼 붉은 실크로 덮여서 수의를 보호하고 있었다. 그 뒤를 〈가난한 클라라 수녀회〉(아시시의 성 프란체스코를 따랐던 귀족 출신의 여인 아시시의 성 클라라가 이탈리아 아시시에 세운 수녀회 - 역주) 소속인 일곱 수녀들이 따라 들어왔다. 남자들이 합판 상자를 허리 높이로 낮추자 수녀들 중 연장자가 실크를 천천히 뒤로 끌어당겼다. 오른편이나 왼편으로 90도 회전이 가능한 실험 테이블이 수의를 기다리고 있었다.

방 전체를 침묵이 뒤덮었다. 붉은 실크가 벗겨지자 연한 회색의 무늬가 있는 린넨 시트가 드러났다. 다시 두번째 덮개가 벗겨지고 나자, 마침내 아무 가리개도 없는 수의가 그들의 눈앞에 다가들었다. 바로 그 수의였다. 데커는 주위를 둘러보고는 마침내 그 천을 또 렷이 응시했다. 사실, 십자가에 못 박힌 사람의 형상과 닮은 데라고 는 어디에서도 찾아볼 수 없었다. 그것이 솔직한 소감이었다. 특이 한 점이 있다면 가까이에서 올려다보면 그 형상이 배경과 뒤섞이게 된다는 것이었다. 한 걸음 뒤로 물러서도 그 점은 마찬가지였다. 형 상을 바라보기에 가장 좋은 지점은 2미터 정도인데, 데커는 그보다 훨씬 더 가까이에 있었다. 그는 그 형상이 수의를 찍은 사진과 닮았 기를 기대했다. 하지만 수의 사진들의 대부분은 네거티브 사진이어 서, 맨눈으로 볼 때는 사진보다 훨씬 흐릿해 보였다.

데커는 갑자기 맥이 빠졌다. 잠도 제대로 자지 못하고 기다린 것 이 고작 이것이라니, 찬물을 뒤집어쓴 것 같은 한기가 몰려들었다. 그 수의가 모조품일 것이라고 믿어왔음에도 불구하고, 무의식적으 로는 그렇지 않았던 모양이었다. 뭔가 신에게 가까이 다가간 것 같 은 경외감이나 참신한 종교적 자극 같은 것을 느끼기를 기대하고 있 었던 것이다. 스테인드글라스 창문을 바라볼 때와도 같이. 그런데 이제 와서 보니, 그 수의라는 것은 보호용 직물에 지나지 않는 것 같 았다.

그는 자신도 모르게 뒤로 몇 걸음 물러났다. 그런데 놀랍게도 형 상이 훨씬 더 또렷하게 보였다. 그는 잠시 동안 수의 형상이 나타났 다가 사라지는 것을 관찰하면서 앞으로 갔다가 뒤로 물러서기를 반 복했다. 호기심이 왕성하게 자라났다. 형상을 그린 화가는 왜 그렇 게 보기가 어렵게 만들어놓았을까? 자신이 그리고 있는 것을 볼 수 있으려면 그 화가는 2미터짜리 붓을 사용했어야 한다. 과연 그랬을 까? 이제 수면 부족 같은 것은 조금도 문제가 되지 않았다. 어떻게

든 이 수수께끼를 풀고 싶었다.

코티노 대주교는 합판에 수의를 붙이고 있는 압정을 떼어내고 있었다. 압정이라! 그것들은 녹이 슬어 오래 전부터 거기에 있었음을 온몸으로 증명하고 있었다. 아무리 작은 외부의 입자라도 수의에 묻지 않도록 그렇게도 많은 노력과 수고가 투입되어 왔었다. 그런데 압정이라니! 그렇다면 수백 년, 아니 어쩌면 천 년 이상 동안, 수의는 지금의 입장에서 보면 〈훨씬 신중하지 못하게〉 보관되어 왔다는 말이 된다.

*

미국 팀에 할당된 120시간 동안, 세 그룹의 과학자들은 수의의 양쪽 끝과 가운데에서 거의 동시에 작업했다. 모든 동작은 사진과 오디오 테이프로 기록되었다. 그 이후 닷새 동안 팀원들은 하루 두세 시간 정도밖에 자지 못했다. 특별한 프로젝트에 참가하지 않은 사람들도 옆에서 도와주거나 지켜보기 위해서 가까이에 머물렀다.

*

36시간째로 접어들면서, 부부 대원인 로저와 마티 길버트가 분광 반사율을 시행했을 때 특이한 현상이 나타났다. 그들은 발치에서 시작하여 점차 위쪽으로 옮겨가면서 스펙트럼을 얻기 시작했는데, 발에서 발목으로 옮겨갈 때 갑자기 스펙트럼이 극적으로 변했다.

「동일한 대상에서 이렇게 다른 스펙트럼이 나타날 수 있나요?」

에릭 점퍼가 길버트 부부에게 물었다.

그들은 아무 대답도 없이 하던 일을 계속했다. 장비를 다리 위로 옮겨가자 판독기는 변함이 없는 것으로 나타났다. 두 발, 더 정확하게 말하자면 발뒤꿈치의 형상을 제외하면, 모든 것이 동일했다.

점퍼는 수의가 놓인 방을 떠났고, 다른 방의 간이침대에서 잠을 청하고 있는 샘 펠리코리를 찾아냈다.

「샘, 일어나시오! 당신 확대경이 필요하단 말이오. 즉시 확대경을 가지고 수의가 있는 방으로 오시오!」

펠리코리와 점퍼는 수의 위에 확대경을 장치하고는 발뒤꿈치 가까이 최대한 낮추었다. 펠리코리가 초점을 맞추고, 렌즈를 바꾸고, 다시 초점을 맞추고, 들여다보았다. 한마디 말도 하지 않은 채 수의의 발꿈치만 보고 있던 그는, 한참이 지나서야 건조한 목소리로 말했다.

「더럽군.」

「더럽다고요?」

점퍼가 되물었다.

「나도 좀 봅시다.」

점퍼는 확대경을 들여다보고는 다시 초점을 맞추었다.

「오물이 묻어 있군요. 하지만 도대체 왜 그런 거죠?」

굿맨 교수 역시 발꿈치를 검사해보고는 동일한 결론에 이르렀다.

데커는 이를 낱낱이 지켜보았다.

*

과학자들 모두가 한데 모여 다음 번 실험의 순서와 방향을 정하고 아이디어를 내기 위한 모임을 갖기로 했다. 점퍼가 먼저 입을 열었다.

「우리가 알고 있는 사실을 정리하면 이렇습니다. 몸의 형상은, 이미 모두가 지적했듯이, 먹물 빛이 아니라 밀짚 색깔인 노란색입니다. 색깔은 사용된 실의 미세 섬유의 끝부분에서 나온 것으로서, 수의의 다른 어느 부분에서도 크게 변화되지 않습니다. 실이 서로 교차하는 지점에서도 색깔은 달라지지 않습니다. 노란색의 미세섬유들은 무엇을 빨아들였다는 모세관 현상의 징조를 전혀 보이지 않습니다. 이는 어떠한 액체도 그 형상을 창조하는 데에 쓰이지 않았다는 것을 나타내는 것으로, 그려진 것은 아니라는 뜻입니다. 더 나아가 아무런 점착성이나 요철 현상, 실과 실 사이의 엉킴 현상 또한 없습니다. 이는 어떠한 형태의 액체 페인트도 사용되지 않았다는 뜻입니다. 외견상의 혈흔 안에는, 실들이 분명히 얽혀 있고, 모세관 현상들도 보입니다. 혈액과 섞이게 되면 흔히 그렇듯이 말입니다.」

「발 부근은 어떻지요?」

과학자 중 한 사람이 물었다.

이제 막 도착한 사람도 있었기 때문에, 점퍼는 분광 실험에서 나타난 현상에 대해 설명해주었다. 점퍼의 설명이 끝나자 여성 대원들 중 하나가 말했다.

「물론 오물 때문이겠지요? 발바닥에 오물이 있는 것보다 더 자연스런 현상이 있을 수 있을까요?」

「그렇습니다. 문제는 이것이 십자가에 처형당한 한 사람의 것으로 추정되고 있고, 그 흔적이 옷자락으로 옮겨졌다는 것입니다.」

점퍼가 말했다. 개인적으로 점퍼는 그 가능성을 믿지 않았다. 그는 그런 가정에서 출발하는 것이 과학이 저질러온 서툰 행적임을 너무나 잘 알고 있었다. 그럼에도 점점 더 부인할 수 없게 되어가고 있는 사실이 있었다. 발꿈치에 오물이 존재할 뿐만 아니라 그 양이 육안으로는 보이지 않을 정도로 미세하다는 사실은 무엇을 말해주는가? 그 수의가 날조된 것이라면, 그것을 만든 사람은 누구도 알아볼 수가 없는 오물을 거기에 부러 묻혔단 말인가? 거기에 대해서는 누구도 대답할 수 없었다.

모임이 끝나자 여전히 회의론자로 남아 있던 굿맨이 말했다.

「그것이 만약 날조된 것이라 해도, 그건 대단히 잘 만들어졌다고 할 수 있어요.」

〈만약〉이라는 말을 아끼는 굿맨으로서는 대단히 이례적인 인정이 아닐 수 없었다.

*

정식으로 잠을 청해본 지가 어느덧 사흘하고도 반나절이 지났다. 마침내 그들은 호텔로 돌아가기로 했다. 호텔 룸에 들어가기 전에, 동료들인 로저 해리스, 수잔 콘엔, 조수아 로젠과 함께 로비에 앉아 커피를 마셨다. 데커는 누구와 인터뷰하고 싶은 생각은 거의 없었다. 지난 사흘 동안을 죽치고 함께 지내다보니 어느덧 기자로서보다는 동료 대원으로서의 의식이 더 뿌리 깊이 박혀버린 셈이었다. 그렇다고 기자로서의 본성까지 잊은 것은 아니었다.

동료인 조수아 로젠 박사는 로렌스 리버모어 국립연구소에서 국방성을 위해 레이저와 입자빔을 연구하고 있는 핵 물리학자였다. 네 명의 유대인 대원 중 한 사람인 박사를 보자, 유대인으로서 그리스도교의 유물을 검사한 소감을 묻고 싶은 충동을 어쩔 수가 없었다.

로젠은 미소부터 보여주었다.

「피곤해 죽을 지경이어서 대답할 기력도 없어요. 거기에 대한 대답을 원한다면 다른 유대인 대원을 찾아보는 게 좋을 거요.」

「아무 소감도 없다는 뜻인가요?」

「물론 생각이 없는 건 아니지만, 난 당신 질문에 대답하기에 적절한 사람이 아니오.」

로젠이 얘기하기를 꺼려하자 데커는 의아한 생각이 들었다.

「왜 그렇죠?」

「난 예수를 구세주로 믿는답니다.」

데커는 언뜻 그게 무슨 뜻인지 이해할 수가 없었다.

「유대인이면서도 크리스천이란 뜻이지요.」

로젠이 설명을 해주자 그제야 감이 잡혔다.

「아, 그러니까 박사님 입장에서는 지난 며칠 동안에 심경에 큰 변화가 일어날 순 없었단 뜻이시군요.」

로젠이 웃어 보였다.

피곤해서 입도 떼기가 싫다는 표정이던 로저 해리스 역시 함께 웃다가 한입 가득 머금은 커피 때문에 곤란해졌다. 그 모습 때문에 수잔 콘엔 역시 웃음을 터뜨렸고, 마침내 솜뭉치처럼 피곤한 네 명의 대원들 모두 걷잡을 수 없는 웃음의 파도에 휩쓸렸다.

식당의 다른 편에는 데커와 일행이 들어오기 전부터 한 여성이 앉아 있었다. 그녀 앞의 테이블 위에는 빈 커피잔과 반쯤 먹다 남은 하드롤 빵이 놓여 있었다. 그녀는 냅킨을 만지작거리면서, 데커와 다른 대원들을 넘겨다보며 다가갈 기회를 노리고 있었다. 웃음의 물결이 그녀에게 용기를 불어넣어 주었다. 그녀는 자리에서 일어나 천천히 그들에게로 다가왔다.

「당신들은 미국인들이지요?」

웃음의 물결 속에서 그녀가 물었다.

「아, 예 그렇습니다만.」

로젠이 대답했다.

「수의를 검사하는 과학자들과 일행이신가요?」

그녀의 얼굴에는 웬일인지 수심이 가득했다. 눈에는 눈물 자국이 남아 있었다.

「그래요, 우리가 바로 수의 팀입니다. 우리가 뭐 도와드릴 일이라도 있나요?」

「네 살배기 아들 녀석이 중병에 걸렸어요. 의사들은 몇 개월 살지 못할 거라고 하더군요. 전 예수께 드리는 선물로서 그 수의 앞에 꽃을 좀 바치고 싶어요. 부탁 좀 드려도 될까요?」

그녀의 처지와 정중한 요청에 일행은 갑작스레 숙연해졌다. 너무 웃는 바람에 나왔던 눈물이 동정과 연민의 눈물로 순식간에 바뀌고 말았다. 모두가 다 돕고 싶어했지만, 로젠은 그녀가 직접 수의에 꽃을 바치는 것은 불가능할 거라고 대답하면서, 다음날 오후 1시쯤에 궁전으로 꽃을 가져온다면 자신이 그것을 수의 앞에 바쳐주겠노라고 제안했다.

*

데커는 곧장 잠에 빠져들었다. 깨어나 보니 다음날 정오였다. 14시간을 내리 잔 셈이었다. 한 시간 뒤 궁전에 도착했을 때, 로젠은 어제 호텔 로비에서 만난 그 여인과 얘기를 나누고 있었다. 진날 지녁 그녀를 뒤덮었던 먹구름은 어느덧 사라져 있었고, 희망의 기운마저 엿보였다. 그녀는 자리를 뜨면서 데커를 알아보고는 미소를 보냈다.

로젠은 꽃다발이 든 항아리를 안고 계단을 올라가다가, 데커가 들어오는 것을 보고는 돌아서서 기다렸다.

「예쁘죠?」

로젠이 말했다.

「네, 아름답군요.」

그렇게 대답하면서 데커는 머릿속으로, 그녀의 아들이 죽는다면 그 여인의 심사가 어떨지를 헤아려보고 있었다.

3

움직이는 세포핵

10년 후 테네시 녹스빌

  바깥은 매섭도록 추운 날씨였다. 동부 테네시의 온화한 가을 날씨에 길들여졌던 주민들은 갑작스런 추위에 장작을 나르느라 허둥지둥했다. 반쯤 잠들어 있던 데커는 불길이 약해지자 자기 아내를 바짝 끌어안았다. 비몽사몽간에 전화벨 소리를 들었지만 몸을 움직이고 싶지가 않았다. 한 살배기 호프 호손은 자기 방의 아기침대에서 곤히 잠들어 있었다. 세번째로 벨이 울리자 데커는 마침내 자리에서 일어나 귀찮은 그 기계를 향해 움직였다. 여덟번째 벨이 울렸을 때에야 수화기를 들었다.

  「데커 호손?」

  전화선 저쪽에서 다짜고짜 물었다.

  「그렇습니다만.」

  「해리 굿맨이야. 자네에게 알려주고 싶은 사항이 있네.」

  굿맨의 목소리는 자못 흥분되어 있었다.

「신문에 낼 만한 기사감이야. 즉시 로스앤젤레스로 올 수 있겠나?」

「교수님이신가요?」

데커는 어리벙벙했다. 아직 잠도 덜 깬 상태였다.

「그러니까… 이게 얼마만이죠? 벌써 7, 8년도 더 된 것 같은데요. 어떻게 지내세요?」

「난 잘 지내.」

굿맨은 한가하게 안부 인사를 나눌 겨를도 없다는 듯 다급하게 대꾸했다.

「로스앤젤레스로 올 수 있나?」

그가 다시 한 번 재촉했다.

「모르겠어요, 교수님. 그 기사감이라는 건 뭐죠?」

「전화로는 말할 수가 없네. 내 말을 들으면 날 미쳤다고 할 게 뻔하니까.」

「설마요. 절 한 번 시험해보지 그러세요.」

「그럴 수 없네. 전화로는 안 돼. 내가 말할 수 있는 건, 수의에 관한 건이라는 것뿐이야.」

「수의라고요? …튜린의?」

「물론이지. 튜린의 수의 말이야.」

「어… 그러니까, 교수님, 이런 말씀은 드리기 거북합니다만, 수의라고 하면 그건 이미 흘러간 노래예요. 수의에 대한 탄소연대측정법을 실시하여 그리스도 당시의 것이 아니라는 게 밝혀졌으니까요. 지난달에 난 신문기사 읽지 않으셨어요? 《뉴욕타임스》 1면 기사였는데.」[7]

「자넨 내가 조개껍질 속에서 사는 줄 아나? 탄소연대측정에 대해서라면 하나도 빠짐없이 다 알고 있어.」

그런 걸 다 설명해야 하다니 유쾌하지 않다는 듯 굿맨이 대꾸했다.

「그런데, 거기에 대해 더 덧붙일 말씀이 있으신가요?」

「전화상으로는 말할 수가 없네, 데커. 이건 아마도 콜럼버스가 신대륙을 발견한 이래 가장 중요한 발견이 될 거야. 미안하지만 이 건에 대해서는 내 말을 믿어보게. 결코 실망하지 않을 거라는 걸 약속하겠네.」

굿맨이 결코 허풍을 떠는 사람이 아니라는 건 데커도 알고 있었다. 그것이 무엇이 되었든 뭔가 중요한 건임에 틀림없었다. 그는 재빨리 스케줄을 점검하고는 이틀 후에 로스앤젤레스로 가겠다고 말했다.

「누구 전화예요?」

아내 엘리자베스가 물었다.

「굿맨 교수님이오.」

데커의 대답에 엘리자베스는 의외라는 표정을 지어 보였다.

「굿맨 교수님이라고요? 헨리 굿맨 교수님? 옛날에 이탈리아에 함께 갔던 당신의 그 대학 은사님?」

「맞소. 그런데 헨리가 아니라 해리요. 어쨌든 돌아오는 토요일에는 해안 드라이브를 못 갈 것 같구려. 교수님을 뵈러 로스앤젤레스로 날아가기로 했거든. 기사감을 제공하겠다니, 들을 귀를 제공해야

---

7) 로베르토 슈로, 〈교회, 튜린의 수의가 진짜가 아니라고 선언〉, 《뉴욕 타임스》, 1988. 10. 14, 1면, p.1.

하지 않겠소?」

엘리자베스는 실망하는 기색이 역력했으나 아무런 말도 하지 않았다.

*

그날 저녁 데커와 엘리자베스는 잠자리에 누워, 굿맨이 발견한 것이 무엇일까에 대해 얘기를 나누었다. 수의 팀이 14만 시간에 달하는 연구 결과를 보고서 형식으로 출판했던 1981년 가을 이래, 데커는 굿맨과 이야기를 나눠본 적이 없었다. 보고서의 요지는, 그 수의에 나타난 상(像)은 누군가가 그린 결과물이 아니고, 현재까지 알려진 온갖 방법에 의한 모사물 역시 아니라는 것이었다. 13가지의 테스트를 기반으로, 채찍을 맞은 흔적과 목구멍 주변의 혈흔, 옆구리의 상처는 분명히 인간의 핏자국이라는 결론이 내려졌다. 핏자국이 있는 섬유에는 산화했다는 어떠한 증거도 없는데, 그것은 그 천에 묻은 피가 어떤 절차였든지 간에 그 상(像)에서 기인하는 것임을 말해준다. 결국 보고서는 결론을 내리기를, 그 수의의 재료는 나사렛 예수 당시의 수의일 수 있으며, 탄소연대측정법이 아니고서는 그 연대를 추정하기가 불가능하며, 수의의 많은 부분을 훼손하지 않고서는 탄소연대측정을 행할 수가 없다는 것이었다.

하지만 그것은 1981년의 일이었다. 1987년 즈음에 가서는, 세계의 여섯 연구소가 우편 소인만한 크기의 샘플을 사용하여 정확한 탄소연대측정을 할 수 있는 장비를 갖추게 되었다. 그리고 1988년 초, 교황 요한 바오로 2세는 그 수의에 대한 탄소연대측정을 세 개의 연구소에 허락했다. 1988년 가을, 연구소들은 95퍼센트 신뢰할 만한 연구 성과를 발표했다. 그 내용은 튜린의 수의가 1260년과 1390년의 시기에 자란 아마포로 만들어졌으며, 따라서 그 천은 그리스도 당시로 거슬러 올라갈 만큼 충분히 오래된 것이 아니라는 결론이었다.

「콜럼버스 이래로 가장 중요한 발견이라는 건 도대체 뭘까요?」

엘리자베스가 궁금한 듯 물었다.

「수의가 위조된 것임이 입증되었다면, 그밖에 덧붙일 것이 더 이상 뭐가 있겠소?」

데커는 어깨를 으쓱하며 말을 이었다.

「암만해도 내가 생각할 수 있는 것이라곤, 그 상이 어떻게 만들어진 것인지를 굿맨 교수가 발견한 것이 아닐까 하는 정도요. 설령 그것이 가짜임을 알았다 할지라도, 우린 그 상이 어떻게 해서 천에 나타나게 된 것인지 그 경위에 대해서는 캄캄하니까. 하지만 그걸 알아냈다고 해도, 콜럼버스의 아메리카 발견에 비길 만한 것은 아닌데 말이오.」

「그러니, 그것이 진짜라는 것을 증명할 어떤 방법을 발견했음에 틀림없어요.」

엘리자베스의 말에 데커는 고개를 저었다.

「아니, 그럴 리가 없소. 탄소연대측정법은 결정적이오. 더구나 신이 실재한다는 것을 실험실에서 증명할 수 없다는 건 너무도 자명하지 않소. 탄소연대측정이 설령 잘못되었다 할지라도, 그 수의가 진짜라는 것을 굿맨이 어떻게 증명할 수가 있단 말이오? 수의가 가짜임을 증명하는 것은 과학이 할 수 있는 일이지만, 그것이 진짜임을 증명하려고 하는 것은 정말 정신 나간 짓일 거요.」

데커는 잠시 생각을 다듬다가 말을 이었다.

「더욱이 자신의 존재조차 확신하지 못하는 굿맨 교수 같은 인물이 신의 존재를 증명하려 한다는 건 말이 안 되오.」

엘리자베스와 데커는 웃음을 터뜨리고는 서로에게 키스하면서 그날 밤의 대화에 끝을 맺었다.

캘리포니아 로스앤젤레스

공항에는 해리 굿맨이 나와 있었다. 굿맨은 차에 타자마자 조금도 지체하지 않고 그 주제로 들어갔다.

「자네도 틀림없이 기억할 거야. 수의의 발꿈치에서 미세한 오물을 발견했을 때 내가 얼마나 놀랐던가를.」

벌써 10년이 지난 일을 어제 일처럼 말하는 데는 질렸지만, 데커는 조심스레 기억을 떠올려 보았다. 굿맨이 계속했다.

「그건 도대체 이해할 수 없는 불가사의였네. 수의를 가짜로 만들어냈다면, 그 사람은 왜 일부러 그런 오물을 묻혀 놓았겠어. 육안으로 가릴 수도 없는 오물을 말이야. 수의가 가짜라는 가정에 의심을 품기 시작한 건 그때부터였네.」

데커는 고개를 저었다. 자신이 뭔가를 크게 오해하고 있음에 틀림없었다. 굿맨 같은 사람이 어떻게 그 수의가 진짜라는 의견을 말할 수가 있을까?

「자네도 기억하겠지? 수의에 대한 결정적인 작업은 존 헬러 박사가 테이프를 붙였다 뗌으로써 수집한 샘플을 이용했지.」

그 결과 존 헬러와 알란 애들러 박사는 그 오물이 인간의 피이며, 그 상은 산화의 결과라고 결론을 내렸었다.[8]

「덕분에 지금 우리 모두는 그 수의가 진짜라고 할 수 있을 정도로 오래 되진 않았단 걸 알게 됐지요. 거기에 대해서 어떻게 설명하실 참이죠?」

「난 정강이와 발 부근에서 채취한 테이프 샘플을 실험해보고 싶었네.」

데커의 질문을 무시한 채 굿맨이 계속했다.

「그래서 샘플을 이리로 보내도록 요청했지. 당연히 샘플을 담는 케이스도 특별히 만들어야 했지. 어떤 이물질도 들어가지 않도록 해야 하니까 말이네. 나에게 보낼 때도 완전히 밀봉을 해야 하고 말이야. 하지만 불행하게도, 그건 벌써 말이 떠나버린 뒤에 문을 닫아 건 꼴이었어. 실험 결과 튜린의 수의에 묻어 있는 열 개 이상의 오염된 입자들을 확인했거든. 적어도 두 팀의 멤버들과 세 신부가 거기에 키스를 했어. 키스하고 만지는 것으로 말하자면, 여기저기로 옮겨지면서 내내 그런 일이 일어났다고 봐야겠지. 오래된 압정에서 생겨난 부식 자국들도 잊지 말아야겠지. 오염을 막으려는 우리의 과정 속에서조차 오염물질이 유입되었을 테니까. 우리가 낀 면장갑에는 미국의 꽃가루가 묻어 있었고, 그게 수의에까지 닿은 게 분명하니까. 합판이나 수의를 붙인 재료, 붉은 실크 덮개도 잊지 말아야겠지. 요점만 얘기하자면, 테이프 샘플에는 그 수의의 기원이나 창조자와는 아

---

8) 존 H. 헬러, 《튜린의 수의에 관한 보고서(Report on the Shroud of Turin)》, Boston: Houghton Mifflin Company, 1983.

무런 상관이 없는 온갖 잡다한 오물이 다 묻어 있었다는 것이지.」

굿맨은 과학자 특유의 열정으로 설명하는 데 열을 올리고 있었다.

「수의에 관한 보고서에서, 헬러 박사는 자연 및 인조섬유, 석탄재, 동물의 털, 곤충의 단편, 교회의 촛불에서 나온 밀랍, 꽃가루와 포자를 비롯한 수십 가지 다른 물질이 나왔다고 했네.[9] 이렇게 잡다한 방해물들이 섞여 있기 때문에 헬러는 극도로 성능이 좋은 확대경을 써서 검사하기로 결정했지. 그래서 부적절한 물질들은 모두 무시하고 눈으로 볼 수 있는 이미지를 만들어내기로 한 것이야. 헬러는 자신의 논리대로 마땅히 해야 할 일들을 했어. 하지만 그런 절차들은 내가 찾고 있었던 유의 증거를 놓치게끔 되어 있었어. 내가 제2의 또 다른 관점이 필요하다고 결정한 것은 바로 그 때문이었네. 난 현미경 속에서 통상 놓치곤 하는 것이 무엇인지에 대해 관심을 가졌어.」

데커는 굿맨의 다음 말을 기다렸으나, 굿맨은 침묵에 빠져들었다.

「난 내가 알아낸 것이 수의의 미스터리 전체를 밝혀내리라는 것을 믿어 의심치 않네. 아니, 그 이상이지.」

「그게 뭐죠?」

궁금해진 데커가 물었다.

「이제부터 개봉박두일세. 호손, 기대해보게.」

*

대학으로 들어서자 굿맨은 UCLA의 동쪽에 있는 윌리엄 G. 영 과

---

9) 앞의 책, pp.126, 163.

학관으로 차를 몰았다. 굿맨의 연구실은 4층에 있었다. 창문으로는 교정 건너편에 있는 공학관이 보였다. 분위기는 테네시 대학에 있을 당시와 거의 흡사했다.

〈나는 생각한다, 고로 존재한다고 나는 생각한다〉는 포스터도, 낡았지만 액자에 담겨져 있었다. 성취를 위한 굿맨의 첫번째 법칙도 레이저 프린트로 인쇄되어 벽에 걸려 있었다. 연구실에 들어서서 자리를 잡고 앉자 굿맨이 입을 열었다.

「미리 고백해야 할 게 있네. 자네를 이리로 오게 하기 위해 약간의 허풍을 떨었던 건 사실이네. 지금 자네에게 보여주고자 하는 건 적어도 아직까지는 확실하지 않으니까 말일세.」

「그렇담 제가 즉시 이리로 오는 것이 왜 그렇게도 중요한 일이었죠?」

데커가 당황해서 물었다.

「나에게는 증인이 필요하네. 내 계산으론, 자넨 내게 빚진 게 좀 있는 것 같아. 튜린 프로젝트에 대한 기사를 쓸 때도 내 동료들에게 많은 신세를 지지 않았나. 《내셔널 지오그래픽》의 위버가 동행하기로 되어 있던 유일한 기자였었지. 우린 언론사의 어느 누구에게도 알리지 않기로 되어 있었어. 우리가 돌아온 지 일주일 후엔 세상 사람들 모두가 녹스빌 신문사의 촌뜨기 기자가 쓴 기사의 복사판을 읽었고 말이야. 그 촌뜨기 기자는 엉겁결에 나의 얼뜨기 조수로서 팀에 합류했었지 않은가. 나 덕분에 자넨 내 동료들의 보증을 얻을 수 있었고, 다행스럽게도 자넨 거기 있는 동안 꽤 쓸 만한 사람이 되어 주었어. 대원들에게도 좋은 인상을 심어주었고. 하지만 일이 그르쳐질 수도 있었어. 만약 내가 알면서도 기자 한 사람을 대원이 되도록 도왔다는 생각을 누군가 했더라면, 난 어떠한 프로젝트에도 참가할 수 없는 신세가 되고 말았을 걸세. 그러니 자넨 내게 빚을 진 셈이야. 그것도 큰 빚을.」

「교수님, 난 교수님의 성취를 위한 첫번째 법칙을 따랐을 뿐이에요. 〈두 점 사이의 최단 거리는 규칙들을 빙 돌아서 가는 것〉이라는 법칙 말이에요.」

데커가 짓궂게 대꾸했다. 하지만 굿맨의 말은 사실이었고, 데커도 그것을 익히 알고 있었다. 수의 팀에 끼이게 된 것에 대해서는 양심상 약간의 거리낌을 느껴온 것이 사실이었다.

「좋아요, 그건 사실 편법이었고, 교수님께 신세를 많이 졌어요. 그건 그렇고, 교수님이 나에게 보여주고자 하시는 건 도대체 뭐죠? 누구에게도 발설해서는 안 된다는 그 일 말이에요.」

「자네가 원한다면 기사를 써도 좋아. 하지만 내가 그렇게 하라고 말할 때뿐이야. 사실, 적절한 시기에 난 자네가 그걸 기사로 내보내주길 원해. 하지만 지금 당장은 아니야. 지금 당장은 증인이 필요하고, 난 기자들이라는 족속들을 그리 좋아하는 편이 못 돼. 진실은 바로 이거야, 자넨 겨우 겨우 봐줄 만한 기자라는 것.」

굿맨은 웃으면서 덧붙였다.

「대중에게 알릴 준비가 되기 전에는 그 기사를 내보내지 않는다고 약속할 수 있는 믿을 만한 누군가가 내겐 필요했던 거야. 또 자넨 처음부터 그 수의에 관한 기사를 맡아왔으니 적임자였지. 내가 자네에게 보여주고자 하는 것을 자네가 기사로 쓴다면 대중들은 자네 기사를 믿게 될 거야. 하지만 기사가 너무 일찍 나간다면 일을 그르칠 수가 있어.」

「하지만 교수님, 교수님께서 하신 연구에 관한 것이라면, 왜 학술지 같은 데에 발표하시지 않는 거죠?」

「물론 나중에는 논문을 출간할 거네. 하지만 글쎄… 내 연구의 본질을 밝히기도 전에 동료들의 입방아에 오르내릴 것이 솔직히 겁난다네.」

혼란스러워진 데커는 미간을 찌푸린 채 듣고 있었다.

「성취를 위한 굿맨의 첫번째 법칙을 나에게 적용시키려고 들까 봐 말일세. 과학자들의 사회에서는 좁은 소견머리로 인해 내 방법론을 비난할 사람들도 있을 거거든. 내가 희망하는 바는 내 작업이 가치 있다는 것이 대중들에게 알려져서 동료 과학자들에게 내 방법론을 비난할 빌미를 주지 않는 것일세. 그래서 기밀을 유지해주는 대가로 자넨 나중에 독점권을 갖게 되는 것일세. 이야기가 진척됨에 따라 자넨 그 기사를 쓸 수 있는 유일한 인물이 될 거야. 물론 기사가 나간 이후엔 다른 언론사 사람들에게도 이야기하지 않으면 안 될 거네. 하지만 자네에겐 다른 사람에게 알리기 이전에 한두 주일 앞서서 기사감을 제공하겠네.」

「그런데 〈이야기가 진척됨에 따라〉란 게 무슨 뜻이죠?」

데커가 물었다.

「내가 오늘 자네에게 보여주고자 하는 것은 첫 단추에 지나지 않네. 내 연구는 여러 부분으로 나뉘게 돼.」

데커는 굿맨이 발견한 것이 무엇인지 도대체 감을 잡을 수 없었지만, 서서히 구미가 당기기 시작했다. 굿맨이 계약 이야기를 결론지었다.

「결국 우리 이야기는 다섯 가지로 요약할 수 있어. 첫째, 나는 내가 믿을 수 있는 증인을 필요로 한다. 둘째, 튜린 건으로 자넨 나에게 신세를 졌다. 셋째, 자넨 수의에 관한 이야기를 시작 단계부터 알고 있다. 넷째, 자네가 기밀을 유지해준다면, 난 자네에게 독점권을 부여하겠다.」

「다섯째는요?」

데커가 물었다.

「다섯째, 내가 허락하기 이전에 자네가 기사를 쓴다면, 나는 그 모든 것을 다 부인할 것이고, 그리 되면 자넨 스스로를 완전한 바보로 만든 셈이 될 것이다. 자넨 그 어느 것도 입증할 수가 없을 테니까.」

「교수님께선, 대중들이 내 말을 믿게 될 거라고 방금 말씀하시지 않았나요?」

「내가 자네의 배경이 되어주고, 자네가 내 배경이 되어준다면 물론 그렇지. 하지만 내가 자네 기사를 부인한다면, 그들은 자넬 미친놈 취급할 걸세. 데커, 난 지금 자네에게 지난 5백 년의 세월에 걸쳐 가장 위대한 발견에 대한 독점 기사권을 부여하고 있는 중이야. 그것이 과학적인 것이든 아니든 말이야. 어찌 보면 그건 가장 기괴한 사건일 수도 있지.」

「좋아요, 이젠 개봉을 해보시죠.」

「우린 거래를 한 거야. 그렇지?」

굿맨이 손을 내밀었다.

「물론입죠. 수의에 관한 큰 건이라는 건 뭐죠?」

책상 너머로 손을 내밀어 굿맨과 악수를 하면서 데커가 단도직입적으로 물었다.

굿맨은 의자 뒤로 몸을 기대고는, 허공에 시선을 준 채 말을 고르려고 애썼다.

「이런 가정을 한번 해보라고.」

굿맨이 본격적인 이야기를 시작했다.

「튜린의 수의에 나타난 남자의 상은, 십자가에 매달렸던 남자가 갑작스러운 갱생, 혹은 〈부활〉을 하게 됨에 따라, 그 신체에서 나온 빛과 열의 에너지가 돌연 폭발한 결과물이다.」

데커는 저절로 입이 벌어졌다. 한참 침묵하다가 그는 돌연 웃음을 터뜨렸다.

「교수님, 절 놀리시는 거죠, 그렇죠? 이걸로 튜린 건으로 베푸신 건 다 회수하신 셈이에요, 안 그래요?」

「농담이 아냐. 난 정말 진지해.」

웃음을 참지 못하는 데커에게 굿맨이 말했다.

「하지만 이건 말도 안 되는 일이에요.」

데커는 웃음을 멈추고는 굿맨의 표정을 유심히 살폈다. 하지만 굿맨의 표정에서는 자신을 놀리고 있다는 어떠한 기미도 나타나 있지 않았다.

「교수님, 그건 과학적인 가설이 될 수 없어요. 그건 신앙의 진술일 뿐이에요. 그리고 이미 수의가 예수 당시에 묻힌 것이라고 할 만큼 오랜 된 것이 아니라는 결과가 나와 있기 때문에, 그건 맹목적인 신앙도 되지 못해요. 무지의 소치일 뿐이죠.」

데커는 당혹감을 감추지 못하고는 눈을 홉떴다. 그러고는 내키지 않다는 듯이 말했다.

「좋아요, 교수님. 제가 미끼를 물지요, 뭐. 자, 그런데 어떻게 그걸 증명하실래요?」

「설명을 하자면 먼저 자네에게 물어야 하겠군. 자넨 프란시스 크릭에 대해서 알고 있나?」

데커는 굿맨의 말 바꾸기에 저항감이 없지 않았지만, 옛 교수님에게 융통성을 보이기로 결심했다.

「노벨 의학상을 타신 것으로 압니다만… 60년대 초반?」

「62년이네.」

굿맨이 데커의 말을 정정했다.

「그러니까… 제임스 왓슨과 함께 DNA의 이중나선형 구조를 발견한 공로였지요. 몇 년 전에 한 권의 책을 쓴 것으로 압니다만, 책 제목이…….」

데커는 책의 제목이 생각나지 않아 애를 먹었다.

「《생명 자체》[10]라는 제목이었지.」

굿맨이 말해주었다.

「맞아요, 《생명 자체》.」

「좋아, 그 책에 대해선 알고 있나?」

「읽긴 했었습니다.」

크릭의 책에 대해 많은 생각을 기울인 것은 아님을 말투 속에 드러내려 애썼지만, 굿맨은 알아차리지 못한 것 같았다.

「잘됐군 그래! 그 책에서 크릭은 지구 생명체의 기원에 관해 가능한 것들을 검증해 보였지. 그는 미토콘드리아라는 예외가 있긴 하지만, 지구상에 있는 생명체의 기본적인 유전자 코드 메커니즘이 어찌해서 동일한가에 대해 의문을 제기했어. 미토콘드리아의 경우도 차

---

10) 프랜시스 크릭, 《생명 자체(Life Itself)》, New York: Simon and Schuster, 1983.

이는 비교적 미미할 뿐이야. 지구상의 진화에 관해 우리가 알고 있는 바로는, 코드 메커니즘이 그렇게 동일해야 할 구조적인 근거는 어디에도 찾아볼 수 없어. 크릭은 지구상에서 생명이 자연적으로 생겨나고 진화해왔다는 가능성을 전적으로 불신하면서, 생명체는 어딘가 다른 곳에서 온 고도로 발전된 문명에 의해 이 지구상에 이식되었을 가능성이 있다는 제2의 이론을 제시했지. 지구상의 모든 생명체가 공통의 기원을 갖는다면, 유전적인 진화에 있어서 분명히 드러나 보이는 코드 메커니즘의 동일성을 설명해줄 수 있다는 것이지. 크릭은 그런 자신의 이론을 〈통제된 배종 발달설(Directed Panspermia)〉이라고 부르지. 천문학자 프레드 호일 경이 제시한 이론과는 전혀 달라.[11] 크릭은 〈빅 뱅〉 이래로 생명체가 진화되어 왔으며, 40억 년 전부터는 다른 행성들에서 지적인 존재들이 진화하기 시작했다고 말하지. 우주의 나이를 1백억 내지 1백20억 년 정도로 조심스럽게 평가했을 경우에 그렇다는 이야기야. 이건 무얼 의미할까? 우리 은하계 안에서도 하나 이상의 별에 지구상의 생명체보다 40억 년 이상 앞선 지적인 생명체가 존재할 수도 있다는 이야기가 되는 거야!」

굿맨이 동의를 구하는 듯하자 데커는 고개를 끄덕였다.

「크릭 교수는 계속해서 가정하기를, 이러한 지적인 존재들이 다른 별들을 식민지화시키길 원했다면 바로 자기 종족의 일원을 파견함으로써 식민화하진 않았을 거라는 거야. 하나의 별을 식민지로 만들려면 먼저 그 별을 생명체가 살 만한 곳으로 준비시킬 필요가 있지.

---

11) 프레드 호일 경과 찬드라 윅라마싱게, 《우주에서 온 질병들(Diseases from Space)》, London: Dent, 1979.

식물이 없으면 지적인 생명체에게 필요한 산소 공급이 이루어질 수 없을 테니까. 물론 식민지 개척자들이 먹어야 할 음식도 없을 테고 말이야. 식물이 살게 하려면 해조류 같은 단순한 박테리아를 행성 위에 가져다놓아서 수많은 세월이 흐르는 동안 진화를 하도록 장치해야 했을 거야.」

「교수님, 저도 그 책을 읽긴 했어요. 그런데 말씀하시려는 핵심이 뭐죠?」

「핵심은 크릭이 옳을 수도 있는가에 있어. 다른 행성에서 온 고대 종족에 의해 지구에 생명체가 이식되었단 말인가? 그렇다면 그들은 지금 어디에 있는가?」

굿맨은 스스로 묻고 스스로 답했다.

「크릭은 여러 가설을 내놓았지. 그들 모두가 멸종되었을 수도 있고, 우주여행에 흥미를 잃었을 수도 있으며, 자신들의 특별한 필요성을 지구가 채워주지 못했을 수도 있다는 거였지. …하지만 크릭이 언급하지 않은 또 다른 가능성이 있어.」

굿맨은 강조를 위해 잠시 뜸을 들였다가 말을 이었다.

「지구가 그들이 생명체를 이식시킨 유일한 행성은 아니었음에 틀림없어. 그들은 아마도 은하계 전체의 수천에 달하는 행성들에 씨를 뿌렸을 거야. 그런데 이 특별한 행성에 오게 되었을 때, 그들은 식물과 동물뿐만 아니라 사람 또한 살고 있다는 것을 발견하게 된 거야. 일련의 기이한 병렬적 진화의 꼬임에 의해, 이 지구상에 자기 자신들과 그리 크게 다르지 않은 존재들이 거주하고 있다는 것을 알게 된 거지. 그들은 단순히 지구를 침략하여 식민지로 만들려고 했을까? 아니면 관망하면서 자연적으로 진화하도록 내버려두기로 결정했을까?」

「교수님.」

데커가 참지 못하고 끼어들었다.

「그런 것이 튜린의 수의와 도대체 무슨 상관이 있는 거죠?」

「생각해봐, 데커. 은하계의 어딘가에 우리보다 수십억 년 앞선 문명이 존재할 수도 있으며, 그 존재들이 지구를 포함한 은하계 전체에 생명의 씨를 뿌렸다고 말이야. 나는 튜린의 수의에 나타난 그 상이 인류의 부모가 되는 종족의 한 멤버였으며, 한 사람의 관망자로서 이곳으로 보내졌다고 믿게 됐어. 인간과 비슷한 형체를 지녔지만 우리보다 훨씬 앞선 문명을 구가하고 있어서 재생이 가능하게 된 종족 말이야. 어쩌면 불사(不死)마저도 가능할지 모르지. 진짜 신이라고는 할 수 없지만, 거기에서 크게 벗어나지는 않는…….」

「교수님도 아시잖아요? 튜린의 수의는 가짜라고요!」

데커는 말을 내뱉고 나서 침착성을 유지하려고 눈을 감고 숨을 들이쉬었다. 그러곤 천천히 입을 열었다.

「보세요, 교수님. 그런 모든 이론은 말도 안 되는 소리일 뿐이에요. 조금만 생각을 정리하면 교수님도 그게 얼마나 우스꽝스러운 것인지 알아차리실 텐데요. 교수님은 더구나 저명하신 과학자가 아니십니까. 교수님도 무엇이 합리적인 가설인 줄은…….」

「난 미치지 않았어! 말도 안 되는 소릴 늘어놓으면서 내 말을 끝까지 들어달라고 강변할 정도는 아니라고!」

굿맨이 쏘아붙였다.

데커는 참지 못하고 자리에서 일어나 떠날 차비를 했다.

「미안합니다, 교수님. 교수님은 저 같은 사람을 원하지 않아요.」

굿맨이 문 앞에서 데커를 막아섰다.

「난 또라이가 아니야. 자네가 이렇게 반응하리라는 건 충분히 예상하고 있었어. 하지만 난 지금 이런 가설들을 실험하고 입증힐 수 있다고 말하고 있는 거네. 제기랄, 이런 말이 얼마나 우스꽝스럽게 들릴지 잘 알아. 하지만 내가 수의에서 본 것이 무엇인지를 자네가 확인한다면 자네도 이해할 걸세.」

그 말은 데커를 주저앉히기에 충분했다. 새로운 천 년에 대한 뉴스감은 더 이상 기대하지 않았다. 하지만 최소한 무엇이 굿맨의 과학자적인 자세를 말랑말랑한 것으로 주물러놓았는지는 확인할 수 있을 것이다. 그는 실험실에 가보기로 했다.

실험실에 들어서자 굿맨은 캐비닛을 열고는 여러 장의 슬라이드가 담긴 플라스틱 케이스를 꺼내들었다. 데커는 그것이 튜린의 수의에서 채취한 테이프 샘플들임을 알아차렸다. 굿맨이 설명했다.

「이미 말했지만, 왼쪽 정강이에서 발견된 오물 입자들을 더 자세히 조사하기 위해 빌려온 슬라이드들이야. 지난 몇 년 동안 난 수의에 대한 것을 까맣게 잊고 있었네. 탄소연대측정법을 사용한다는 방송이 나오기에 다시 생각이 난 거야. 수의에서 발견된 흔적의 분자들에서 뭔가 화학적인 분장을 한 사실이 밝혀진다면, 그 기원 연대뿐만이 아닌 뭔가 다른 사실을 밝혀낼 수 있지 않을까 하고 생각한 거네. 예를 들면 그것이 중동에서 연원한 것인지, 아니면 프랑스나 이탈리아 혹은 다른 곳에서 연원한 것인지를 알아낼 수도 있지 않을까 생각한 거야. 만약 그것이 중동, 그것도 예루살렘의 것임이 입증된다고 해도, 그것이 예수의 수의라는 것을 반드시 입증하는 것은 아니지. 2천 년이 지난 뒤에 과학자들에 의해 발견될 줄 미리 알고 수의에 오물을 치밀하게 묻혀놓을 정도의 위조자라면, 오물을 예루살렘에서 수입할 생각을 하는 것도 당연할 테니까. 하지만 그렇게 많은 의미를 붙일 수 있다는 건, 어느 것 하나도 제대로 의미를 붙일 수 없다는 것과 통하네. 어쨌든 난 그 수의를 다시 한 번 보고 싶었어.」

굿맨은 현미경 앞에 앉아 스탠드를 켜고는, 현미경의 재물대 위에 슬라이드 한 장을 올려놓았다.

「차에서 말했었지. 헬러 박사는 배율이 큰 현미경을 잘 사용하지 않는다고.」

굿맨은 접안렌즈를 통해 들여다보면서 대상물에 초점을 맞추더니 말을 이었다.

「내 경우에는 6백 배와 1천 배 사이의 배율을 사용하지.」

굿맨은 자리에서 일어나더니, 데커에게 현미경을 한번 들여다보라는 몸짓을 했다.

「이 첫번째 슬라이드는 왼쪽 정강이 윗부분에서 나온 거네.」

데커는 다시 초점을 맞추고는 들여다보았다.

「뭐 별로 들여다볼 것도 없는데요.」

「바로 그거야. 처음에는 나도 실망스러울 지경이었으니까.」

굿맨은 현미경에서 슬라이드를 꺼내어 원래의 할당된 슬롯에 조심스럽게 다시 집어넣었다.

「오른발에는 사실 두 개의 못 자국이 있어. 그건 오른발 위에 왼발을 포개어 놓고 못질을 했다는 것을 나타내지. 오른발이 먼저 못질되었고, 그렇게 못질된 오른발 위에 왼발을 포개놓고 다시 못질을 한 거야. 하지만 이 샘플들의 어떠한 것도 그런 사실을 확실히 보여주진 않네. 왜냐하면 피가 옷에 말라붙었기 때문이지.」

굿맨은 두번째 슬라이드를 플라스틱 통에서 꺼내었다.

「이건 오른발 정강이의 혈흔에서 나온 거네. 거기에서 어떤 흔적이 남아 있으리라고는 기대하지 않았지만, 어쨌든 들여다보았지.」

굿맨은 잠시 멈추고는 말을 이었다.

「그런데 이걸 본 거네.」

굿맨은 데커를 돌아보고는 그에게 슬라이드를 넘겨주었다. 데커는 슬라이드를 받아들고는 그것을 현미경의 재물대 위에 올려놓았다. 그가 거울을 조정하고 렌즈에 초점을 맞추자, 굿맨이 8백 배로 배율을 조정했다. 현미경을 들여다보자 아마 피였을 것이라고 여겨지는 흑갈색의 반점들에 둘러싸여 원반 모양의 낯익은 대상물이 여럿 포착되었다. 데커의 동공이 점점 확대되었다. 잠시 후, 그는 고개를 들어 굿맨을 바라보았다. 도저히 믿을 수 없었다.

「도대체 어떻게 이런 일이 가능할 수 있는 거죠?」

마침내 데커가 물었다.

굿맨은 두툼한 의학 관련 서적을 펼치더니 왼쪽 상단에 있는 그림을 가리켰다. 데커가 방금 현미경을 통해 본 것과 아주 유사한 세밀화였다. 그림 아래의 캡션에는 이렇게 적혀 있었다.

〈인간의 피부세포.〉

데커는 확인하기 위해 다시 한 번 현미경을 들여다보았다. 믿을 수 없었다. 수백 아니 수천 년의 세월에도 불구하고, 그것은 완벽하게 보존되어 있었다. 굿맨이 다가와서 램프를 다시 켜자, 작은 원반 모양의 것들이 선연하게 드러났다. 세포들의 핵이었다. 데커는 눈을 비비고 다시 들여다보았다.

＊

인공조명의 따스한 온기 속에서, 세포핵들이 움직거리고 있었다.

4

임산부 마리아

캘리포니아 로스앤젤레스

데커는 가슴이 답답해지고, 머리는 텅 비어 아무 생각도 할 수 없었다. 숨쉬기조차 버거웠다. 그는 숨을 멈춘 채 유영을 계속하고 있는 세포핵들을 지켜보았다. 마음은 자신 앞에 펼쳐진 따뜻한 세포질의 바다를 표류하고 있었다. 세포들말고는 다른 아무런 판단의 기준도 존재하지 않았다. 수천 가지 의문이 솟아났다가 사그라졌다. 마음을 추스르려고 애썼지만 그는 자신이 보고 있는 것 이외에는 어디에도 초점을 맞출 수가 없었다. 자신이 보고 있는 충격적인 장면이 도대체 무얼 의미하는지 알 수가 없었지만, 이해하고자 하는 마음을 포기해버리자 늪에 빠졌던 감각이 다시 떠올랐다. 「데커.」 굿맨의 목소리가 귓전에 메아리쳤다.

「데커.」

굿맨이 어깨 위에 손을 얹고는 말했다.

「배 고프지 않은가?」

아침 이후로는 아무것도 먹지 않은 터였지만, 지금 이 순간 데커에게는 굿맨의 그런 질문이 너무도 비정상적으로 들렸다.

「자네가 뭘 어떻게 느끼는지 잘 알아. 나도 똑같았으니까. 오물을 들여다보다가 살아 있는 피부세포들을 보게 된 거지. 하마터면 새로운 종교를 가질 뻔했네! 그런데 그때 크릭 교수의 이론을 만나게 된 거라네.」

굿맨은 현미경에서 슬라이드를 빼내어 플라스틱 케이스의 제자리에 조심스레 집어넣었다.

「도대체 이게 뭐죠?」

데커가 물었다.

「피부세포들이네. 표피 바로 아래에서 나온 세포들. 자네가 분명히 보았다시피, 그것은 살아 있어.」

굿맨은 자신이 발견한 것을 마침내 알려주게 된 데 대한 흥분을 감추고 있었다. 그의 침착한 반응은 데커의 혼동을 더욱 부채질했다.

「하지만 도대체 어떻게……?」

「그 세포들은 작은 혈흔과 함께 테이프에 묻어난 것들이야. 십자가 처형을 당한 사람 위로 수의가 덮였을 때 상처의 살점들 일부가 피와 함께 천에 말라붙었지. 그리고 얼마 후 그 남자는 다시 살아났고 수의가 몸에서 벗겨져 나갔어. 피부세포들이 묻은 상태에서. 상처 부위를 동여맨 붕대를 벗기고 난 다음에도 똑같은 일이 벌어졌을 수 있어. 즉 다시 말해 자네가 방금 본 것은 퇴화의 증거를 조금도 찾아볼 수 없는, 짧게 말하자면 지금도 여전히 살아 있는, 적어도 6백 살이 넘은 세포들이라고 할 수 있지.」

「6백 년이라고요?」

데커가 물었다.

「탄소연대측정이 정확하다면 말일세. 하지만 내 생각엔, 13세기나 14세기에는 어느 누구도 십자가형에 처해졌던 것 같지 않거든. 탄소연대측정을 문제 삼을 만한 어떠한 증거도 갖고 있진 않지만, 내가 추정하기에는 대략 1세기 경이고, 실제로 예수와 함께 매장된 옷인 것 같아. 예수가 존재했었다는 역사적인 증거는 결정적이라고 할 수 있지. 알렉산더 대왕이나 줄리어스 시저에 대한 역사적인 증거를 의심하지 않는 것과 마찬가지로, 난 예수에 대해서도 의심해본 적이 없어. 사실, 그것 모두가 내 가설에 딱 맞아떨어져.」

「교수님, 그런데 왜 그 피의 세포들은 살아 있지 않을까요?」

데커가 물었다.

「좋은 질문이군. 아마 그 피는 시신에서 나온 것이기 때문일 거야. 반면 피부세포들은 몸이 다시 살아난 이후의 것들이고.」

굿맨은 데커의 어깨에 손을 얹고는 가볍게 문 쪽으로 이끌었다.

「자넨 어떤지 모르겠지만, 난 지금 배가 고파. 가정부가 점심을 준비해놓고 30분 전부터 기다리고 있네. 아내는 지금 집에 없어. 캔자스 시에 살고 계시는 장모님을 방문 중이라네.」

*

굿맨의 집은 캠퍼스에서 차로 20분 거리에 있었다. 막다른 골목에 있는 아담한 돌집이었다. 젊은 스페인 가정부가 문가에서 그들을 맞아 주었다.

「마리아, 이쪽은 내 손님으로, 호손 씨요.」

굿맨은 아주 천천히 음절 하나하나를 또박또박 발음했다.

「지금 바로 식사할 거요.」

집 안은 온통 책이었다. 어떤 서가 옆에는 꽂히지 못한 책들이 무더기로 쌓여 있기도 했다. 데커는 굿맨의 아내인 마르타를 만난 적이 없었지만, 방의 모양으로 보아 남편의 직업을 잘 이해하고 있음에 틀림없다고 생각했다.

「교수님, 우린 할 이야기가 많아요, 그렇죠?」

식탁에 앉자 데커가 말했다. 그러고는 가정부를 한번 쳐다보고는 다시 굿맨에게로 눈길을 돌렸다.

「그녀에 대해서라면 염려놓게. 영어를 잘 알아듣지 못하니까. 미국에 온 지 6개월밖에 되지 않았다네.」

「기밀이 새어나가선 안 될 것 같아서요.」

데커가 말했다.

「영원히 비밀로 할 생각은 추호도 없네. 하지만 지금 새어나갔다간 기자들의 행렬이 끝도 없을 거야. 광신자들도 몰려올 게 뻔하고. 수의를 보기 위해 군중들이 줄을 서 있던 거 생각나나? 그러니 예수의 몸에서 나온 살아 있는 세포가 로스앤젤레스의 한 연구소에 보관되어 있다는 말이 새어나간다면 어쩌겠나? 죽어가는 환자들이 그 세포를 만지면 나을 것이라는 희망을 품고서 미국 전역에서 몰려들 거네. 난 그 세포들을 만져왔지만, 나에겐 아무런 일도 일어나지 않았어. 자네도 그 수의를 직접 만졌을 텐데? 튜린에서 말이야. 하지만 그렇다고 해서 자네가 젊음을 되찾았다거나 그런 건 아니잖은가?」

굿맨은 태연스레 특유의 농담을 지껄였다.

「그 이야기를 지금 풀어놓는다면 많은 사람들이 오히려 다칠 거야. 하지만 내 연구가 끝날 때까지 기다린다면, 진짜 치유의 힘을 사람들에게 제공할 수도 있을 거네.」

「진짜 치유의 힘이라니요?」

「데커, 자넨 장님인가? 자네도 그 세포들을 보았지 않나? 자넨 우리가 지금까지 무슨 이야길 했다고 생각하나?」

「모르겠는데요. 제가 본 것 이외에는 아무것도 말씀드릴 게 없어요.」

「그 세포들은 수백 살, 아니 수천 살을 먹었을 수도 있어. 뜨거운 열과 얼어붙은 추위를 모두 이기고 살아남은 거야. 〈불멸〉이라고 말할 수 있는 셈이지. 더군다나 여러 면에서, 그것들은 인간의 것이야. 무엇이 그것들을 불멸에 이르게 했을까? 시간이 걸리겠지만, 우린 그 비밀을 알아낼 거네. 새로운 백신이나 생명을 구할 강력한 신약, 생명을 연장시킬 신물질, 어쩌면 우리 자신을 불멸에 이르게 할 수도 있는 물질을 발견할 수 있을지도 몰라!」

데커의 눈썹이 놀라움으로 치켜 올라갔다.

「그런 식으로는 미처 생각해보지 못했는데요.」

「사실, 난 이미 그 세포에 대한 연구에 상당한 깊이까지 들어간 셈이야. 실험실에서 세포분열을 시도하고 있으니까. 그 세포들은 극단적으로 활기발랄한 생명력을 지니고 있어서, 증식 속도가 매우 빨라. 실제적으로는 세포 배양을 하고 있는 셈이지. 하지만 추구할 만한 가치가 있는 또 다른 연구 분야가 있네.」

굿맨은 잠시 말을 멈추었다가 다시 이었다.

「데커, 자네 복제에 대해서 알고 있나?」

데커는 순식간에 굿맨이 말하고자 하는 바를 알아차렸다. 그는 자신은 비록 종교인이 아니었지만 그런 발상 자체가 적잖이 꺼림칙했다.

「잠깐만요! 그러니까 교수님 말씀은… 예수를 복제하실 계획이라는 건가요?」

데커의 반응이 다소 격렬했던 모양이었다. 화들짝 놀란 마리아가 부엌 바닥에 접시를 깨뜨리는 소리가 들려왔다.

굿맨은 데커의 반대를 예기치 못했었다. 「잠깐만!」 하고 그는 한결 목소리를 낮추어 말했다.

「무엇보다 먼저, 우리는 이것이 예수의 세포라는 걸 확신할 수가 없어…….」

「정말 대단한 추측이시군요!」

데커가 믿기지 않는다는 듯 되쏘았다.

「하지만 그게 억측이라 할지라도, 그 기원에 대한 내 가설은 자네가 생각하듯이 그렇게 어리석은 종교가의 몽상만은 아니야.」

데커는 그동안의 이야기들을 종합해 추론했다.

「이게 바로 예전에 교수님께서 말씀하시던 그 건이로군요! 교수님은 예수가 선진된 외계 종족으로부터 왔다는 가설을 실험할 계획이신 거예요! 그를 복제할 계획 말이에요!」

「이봐, 데커. 그렇게 고함칠 필요는 없네. 자넨 불충분한 데이터를 근거로 우스꽝스러운 결론을 내리고 있는 거야. 내가 말하고자 하는 바는, 자네가 어느 날엔가는 그런 식으로 인간의 기원에 관한 내 가설을 시험해볼 수도 있을 거라는 거야.」

굿맨의 해명은 그다지 설득력을 발휘하지 못했다.

「보세요, 교수님.」

데커가 말했다.

「연구실에서 학술적인 탐구를 하는 것과 실험용 접시에 세포를 배양하는 것은 별개의 문제예요. 인간의 세포를 배양하다 보면 인간 복제 연구를 피해갈 수가 없을 거구요. 더구나 교수님은 신의 아들이었을지도 모르는 사람을 복제하려고 하고 있단 말이에요!」

「데커, 머리를 좀 쓰게. 수의에 나타난 상이 신의 아들에게서 나온 것이라면, 그땐 나에게 이렇게 말하라구. 전지전능하고 모든 지혜를 다 갖추신 창조주는 도대체 왜 그 세포들이 그 수의에 엉겨 붙도록 허락하셨을까?」

「누가 알아요? 어쩌면 일종의 사인 같은 거였는지도.」

「창조주는 왜 또 자신을 믿지 않는 나 같은 인물에게 그 세포들을 발견하도록 허락하셨을까? 그것이 일종의 사인이라면, 하나님은 최소한 자기 자신을 믿는 누군가를 선택하셨어야 하지 않을까?」

데커는 아무 대답도 할 수 없었다. 굿맨이 말을 이었다.

「하지만 더 중요한 것은, 자네가 그것을 종교적인 관점에서 시험해본다고 할지라도, 자네는 묻지 않을 수 없을 거라는 점이네. 죽을 수밖에 없는 하찮은 한 인간이 하나님의 아들을 복제한다는 것이 과연 타당한가? 그 복제인간 안에는 과연 예수의 〈혼〉이 존재할까?」

굿맨은 비꼬는 투의 말씨를 삼가려고 애썼다.

「하나님은 자기 자신이 인간에 의해 그렇게 쉽사리 조작되는 것을 진짜로 허락하실까?」

데커는 가만히 듣고 있었다. 불편한 심사이긴 했지만 굿맨의 말에는 일리가 있었다.

「데커, 나는 자네가 이 문제에 대해 열린 마음이 되어주길 바란다네. 자네의 과학적인 호기심은 다 어디로 갔는가? 내가 어찌어찌 수의에 나타난 인간을 복제하게 된다면, 그건 그가 하나님의 아들이 아니었다는 실질적인 증거가 될 수도 있을 거야. 안 그런가? 똑같은 말이지만, 그 인간을 복제하는 것이 가능하다고 할지라도, 우린 분명 여전히 그의 출신 성분에 대해서는 캄캄할 거야. 그가 자신의 출신 성분에 대한 기억을 갖고 있진 않을 테니까. 하지만 우리가 확신할 수 있는 것이 있다면, 그렇게 복제될 수 있는 인간이라면 그는 하나님의 아들이 아니었을 거라는 점이야. 자네도 동의해주리라 믿네만, 〈하나님〉은 자기 아들을 복제하도록 우리에게 허락하실 리가 없다는 꽤나 안전한 가정 때문이지.」

데커는 굿맨과 논리적으로 아옹다옹하고 싶지 않았다. 전지전능하신 하나님이라면 자기 아들의 세포다발이 여기저기 나돌아 다니도록 방치하시지는 않았을 것 같긴 했다. 그렇다고 설복당한 것은 아닌데 굿맨은 토론이 다 끝났다고 생각하는 모양이었다.

그들은 대화를 하느라 식사는 거의 입에 대지도 않은 상태였다. 굿맨은 이제 식사에 열중하기 시작했다. 데커도 묵묵히 식사를 하는 편이 현명한 짓이라는 생각이 들었다. 식사를 마치고 나자 대화는 조금 더 부드러워졌지만, 굿맨은 분명 화가 나 있었고, 수의에 대한 주제는 피해갔다. 세포에 대한 자기 연구가 다음 단계에 이르면 전화를 하겠노라는 말을 했을 뿐이었다.

*

그들이 공항을 향해 출발하자, 마리아는 설거지를 위해 접시들을 거두기 시작했다. 그녀는 앞치마를 가볍게 끌어올려 자신의 임산부 용 드레스에 맞추었다.

5
크라이스트 이후

12년 후 캘리포니아 로스앤젤레스

「아빠, 아직도 많이 남았어요?」

북부 로스앤젤레스에서 고속도로를 빠져나오자 호프 호손이 자기 아버지를 향해 물었다.

「아냐, 이제 몇 킬로미터만 더 가면 돼.」

데커가 대답했다.

호프가 라디오를 켜자 아나운서가 적시에 현재 기상 상태를 말하고 있었다.

「남부 캘리포니아는 현재 기온이 섭씨 25.5도로 화창한 날씨입니다.」

「25.5도라면 이건 완전히 천국인데 그래? 우리가 D.C.를 떠날 때는 2.8도에다가 비가 내리고 있었지.」

호프가 음악 방송을 찾아 다이얼을 돌리는 동안 데커가 말했다. 그들은 그날 아침 해리 굿맨 교수를 방문하기 위해 비행기로 워싱턴

D.C.를 출발했었다. 굿맨 교수는 여러 종류의 암을 치료할 수 있는 획기적인 신약을 발표할 참이었다. 그러한 발견은 C-세포들(굿맨은 수의에서 채취한 세포들을 그렇게 불러왔다)에 대한 연구의 결과물 중 하나였다. 12년 전에 일찍이 합의했듯이, 데커는 기자회견 등을 통해 공식적인 발표를 하기 2주 전에 C-세포 연구에 대한 독점적인 보도권을 갖기로 되어 있었다. 그러나 지금까지는, 굿맨의 희망사항과는 달리 연구는 결코 성공적이지 못했다.

그 세포들의 기원에 관해 처음으로 토론을 벌였던 이후로 데커는 굿맨을 단 한 번 더 만났을 뿐이었다. 4년 전인 1996년 여름, 굿맨이 AIDS 백신에 성큼 다가섰다고 믿었을 당시였다. 하지만 그가 발견한 것은 참혹한 결말을 낳았을 뿐이었다. 데커의 기사가 신문 가판대에 흩뿌려진 지 이틀 후, 자신의 실수를 발견한 굿맨은 너무도 수치스러웠다. 굿맨의 연구와 데커의 신문 기사는 국제적인 주목을 받았지만, 곧이어 엄청난 당혹감으로 이어져야 했다. 천당과 지옥을 오가야 했던 일주일이었다.

차는 좁은 길로 들어섰다가 마침내 굿맨의 집 앞에 멈추었다. 굿맨 부인이 따뜻한 미소로 그들을 반겨주었다. 데커는 정중하게 자신을 소개했다.

「아, 이제 생각납니다.」

그녀가 밝은 목소리로 말했다.

「얘 이름이 아마 호프지요?」

그녀는 호프에게 다가가서는 마치 할머니나 된 듯 끌어안아 주었다.

「딸과 함께 온다는 말은 해리에게서 들었지만 이렇게 예쁜 딸일

줄은 몰랐네요! 몇 살이지?」

「열세 살이에요.」

호프가 대답했다.

「오늘 오후에 샌프란시스코까지 가서 호프의 이모네 집에서 며칠 머물 생각이에요. 엘리자베스와 둘째딸인 루이자는 벌써 사흘 전에 그리로 갔답니다.」

「수학 시험 때문에 전 워싱턴에 남아 있어야 했고요.」

호프가 끼어들었다.

「신문사 일이라는 게 워낙 두서가 없어서, 휴가를 제대로 누릴 수 있어야 말이죠. 그래서 놀 수 있을 때 며칠씩이라도 짬짬이 놀지요. 일정을 맞추다 보면 아이들이 학교를 며칠씩 빠지기도 한답니다.」

데커가 설명했다. 그러자 굿맨 부인은 이해할 수 없다는 눈초리로 데커를 바라보았다.

「얘는 워싱턴에서 학교를 다니나요? 난 당신네들이 테네시에서 사는 줄로 알았는데. 저렇게 어린애를 기숙학교에 보내는 게 과연 적절한 처사일까요? 그렇게 멀리 떨어져서 지내도…….」

「호프는 기숙학교에 다니는 게 아닙니다. 우린 2년 전 녹스빌의 신문사를 팔고 워싱턴으로 이사를 했어요. 전 《뉴스월드(News-World)》 잡지사로 갔지요.」

「오, 미안해요. 전 그런 줄도 모르고. 그렇게 됐군요. 전 부모님의 극성에 열두 살 때 기숙학교에 들어갔거든요. 정말 지긋지긋했어요.」

그녀는 그렇게 말하고는 호프에게로 시선을 돌렸다.

「얘야, 네가 함께 와줘서 너무 좋구나.」

「해리는 지금 뒤뜰에서 크리스토퍼와 함께 놀고 있답니다. 당신네들이 오는 소리를 못 들었나봐요. 교수님의 청력이 예전 같지 않답니다. 그이에게 갔다 올게요.」

데커와 호프는 잠자코 기다리고 있었다.

「여보, 호손 씨가 오셨어요.」

잠시 후 돌아온 그녀는 미안하다고 양해를 구하고는 부엌으로 들어갔다.

곧 굿맨 교수가 모습을 나타냈다.

「데커가 아닌가? 그래, 어떻게 지냈나?」

대답할 여유도 주지 않고 그는 말을 이었다.

「체중이 좀 불었고, 머리도 좀 빠졌군 그래.」

모두에게 명백한 사실인데도 자기 자신만큼은 인정하고 싶지 않은 것을 굿맨이 한눈에 알아차리자, 데커는 머쓱해졌다.

「네가 바로 호프구나.」

굿맨이 호프를 향해 몸을 돌리고는 말했다.

「내 장담하건대, 내 조카의 아들인 크리스토퍼를 만난다면 틀림없이 잘 어울리겠구나.」

굿맨은 뒷문 쪽으로 몸을 돌렸다. 스크린 문에 코를 박고 안을 들여다보던 소년이 안으로 들어왔다.

「크리스토퍼, 이리 와서 호손 씨와 따님인 호프 양에게 인사하려무나.」

데커는 전에 이렇게 활기에 찬 굿맨을 본 적이 없었다.

「호손 씨, 만나서 반가워요.」

크리스토퍼가 오른손을 내밀면서 말했다.

「나도 널 만나게 되어 기쁘구나. 기억 안 날지 모르지만 우린 이미 4년 전에 만난 적이 있어. 네가 일곱 살 때였지. 그동안 많이 컸구나.」

그때 굿맨 부인인 마르타가 초콜릿 칩 쿠키를 한 접시 가득 담아 들고는 부엌 쪽에서 나타났다.

「어이쿠, 내가 좋아하는 초콜릿 쿠키군 그래.」

굿맨 교수가 반색을 하자 마르타가 나무라듯 말했다.

「당신을 위한 게 아니랍니다. 아이들이 있잖아요. 호프, 크리스토퍼와 함께 우리 뒤뜰에 나가서 놀지 않을래? 쿠키와 우유를 좀 먹으면서 말이다.」

호프는 애 취급을 당하는 것이 내키진 않았지만 초콜릿 쿠키라는 말에 솔깃했다. 그녀는 고개를 끄덕이고는, 크리스퍼와 굿맨 부인과 함께 뒤뜰로 나갔다.

데커와 굿맨은 자리를 잡고 앉아 못다 한 이야기를 나눌 자세를 취했다.

「교수님은 굉장히 좋아 보이시는군요. 지난번에 뵈었을 때보다 10년은 더 젊어 보여요.」

「그런 소릴 들으니 나도 기분이 좋군. 10킬로그램은 빠졌어. 혈압도 내려갔고… 뭐, 거의 정상이라고 할 수 있지.」

낄낄거리면서 그가 덧붙였다.

「그건 그렇다 치더라도, 너무 너무 활기 있어 보이세요. 도대체 무슨 좋은 일이 있었던 거죠?」

굿맨은 뒷문 쪽으로 시선을 주었다. 크리스토퍼가 문을 절반쯤 열어놓은 상태로 거기 서서, 호프와 굿맨 부인이 꽃구경을 하는 것을 바라보고 있었다. 그녀들이 꽃구경에 여념 없는 틈을 타 그는 작은 할아버지가 있는 거실로 달려 들어왔다. 그러더니 자기 셔츠 주머니에서 두 개의 초콜릿 칩을 꺼내 건네는 것이었다. 굿맨은 쿠키를 받아들고는 크리스토퍼를 끌어안아 주었다. 크리스토퍼는 집게손가락을 세워 입에 대고는 비밀을 지켜달라는 표시를 했다. 그러고는 데커에게로 와서 역시 자기 셔츠 주머니에 손을 넣었다. 남아 있는 쿠키가 부서져 있는 걸 본 그는 미안해하면서 그것들을 데커에게 건네주었다. 그러곤 똑같은 침묵의 사인을 하고는 뒷문으로 달려 나갔다.

「도대체 무슨 일이 있었던 거예요?」

아이가 나가기를 기다려 데커는 아까의 질문을 반복했다.

「저 애가 바로 그 비결일세.」

굿맨이 크리스토퍼 쪽을 눈으로 가리켜 보이며 말했다.

「십 년은 더 젊게 보일 수도 있지. 하지만 내 기분으로는 다시 40대가 된 것 같아.」

데커는 지난 번 굿맨을 방문했을 때 크리스토퍼의 부모가 교통사고로 죽었다는 이야기는 들었었다. 그의 가장 가까운 피붙이라고는 굿맨의 큰형인 자기 할아버지였지만, 그는 노쇠하여 아이를 돌볼 처지가 못 되었다. 그래서 크리스토퍼는 해리와 마르타에게로 오게 된 것이었다.

「애초에는 두 늙은이가 어떻게 아이를 돌보겠나 싶었지. 하지만 마르타가 고집하더군. 자네도 알다시피 우리 사이에는 아이가 없잖은가. 크리스토퍼야말로 마르타와 나에게는 더할 나위 없이 좋은 선물이었어. 하지만 내가 옳았네. 우린 너무 늙었고, 그래서 보다시피 점점 젊어지고 있는 중일세.」

데커의 입가에 슬며시 미소가 떠올랐다.

「이제 비즈니스로 넘어갈까?」

굿맨이 말했다.

「이번에야말로 우린 뭔가를 얻게 될 걸세. 내 노트를 가져오지.」

굿맨은 잠시 방을 떠났다가 세 권의 두툼한 노트를 가져왔다. 두 시간 후엔, 데커도 굿맨이 옳았다는 것을 확실하게 실감했다. 굿맨은 암을 일으킬 수 있는 루스 사코마와 엡스타인 바 같은 여러 가지 바이러스들을 치료할 수 있는 백신을 개발해놓고 있었다. 백신이 과연 두루 통용될 수 있는 것인지에 대해서는 좀더 실험이 필요했고, 인간에 대한 실험도 행해져야 했지만, 지금까지의 실험 결과는 탁월했다. 실험실의 동물들에게는 93퍼센트의 효과가 입증된 것이다.

「그러니까 교수님은 C-세포를 대량으로 배양한 다음 실험관에 암을 일으키는 바이러스를 들여보내신 거죠. 바이러스가 C-세포를 공격하면, C-세포는 거기에 대한 반응으로 면역체를 생산하고, 그 결과 바이러스는 완전히 제거되는 거구요.」

「요약하자면 그렇지.」

굿맨이 동의했다.

「백신의 개발 과정이 계획대로 된다면, 암을 일으키는 바이러스만이 아니라 에이즈나 심지어는 독감 바이러스 같은 그 밖의 다른 바이러스에도 효과가 있다는 것이 입증될 거야. 에이즈 바이러스의 돌연변이체나 독감 바이러스의 변형체들 때문에 과정이 쉽진 않겠지만 말이야.」

「멋지군요! 특종 기사가 될 게 틀림없어요. 우리 잡지사에서 교수님의 사진을 다음 주의 표지에 싣지 않는다면 그게 오히려 이상할 일일 거예요.」

「그러니까, 우린 C-세포의 기원을 설명하기 위해 예전에 했던 것과 똑같은 계획을 진행시켜나갈 거예요, 그렇죠?」

데커가 물었다.

「내가 아는 한 그걸 변경해야 할 이유는 없어. 그 과정을 공개할 순 없지만 난 유전공학을 통해 C-세포들을 발전시켰다고 말하게 될 거야.」

「교수님의 노트를 더 들여다보고 싶긴 하지만, 엘리자베스에게 약속한 게 있어서 어떡하죠? 너무 늦진 않을 거라고 했거든요.」

「내가 자네보다 앞서가는 사람이라는 걸 잊지 말게나.」

굿맨이 끼어들었다.

「이미 복사를 해놓았다네. 보관을 잘 하도록 하고, 의문사항이 있으면 언제든 전화하게나.」

굿맨이 주섬주섬 노트를 챙겼고, 잠시 다른 이야기가 더 오갔다.

데커는 호프의 이모네 집에서 며칠 머문 다음《뉴스월드》리포터로서 팔레스타인 분쟁 문제를 다루기 위해 6주 동안 이스라엘에 가 있을 거라고 말했다.

「그런데 교수님, 튜린 원정대의 로젠 박사님을 기억하시지요?」

「조수아 로젠 말이지? 물론이지. 2년 전엔가 그에 대한 기사를 어디에선가 읽었던 것 같은데.」

「《뉴스월드》에 제가 썼던 기사예요. 제가 한 부 보내드렸었지요.」

「이제 기억이 나는군. 국방 예산 때문에 자기 프로그램을 진행하지 못하게 된 이후로 미국을 떠나 이스라엘로 가게 되었다는 기사였지.」

「맞아요. 지금도 이스라엘에서 살아요. 시민권까지 얻었지요. 이틀 동안은 그와 함께 지낼 예정이에요.」

「맞아, 내가 잊고 있었어. 그는 이스라엘 시민이 되고 싶어했지만, 그들이 받아들이지 않았었지.」

굿맨은 잠시 회상에 잠겼다.

그때 마르타와 호프, 크리스토퍼가 산보를 마치고 돌아왔다.

「저녁식사 하고 가세요.」

마르타가 데커에게 권했다.

「아이쿠, 죄송합니다. 그럴 수가 없어요.」

「그래요? 크리스토퍼가 호프와 더 있고 싶어하는데.」

「고맙습니다만, 엘리자베스와 루이자가 목 빠지게 기다릴까 봐서요.」

데커가 설명했다.

*

고속도로 풍경이 지루해지자 호프는 크리스토퍼와 마르타와 함께 보냈던 이야기를 주절거렸다.

「정말 재미있었어요. 걘 정말 멋진 아이던데요. 2년만 지나면 걔가 열세 살이 된다는 게 유감이지만요.」

「그건 또 무슨 소리야?」

데커가 물었다.

「열세 살 먹은 사내아이는 징그럽잖아요.」

「징그러워? 넌 〈미운 열세 살〉을 언니 덕분에 무사히 넘긴 것 같은데.」

호프는 아무 대답도 하지 않았지만, 아빠의 말을 들으니 생각난 게 있었다.

「굿맨 부인은 크리스토퍼에겐 함께 놀 형제나 누이가 없어서 너무 안됐다고 하세요. 같은 또래의 이웃도 없대요. 그런데 난 언니가 있어 너무 좋겠다는 거예요. 그래서 난 그렇게 생각 안 한다고 말했어요. 어쨌든 엄마 아빠만 좋다면, 루이자 언니를 크리스토퍼와 친하게 하면 좋겠어요.」

데커는 눈알을 굴렸다.

「진짜 웃기는구나.」

「굿맨 부인이 그러더군요. 아빠가 썩 내켜하지 않으실 거라고.」

고속도로를 계속 타면서 데커는 굿맨과의 대화 내용과 이스라엘로의 계획된 여정 사이를 왔다 갔다 하며 반추하고 있었다. 그는 로젠 가족을 방문할 일이 기대되었고, 불과 몇 주일 전 《뉴스월드》에 합류한 옛 친구 탐 도나편과 함께 지낼 생각을 하니 기분이 좋았다. 하지만 또다시 가족들과 떨어져 지낼 생각을 하니 아찔하기만 했다. 크리스마스를 이스라엘에서 함께 지내기로 했으니, 그때까지는 어떻게든 견뎌야 할 것이다.

로스앤젤레스에서 거의 2백 킬로미터 정도는 온 것 같았다. 날씨는 쾌적했고, 이제 곧 해가 저물 참이었다. 데커는 갑자기 액셀러레이터에서 발을 떼고는, 갓길에다가 차를 멈춰 세웠다.

「왜 그래요, 아빠?」

호프가 의아해하며 물었다.

데커는 아무 대답도 하지 않았다. 충격에 사로잡힌 듯 한참 동안 허공만을 응시했다.

「어째서 내가 그 사실을 잊어버렸을까?」

그는 한심하다는 듯 자신에게 반문했다.

「무얼요?」

「돌아가야겠구나.」

호프의 물음에 답변도 없이 데커가 다짜고짜 말했다. 호프가 반대하려고 했지만 소용없었다. 데커는 엘리자베스와의 약속 같은 것은 까맣게 잊어버린 것 같았다.

두 시간 후, 그들은 굿맨의 집으로 다시 돌아왔다. 아직도 동부 시각이 작동하고 있는 호프는 뒷좌석에서 잠에 빠져 있었다. 데커는 현관으로 다가가 문을 두드렸다.

굿맨과 크리스토퍼가 함께 문을 열었다. 잠시 동안은 어느 누구도 입을 열지 않았다. 굿맨은 멍하니 데커를 바라볼 뿐이었다. 크리스토퍼는 파자마 차림이었고, 이제 막 목욕을 했는지 축축한 머리가 산뜻하게 빗질되어 있었다.

「뭐 잊어버린 게 있나?」

굿맨이 결국 입을 열었다.

데커는 대답 없이 크리스토퍼 쪽으로 몸을 구부리고는 그의 얼굴을 찬찬히 뜯어보고 있었다.

「어이, 다시 보니 좋군 그래. 호프를 안으로 들어오게 해서 조금 더 놀게 하지 그래?」

데커는 조금씩 눈빛을 누그러뜨리기 시작하더니, 마침내 굿맨을 돌아보았다.

「도대체 왜 그런가?」

굿맨이 물었다. 데커는 허리를 곧추세웠다.

「교수님이 그랬어요. 그렇죠?」

「도대체 뭘 말하고 있는 건가?」

굿맨은 침착성을 유지하려 애썼다.

「제가 뭘 말하고 있는지 더 잘 아실 텐데요!」

데커가 망설임 없이 대꾸했다.

굿맨은 자신이 덫에 걸린 토끼 같다고 생각했다. 이 생각 저 생각
이 머릿속에서 사방팔방으로 뛰어다녔다. 어떻게 생각하든 가시처
럼 찌르는 두려움은 피할 길이 없었다. 데커가 그것말고 딴소리를
할 리는 없지 않은가? 그는 속으로 반문했다.

「복제!」

데커가 불쑥 내뱉었다. 굿맨은 침착하려 애쓰면서 말했다.

「크리스토퍼, 호손 씨와 잠시 할 이야기가 있으니, 넌 집 안으로
들어가렴. 마르타 숙모에겐 내가 앞 현관에 있다고 말씀드리고.」

데커는 크리스토퍼가 문을 닫고 들어갈 때까지 기다렸다가 말했
다.

「교수님은 수의에서 추출한 세포들을 복제한 거예요!」

속삭이듯 하는 말이었지만, 워낙 힘을 주다보니 마치 외치고 있는
것이나 마찬가지였다.

「크리스토퍼는 교수님 형님의 손자가 아니에요! 교수님은 형제가
없어요! 교수님은 외아들이었으니까!」

그는 신중함으로 포장할 생각도 내팽개친 채 거의 소리를 지르다
시피 했다.

온화한 밤이었고, 굿맨 부인이 가꾼 꽃밭 위로는 달빛이 쏟아지고 있었다. 꽃향기가 사방에 가득했다. 하지만 두 사람은 그런 것엔 아랑곳하지 않았다. 굿맨은 데커의 눈을 깊숙이 들여다보며, 데커가 허세를 부려 자기를 속이고 있지나 않은지 파악하려 애썼다. 하지만 그런 기색은 찾아볼 수 없었다.

데커는 아무런 망설임도 없었고, 엄포를 놓고 있는 것도 아니었다. 크리스토퍼가 굿맨의 형의 손자일 수 없다는 사실을 이제 막 알아차리긴 했지만, 그렇다고 해서 그가 수의에 나타난 남자의 복제인간이라는 결정적인 증거가 있는 것도 아니었다. 굿맨의 형에 관한 이야기가 날조되었다 할지라도, 수의와 상관없이 그렇게 해야 할 이유는 수십 가지 이상이 될 수도 있었다.

「데커, 아무에게도 말하지 말게, 말하면 안 돼.」

굿맨이 다짐을 시켰다.

「사람들은 크리스토퍼를 동물원의 원숭이 꼴로 만들어버릴 거야. 그 앤 그저 천진한 아이일 뿐이야!」

데커는 자신이 옳았다는 것을 확인하고는 고개를 절레절레 흔들었다.

「크리스토퍼라고 이름을 지으신 이유가 바로 거기에 있었던 거예요, 그렇죠?」

「그래.」

굿맨이 대답했다. 엎질러진 물이 되고 말았지만 이제라도 데커가 협조해주기를 간절히 바라는 심사였다.

「크라이스트 이후!」

굿맨은 잠시 동안 데커의 말뜻을 알아차릴 수 없었지만 곧 그 뜻을 알아차렸다.

「크라이스트? …제기랄, 아니야! 콜럼버스…, 크리스토퍼 콜럼버스의 이름을 따서 지은 거야.」

「도대체 왜 콜럼버스의 이름을 따를 생각을 하신 거죠?」

그 질문은 굿맨에게 놀라운 것이었지만, 그가 할 대답은 명확했다.

「내 말했지 않나. 콜럼버스가 신세계를 발견한 이래 가장 획기적인 발견이라고. 난 그 세포들을 발견한 것이나 의학적인 발견을 가리켰던 게 아냐. 크리스토퍼를 이야기하고 있었던 거지. 나는 그 당시에 이미 복제한 태아를 대리모에게 성공적으로 이식시켰었어. 정상적인 임신 상태였다면 벌써 여러 개월째였지. 난 해내리라고는 기대하지도 않았어. 그런 게 이루어질 리가 없다고 생각했지! 한 인간을 복제한다는 건 자네가 상상할 수 있는 것보다 훨씬 더 어렵다네. 하지만 C-세포들은 너무도 생명력이 넘쳐서, 단 한 번의 시도로 대리모의 수정란에 유전자 물질을 이식시킬 수가 있었다네. 자네에게 말하려고 했지만, 내가 복제를 언급하자 자네가 보인 반응을 보고는 용기를 잃어버리고 말았네.」

굿맨은 숨을 고르더니 계속 말을 이었다.

「이제 알겠나, 데커? 난 우리 은하계 바깥 다른 곳에도 생명이 존재한다는 것을 증명한 셈이네! 수의 속에 있던 남자는 40억 년 전 지구에 처음으로 생명체를 이식시켰던 종족 출신이었을지도 몰라. 난 생각했지. 수의에 나타난 남자를 복제할 수 있다면, 그들에 관해서 더 많은 것을 알 수 있으리라고 말이야. 그렇게 함으로써 우리보다 앞선 스승 뻘인 종족에게 다가갈 수 있기를 희망했던 거야. 크리스토퍼가 콜럼버스와도 같이 우리를 새로운 세계로, 더 나은 세계로 이끌어주기를 희망했던 거야.」

잠시 침묵하더니 굿맨은 조심스럽게 이야기를 했다.

「크리스토퍼가 태어난 이후, 나는 그 앨 연구하고 있어. 그 앨 지켜보고, 그 앨 연구해왔어. 하지만 내가 발견한 것은… 그 애가 외계인도 아니고, 신도 아니라는 거야. 나는 그저 천진한 한 소년을 보고 있을 뿐이야.」

「그렇지만 분명 평범한 소년일 리는 없잖습니까? 거의 2천 년 전에 살았던 한 남자의 복제인간이라면?」

「하지만 거기에 대해서는 아무런 기억도 없어. 알고 있는 것으로 말하자면, 그는 그저 열한 살짜리 소년일 뿐이야.」

「크리스토퍼가 다른 여느 소년들과 아무런 차이점도 없다고 말씀하시는 겁니까?」

데커가 믿을 수 없다는 듯 의문을 제기했다.

「그래, 맞아. 몇 가지 차이가 있긴 해. 그는 지금까지 아픈 적이 없어. 베이거나 헐어서 작은 상처가 나도 금방 아물어. 하지만 그게 전부라네.」

「이해력도 굉장한 것 같던데요?」

「물론 영리하지.」

데커가 캐묻자 굿맨이 시인했다.

「하지만 아주 특별난 것은 아니네. 아내와 나는 학교 수업 외에도 개와 많은 시간을 보내면서 별도로 공부를 돕고 있어.」

「사모님께서요? 사모님도 크리스토퍼에 관해 압니까?」

「물론 모르고 있지. 걔가 태어나자 난 대리모를 곧 멕시코로 보내버렸어. 함께 있는 기간이 길어지면 문제가 생길 수도 있으니까 말이야. 그러고는 아파트를 빌려서 그 앨 돌봐줄 간호사를 구했지. 지금에 와선 엄청 무책임한 짓인 줄 알지만, 그 당시엔 아이를 어떻게 키울 것인지에 대한 아무런 계획도 없었어. 아이를 한 인격체로서 대접하고 전체 계획을 짤 만한 여유가 없었던 거야. 아이가 돌을 넘긴 다음에야 내 책임을 깨닫기 시작했네. 난 아이를 고아원 문가에 놔두고 올 수가 없어서 내 집 문 앞에다가 놓아두었어. 아이를 쪽지와 함께 바구니에 담아놓고, 멀찍이 떨어져서 내내 지켜보았지. 다행히 마르타는 워낙 아이를 원하던 참이었지. 〈어떻게 해야 할 것인지〉를 정하기 이전에 며칠 동안만 임시로 돌보기로 했지. 그런 다음엔, 엄마가 다시 찾으러 올 때까지는 어떻게든 우리가 아이를 돌보아야 한다고 그녀를 설득시키기란 그리 어려운 일이 아니었어. 나중에야 우리는 그 아이가 내 형의 손자라는 이야기를 꾸며내고, 출생증명서와 그 밖의 다른 서류들을 만들어냈지.」

그제야 알겠다는 듯 데커는 보일 듯 말 듯 고개를 끄덕였다.

「데커, 복제를 계속해서 진행시킨 건 실수였을지도 몰라. 자네가 원한다면, 〈내가 자네에게 그렇게 말했다〉고 말해도 좋아. 하지만 그 애에 대해선 난 후회하지 않네. 그 애는 이미 내 아들처럼 되어버렸으니까. 크리스토퍼가 복제인간이라는 기사를 자네가 쓰게 된다면, 그건 세 사람의 인생을 망치는 셈이 돼. 나와 마르타, 크리스토퍼의 인생을. 그리 되면 크리스토퍼는 결코 정상적으로 살 수가 없을 거야. 그런 식으로 살게 해서는 안 돼. 자네도 아이들이 있지. 하찮은 잡지보다는 아이들의 앞날이 더 중요하지 않은가?」

굿맨이 대답을 기대하고 있었지만, 데커는 마음에 떠오르는 대로 지껄일 수가 없었다. 물론, 크리스토퍼의 인생을 망치고 싶은 생각은 추호도 없었다. 하지만 관계되는 사람은 보호하면서도 기사를 내보낼 방법이 있어야 했다. 그렇다고 익명을 사용할 수도 없었다. 그러기엔 너무도 큰 사건이었다. 누군가는 냄새를 맡게 될지도 모른다. 그리고 이름을 사용하지 않은 채로 상황을 설명한다면, 아무도 그 기사를 믿어주지 않을 것이다. 뭔가 다른 묘안이 있어야 했다. 그에게는 생각할 시간이 필요했다.

굿맨이 먼저 제안을 했다. 굿맨으로서는 너무 조바심이 나서 데커의 대답을 오래 기다리고 있을 수가 없었던 것이다.

「이봐, 다음 주에 이리로 다시 와서, 같이 시간을 좀 보내면 어떤가? 크리스토퍼에 대해 더 잘 알 수 있도록 말일세.」

데커가 크리스토퍼를 잘 알게 된다면 아무리 대박을 터뜨릴 수 있다고 해도 크리스토퍼를 다치게 할 가능성이 있는 기사는 쓰지 않을 것이다. 그것이 굿맨의 희망사항이었다. 데커도 좋은 제안이라는 점에는 동감이었지만 이유는 좀 달랐다. 그에게는 생각할 시간이 필요했고, 뭔가를 더 알아낸다면 기사를 쓰는 데에 필요한 많은 정보를 갖게 될 것이기 때문이었다. 그러나 다음주는 안 되었다.

「다음 주엔 그럴 수가 없어요. 이스라엘에 가기로 되어 있는 것 아시잖아요?」

그때 퍼뜩 떠오른 생각이 있었다. 그건 도박이었지만, 데커의 직업 자체가 사실은 도박성이 농후했다. 적시적소에 있어야 한다는 도박성.

「내가 크리스토퍼와 함께 이스라엘에 가면 어떨까요? 누가 알아요? 그로 인해서 기억이 조금 되살아날지도 모르잖아요.」

굿맨의 얼굴은 노여움으로 휩싸였다.

「미쳤군! 절대 안 돼! 마르타에게 어떻게 설명한단 말인가!」

「알겠어요, 알겠다구요! 기껏 묘안이라고 생각해낸 건데.」

「묘안이 아냐!」

굿맨이 되쏘았다.

「좋아요.」

데커가 협상할 준비를 갖추고 말했다.

「난 당분간 입을 봉하고 있을게요. 1월 중에 이스라엘에서 돌아오면, 그때 가서 일주일 정도 절 초대해주세요.」

굿맨은 간신히 노여움을 가라앉혔다. 그는 몇 시간 더 생각해보겠다면서, 어찌 됐든 하루 안에 결론을 내리겠다고 했다. 어떻든 나중에 다시 타협할 여지를 남겨놓는 데에 동의한 것이다.

*

데커와 호프는 다시 길을 떠났다. 애초의 계획보다 여섯 시간 가량 늦어진 셈이었다. 엘리자베스에게 뭐라고 변명할 것인지, 데커는 그게 걱정이었다.

6
잃어버린 성궤의 비밀

이스라엘 나블루스

「탐, 커피 어떻게 드시죠?」

조수아 로젠이 자신과 아내, 그리고 자신의 두 미국인 손님을 위해 커피를 타면서 물었다.

탐 도나편은 블랙이라고 대답했다. 데커가 자기도 대답을 하려고 하자 조수아가 말했다.

「당신은 말할 필요 없소. 기억하고 있으니까. 크림도 듬뿍, 설탕도 듬뿍, 어린애에게 타주듯이 하면 되잖소?」

최근의 소요 사태에 대한 보도에 대비하여, 데커와 탐은 이스라엘 시간에 적응하려고 애써 왔지만, 커피가 많은 보탬이 된 것이 사실이었다.

「탐, 털어놔 봐요. 우리의 데커를 어떻게 알게 된 거죠?」

조수아의 아내 일라나 로젠이 물었다.

「우린 오랜 기간 친구로 지내왔어요. 우리가 만난 건… 1968년이었을 거예요. 테네시 주의 털러호마에 있는 어느 커피하우스였어요. 우린 둘 다 글쓰기에 관심이 많았고, 그래서 곧장 죽이 맞은 거죠, 뭐.」

탐은 다갈색의 턱수염 아래로 턱을 긁적이면서 말했다. 그러곤 지나간 시절을 그려보기라도 하듯 허공에 눈길을 둔 채 덧붙였다.

「그때 우린 정말 기묘한 차림이었죠. …장발에다가 히피 목걸이, 남의 이목을 끌려는 짓은 빼놓지 않았죠.」

일라나는 테이블 너머로 올해 47세인 데커를 바라보면서, 히피였을 당시의 모습을 그려보며 웃음을 터뜨렸다. 탐이 말을 이었다.

「어쨌든 우린 몇 년 동안 궤도를 이탈했었죠. 데커는 군대에 갔고, 난 건설회사 인부가 되었어요. 1973년에는 땀 흘려 벌어먹고 사는 데에 그만 진력이 나서 대학에 가기로 결심했구요. 어느 날 학교 컴퓨터의 실수로 잘못 배정된 미생물학 강의실에 앉아 있는데, 당신들이 오늘 보시는 바와 같이, 눈을 착 내리깐 채 데커가 걸어 들어오더군요.」

탐이 이야기하는 틈을 타서 〈자신의 눈을 쉬게〉 했던 데커는, 고개를 흔들고는 정신을 차리려고 커피를 몇 모금 들이켰다.

「이거 정신 바짝 차리고 있어야겠는데요. 잠들었다가는 탐이 나에 대해 어떤 작문을 할지 모르잖아요.」

자기 친구가 듣고 있다는 것에 만족한 탐이 말을 이었다.

「그 이후로 몇 년 동안 우리는 학교에서 붙어 지냈어요. 대학을 졸업한 이후 난 매사추세츠의 어느 신문사에 취직했지요. 난 데커가 대학원에 진학할 줄 알았어요. 하지만 그 다음에 내가 들은 소식은 녹스빌에서 주간 신문을 발행하고 있다는 것이었어요. 몇 년 후에 난 매사추세츠를 떠나 시카고의 UPI로 갔고요. 두 달 반쯤 전에 데커가 《뉴스월드》 기자로서 날 인터뷰하겠다고 연락을 해왔지요.」

아무리 애를 써도 눈꺼풀이 절로 감기는 걸 데커는 어쩔 수가 없었다. 하지만 탐이 이야기를 끝내자 세 쌍의 눈동자들이 자기를 바라보고 있다는 것은 느낄 수가 있었다. 또 한 차례 고개를 흔들고 목을 한 번 돌린 다음, 그는 그동안에도 열심히 듣고 있었던 것인 양 태연을 가장했다. 탐은 데커의 실례가 되는 매너에도 아랑곳하지 않은 채 로젠 부부를 향해 물었다.

「여행 기간 동안에 두 분을 만났단 이야기는 데커에게 들었어요. 하지만 두 분에 대해 거의 모르고 있다고 해야 할 거예요.」

「짤막하게 말하겠소.」

조수아가 얘기를 시작했다.

「일라나와 나는 제2차 세계대전이 시작되기 몇 년 전에 오스트리아에서 태어났소. 히틀러가 지배하는 한 유대인이 있을 곳이 없으리란 것이 명백해지자 우리 가족은 오스트리아를 떠났소. 내가 여섯 살 때였지. 다행스럽게도 우리 가족은 이주를 허가받았지만, 그보다 2주 늦게 떠나려고 했던 일라나의 가족들은 여권을 거절당했소. 나중에야 루터교 선교사들의 도움으로 밀입국할 수 있었지요. 미국에서, 아버지는 원자력 연구소에서 맨해튼 프로젝트를 위해 일하는 30명의 유대인 과학자들 중 한 분이셨소. 가정에서는 매우 엄격하셨고, 공부를 잘해야 한다고 두 자매와 나를 늘 다그치셨지. 나는 핵물리학을 공부해왔고, 레이저와 소립자 빔 연구에 참여하게 되었소.」

조수아는 말을 멈추고는 커피를 홀짝였다.

「그래서 전략방위 산업에 참여하시게 되었군요.」

탐이 말했다.

「맞아요. 그런데 몇 년 전, 대통령이 정부 주도의 거의 모든 에너지 연구를 중단하기로 결정을 내렸소.」

「두 분이 이스라엘에 오기로 결정했던 무렵의 일이죠?」

「바로 그렇게 된 건 아니고, 얼마 있다가 그랬소. 아버진 제2차 세계대전을 종식시킬 노력의 일환으로서 원자폭탄을 처음 생산하는 데에 기여하신 분이오. 나는 그 원자폭탄을 운반하는 미사일에 대항할 수 있는 방어망을 구축함으로써 제3차 세계대전을 막는 일에 기여하고 싶었소. 그런데 미국이 그런 방어체제를 구축할 뜻을 더 이상 갖고 있지 않다는 것이 명백해진 것 같아서 이스라엘에 오기로 결정을 내린 거요. 여기에서 내 연구를 계속하기 위해서 말이오.」

「데커 말로는, 두 분이 이스라엘 시민이 될 수 없도록 아드님이 이스라엘 외무성에 호소했다고 하던데요?」

그러자 일라나가 자기 아들을 변호하고 나섰다.

「스콧은 좋은 애예요. 잠시 혼동을 일으킨 것뿐이에요.」

「그래요.」

조수아가 말을 이었다.

「짐작하다시피, 스콧과 난 꽤 오랜 동안 눈을 마주치며 살지 못했소. 우리 가족은 정통 유대교인이라고 할 수 없지요. 절기를 지키긴 하지만, 전통을 고집하는 건 아니니까. 그것은 사실 큰 의미가 없어요. 1년 반 동안 성서를 공부하면서 예수아를 구세주로 받아들이는 친구들과 이야기를 나눈 다음, 일라나와 나는 예수아를 유대인 메시아로서 받아들였소. 1976년이었지. 그런 일이 있은 지 3개월 후에 아버지가 돌아가셨는데, 스콧은 할아버지의 죽음을 이상하게 받아들였소.」

옆에 앉아 있던 일라나가 조수아의 손을 어루만졌다.

「한 번은 스콧이 할아버지가 돌아가신 것은 우리 탓이라고 직접 비난하기까지 했지요. 일라나와 내가 예수아를 받아들임으로써 〈우리의 종교를 포기했기 때문에〉 그 벌로 할아버지가 돌아가시게 되었다는 거요.」

조수아가 말하는 내용을 전적으로 받아들인 것은 아니었지만, 탐은 동정의 뜻으로 고개를 주억거렸다.

「결국 스콧은 우리를 벌주려고 미국을 떠나 이스라엘로 갔고, 나중에 정통적이고 호전적인 그룹에 들어갔소. 그 아인 그때 겨우 열여덟 살이었소. …우리가 3년 전 이스라엘에 왔을 때, 우린 그 아이가 열다섯 살 때 이후론 소식을 듣지 못한 상태였소. 그런데 우린 이스라엘 시민권을 거부당했소. 대부분의 유대인들은 거의 자동적으로 이주권이 주어지게 되어 있었는데도. 나중에야 우린 스콧이 당국에 우리가 신앙을 포기했으며, 시민권을 주지 말아야 한다고 주장했단 이야기를 들었소.」

조수아는 잠시 얘기를 멈췄다가 다시 시작했다.

「며칠 동안 격론을 벌인 끝에, 일라나와 나는 싸우기로 결심했소. 우린 결코 우리의 신앙을 포기한 적이 없으니까 말이오! 유대인 중에도 불가지론자와 무신론자가 수두룩해요. 이스라엘은 그들에게도 시민권을 부여합니다. 하지만 유대인 중에 메시아가 나온다는 예언을 믿는다는 이유로 그들은 우리가 우리의 신앙을 부인해왔다고 말해요! 예수아를 받아들이는 것은 우리의 신앙을 부정하는 것이 아니라, 신앙을 완성하는 것이오! 자신이 메시아라고 주장하는 사람들이

40명 이상이나 존재해왔지만, 그들의 추종자들이 자기들의 신앙을
부인했다는 이유로 고발당한 사례는 없었소!」

어느 새 조수아의 목소리는 점점 커져가고 있었다. 그는 이런 방
어논리를 여러 차례 펼쳐왔고, 그때마다 더욱더 자기 확신을 굳혀왔
던 것 같았다. 일라나는 지지자가 옆에 있다는 것을 확인시키려는
듯 그의 손을 감싸 쥐고 있었다. 조수아는 잠시 말을 멈추고, 분위기
를 누그러뜨리려는 듯 미소를 지어 보였다. 그 미소에는, 혹시라도
너무 신랄했다면 용서해달라는 뜻도 담겨 있었다. 그는 곧 다시 이
야기를 이어갔다.

「나는 이스라엘 국방성 관리들을 여러 명 만났소. 그들은 이스라
엘의 전략방위 프로그램에 나를 참여시키는 문제에 상당한 관심을
보였소. 데커가 미국에서 내게 전화를 걸어올 무렵이었지.」

그들은 데커에게 시선을 모았지만 그는 이제 곤한 잠에 빠져 있었
다. 일라나는 흘러내린 머릿결을 부드럽게 손으로 쓸어 올렸다. 조
수아는 목소리를 한결 가라앉혀 다시 말을 이었다.

「그는 미국의 전략방위 연구가 내리막길이라는 이야기를 합디다.
이스라엘로 가겠다는 내 결심에 대해서도 들었다고 했소. 나는 그렇
다고 대답하고는, 미국과 이스라엘의 전략방어 능력과 목표를 비교
연구할 것을 제안했소.」

「그렇다면 그 이전에 이미 데커를 알고 계셨군요?」

「아, 그래요. 우리는 1978년 튜린의 수의 원정대에서 만났었소.」

「절 놀리시는 것 아녜요? 그 프로젝트에 참가하셨을 줄은 전혀 몰
랐는데요. 거기에 대한 이야기를 좀 듣고 싶군요.」

일라나가 끼어들었다.

「미안하지만, 그이에게 기회를 주지 마세요. 시작하면 끝이 없으니까요.」

아내의 핀잔에 조수아는 슬며시 웃고 나서는 하던 이야기를 계속했다.

「어떻든 데커가 도착했을 때, 난 이곳에 대해 다루어져야 할 기사는 두 종류라고 이야기했소. 하나는 레이저와 소립자 빔에 관한 연구를 폐기시킨 미국의 결정에 관한 기사이고, 두번째는 예수아를 구세주로 믿는 유대인들에게 시민권을 주기를 거절하는 이스라엘의 정책에 대한 기사라고 말이오.」

「데커는 우리에게 무슨 일이 일어났는지, 우리가 어떻게 시민권을 거절당했는지에 대해 써주었어요. 그는 정말 가슴으로 그 기사를 써주었지요. 당신네 잡지사 편집자들이 뭉텅이로 잘라내서 구석으로 밀어버렸지만 말이에요.」

일라나가 끼어들었다.

「그 기사를 준비하면서 데커는 이스라엘의 미사일 방어 전략을 완강하게 고집하는 국회의원들을 인터뷰했소.」

조수아가 다시 얘기의 주도권을 잡았다.

「그들은 우리의 위상을 알게 되자, 우리에게 즉각 시민권을 주라고 각료들에게 요구했소. 2주일도 안 되어 청문회가 열렸는데, 우린 거의 입을 열 필요도 없을 제경이었소. 판사는 대단히 호의적이었고, 우린 전후사정도 모른 채 시민권을 얻었소. 당신도 알다시피, 시민권이 없이는 국가 기밀에 해당하는 방어 프로그램에도 참여할 수 없는 게 아니겠소? 우린 메시아를 믿는 유대인에 반하는 법률에 관심이 모아지도록 시도해왔는데, 우리가 그 법률에 예외가 되자 논의의 대상이 되었소.」

「아드님은 그 이후에 만났나요?」

탐이 묻자, 일라나가 대답했다.

「예, 청문회에서요. 일이 일사천리로 진행되자 그 아이는 기분이 상했어요. 하지만 우리를 보자 만감이 교차하는 모양이었어요. 열다섯 살 이후론 처음이었으니까요. 청문회가 있은 지 이틀 후에 전화를 걸어와서 만나자고 하더군요. 사과를 한 건 아니지만, 우리를 받아들이려고 애쓰는 모습이었어요. 적어도 한 가지 점에서는 그 앤 아버지의 발자취를 뒤따른 셈이었어요.」

조수아가 일라나의 말을 받았다.

「스콧은 일류급 물리학자가 되었소. 바로 그런 위치 때문에 그 앤 쉽게 우리가 이스라엘에 와서 시민권을 얻고자 한다는 것을 알게 되었던 거요. 아들 역시 전략방위 연구에 참여하고 있었소.」

「요즘은 몇 주마다 한 번씩은 아들을 만나고 있어요.」

일라나가 말했다.

「몇몇 프로젝트에는 함께 참여하고 있기도 하지요.」

조수아가 덧붙였다.

저마다 말을 멈추고 커피를 한 모금씩 홀짝였다. 대화가 일단락되어가고 있다는 신호였다. 탐은 아까부터 확실하게 해두고 싶었던 얘기를 꺼낼 기회라고 생각했다.

「박사님, 얘기 중에 〈예수아〉라고 여러 번 언급하셨는데, 혹시라도 다른 누구를 지칭하는 건 아니겠죠?」

「예수아 하 마쉬아크.」

조수아가 히브리어로 대답했다.

「당신에겐 〈메시아 예수〉라는 영어식 발음이 익숙할 거요.」

탐은 눈썹을 치켜세우고 물었다.

「예수아란 그럼 예수를 나타내는 유대식 단어인가요?」

조수아와 일라나가 동시에 고개를 끄덕였다.

「그렇다면 두 분은 유대교인이자 크리스천이기도 하단 말씀인가요?」

「이곳 이스라엘에서는 똑같은 질문을 하는 사람들이 많소.」

조수아가 대답했다.

「하지만 당신도 분명 알고 있을 거요. 초대 그리스도인들은 모두가 유대인들이었다는 것을 말이오. 1세기에는 대체로 〈그 길을 따르는 사람들〉이라고 불렸던 그리스도인들이 유대인 형제들 사이에서 동등하게 대접받으면서 살았고, 유대교 안에서 비교적 큰 분파가 되었소. 사실상 예수아의 추종자들 사이에 최초로 이견이 생기게 된 것은, 이방인들이 그리스도인이 되려면 먼저 유대교로 개종해야 하느냐 마느냐를 놓고서였소.」

「미처 거기까지 생각해본 적이 없네요. 그러니까 아드님은 두 분이 그리스도인이라는 사실을 못마땅하게 여겼군요.」

「우린 〈예수를 메시아로 받아들이는 유대인〉이라고 불리길 더 좋아합니다. 하지만 당신 질문에 굳이 대답하자면, 그렇다고 해야겠죠.」

대화는 거의 끝나갔고, 커피잔도 비었고, 롤빵도 모두 뱃속으로 들어가고 없었다. 탐은 데커에게로 가서 그를 흔들어 깨웠다. 조수아는 탐과 데커에게 예루살렘을 구경시켜주기 위해 하루를 비워놓고 있었다. 데커가 식어빠진 커피를 마저 마시자, 세 사람은 자리에서 일어났다.

*

조수아는 여행객들이 늘 다니는 코스를 따라 두 사람을 안내했다. 모두가 이스라엘의 정치 및 군사와 연관되는 장소였다. 탐 도나핀은 〈통곡의 벽〉이 특히 인상 깊었다. 고대 유대교 성전의 서쪽 벽 중 일부가 아직까지도 꿋꿋이 서 있는 것이다.

벽에 다가가자 그들에게 머리에 두르는 검은 종이두건이 주어졌다. 이스라엘 정부는 전통적인 두건을 착용한 남자들에 한해서만 통곡의 벽을 둘러보도록 허락하고 있었다. 벽 가까이에는 검은 옷을 입은 남자들이 한 덩어리가 되어 앞으로 뒤로 움직이면서 기도문을 암송하거나 기도의 말을 웅얼거리고 있었다. 그 중에는 어깨 주위를 밧줄이나 끈으로 묶고 이마에는 마치 머리띠처럼 〈성구함〉이라 불리는 작은 박스를 착용하고 있는 사람들도 있었다. 조수아는 설명하기를, 그 박스 안에는 구약성서의 첫번째 다섯 권의 책인 《토라》에서 딴 구절이 들어 있다고 했다.

조수아는 그곳에 대한 짧은 역사를 말해주었다.

「본래의 성전은 솔로몬 왕에 의해 지어졌지만, 바벨론 함락 당시에 파괴되었소. BC 521년에 다시 지어지기 시작했고, 헤롯 왕 치하에서는 대대적인 수리가 행해졌소. AD 27년경에는 예수아가 자기 자신이 죽었다는 말을 모두가 듣기 이전에 성전이 파괴될 것이라는 예언을 했소. 그가 예언했던 대로, 성전은 AD 70년에 로마에 대항하여 일어난 유대인 혁명을 진압하기 위해 티투스가 예루살렘을 침략했을 당시 파괴되었소. 예수아가 예언한 파괴의 정도에 대해 성서 학자들의 견해가 서로 일치하지 않는다는 점은 자못 흥미롭지요. 그는 제자들에게 말하기를, 제자들 중 최후의 한 사람이 죽기 이전에 성전 전체가 무너질 것이라고 했소. 하지만 보시다시피, 성전의 일부가 지금도 건재하오. 그래서 성전 벽 안에 있는 구조물만을 지칭했던 것이라고 말하는 사람도 있고, 서쪽 벽은 단지 기초의 일부일 뿐이므로 예수아의 예언에는 포함되지 않는다고 말하는 사람도 있소. 하지만 예루살렘이 로마에 의해 포위 공격을 당할 당시에 현존했던 요세푸스에 따르면, 티투스는 그 도시의 일부를 자기 자신의 업적에 대한 기념으로 남겨두라고 명령했다고 해요.[12] 그는 유대인을 격퇴하기 위해 자신이 정복하지 않으면 안 되었던 요새를 일부나마 모두가 볼 수 있기를 원했던 거요.」

「박사님은 어느 해석을 지지하죠?」

탐이 자못 궁금한 듯 물었다.

「예언은 성전 건물만을 포함하며, 따라서 모든 벽이 거기에 포함될 필요는 없다는 해석을 편들어야 하지 않겠소? 썩 내키진 않지만 말이오.」

「썩 내키지 않는 건 무엇 때문이죠?」

탐이 물었다.

「예수아가 한 예언 중에는 〈돌 하나도 다른 돌 위에 얹혀 있지 못할 것〉[13]이라는 예언이 있는데, 그렇다면 모든 예언이 다 맞는 것이 아닌 게 되어버리기 때문이오. 벽은 여전히 건재하므로, 내가 생각

---

12) 요세푸스, 《유대 전쟁(The Jewish War)》, VII, 1.
13) 마태복음 24:2.

할 수 있는 가능성에는 두 가지가 있소. 하나는 예수아가 틀렸다는 것으로, 나로서는 받아들일 수 없는 가정이오. 또 하나는…….」

조수아는 킥킥대면서 결론을 내렸다.

「예수아가 2천 년 전 성전에 대해 예언할 당시 예수아와 함께 있었던 이들 중 적어도 한 명이 아직까지도 살아 있다는 것이오.」

「조수아, 내 무지를 이해하세오.」

탐이 말했다.

「그런데 이 성전이 성궤가 보관되던 바로 그 성전인가요?」

「맞아요. 물론 이 벽은 성궤가 있던 곳에서 좀 떨어져 있긴 하지만. 그런데 그건 왜 묻죠?」

「아, 별거 아닙니다. 《잃어버린 성궤의 비밀》[14]이란 영화를 여섯 번 정도는 본 것 같은데, 성궤에 진짜로 무슨 일이 일어났는지를 누가 알랴, 하는 생각이 들어서요.」

탐은 머릿속에 떠오른 생각을 털어놓았다.

「여러 이론이 존재합니다. 바빌로니아의 침략 중에 성전이 파괴된 이후로 성궤가 어디에 있는지에 대해서는 성서에 언급되어 있지 않소. 침략자들이 성전을 약탈하면서 성궤도 가져갔을 거라고 추정되기도 해요. 하지만 에스라가 성전을 재건하기 위해 바벨론에서 돌아왔을 당시, 그가 약탈당했던 모든 것을 다시 가져왔다는 성서 기록이 있소.[15] AD 70년 티투스에 의해 파괴될 당시 성궤를 강탈당했을 거라고 생각하는 사람도 있소. 그래서 성궤가 녹아 없어졌거나, 아

---

14) 파라마운트, 1981.
15) 에스라 1:7.

니면 누군가의 손에 의해 옮겨져서 바티칸의 보물창고에 숨겨져 있을지도 모른다는 거요. 하지만 이 이론에 반박할 만한 몇 가지 증거가 있소. 로마에는 티투스의 예루살렘 함락을 기리는 아치가 존재하오. 그 아치에는 로마에 의한 예루살렘의 파괴와 약탈 장면이 새겨져 있는데, 성전에서 빼앗은 보물들을 보여주는 세밀화도 있소. 묘사된 보물 중에는 성궤가 들어 있지 않소. 막대한 가치를 지닌 것이기에 티투스가 강탈한 품목 속에 들어 있어야 마땅한데도 말이오.」

조수아는 의미심장하게 웃어 보이고는 말을 이었다.

「성궤가 에티오피아에 존재한다는 사람도 있소. 그 이론에는 치명적인 약점이 많지만 말이오. 외경 중의 하나에 근거하여, 바빌로니아 사람들이 성궤를 발견하지 못하게 하기 위해 예언자 예레미야가 요르단의 느보 산에 있는 한 동굴에 그것을 감추었다는 설도 있소.」[16]

「외경이라니요?」

탐이 물었다.

「구약성서와 신약성서는 당신도 알 거요. 예수를 구세주로 받아들이는 우리 유대인들은 옛 계약과 새 계약으로 부르길 더 선호하지만. 종교적인 저작이라고 해서 모두가 다 성서에 포함되는 것은 아니오. 그런 성서에 포함되지 않은 종교적인 책들을 외경이라고 하지요. 단순히 환상을 기록한 책도 있고, 수백 년 전의 것인 양 날조하고 있는 명백히 후대에 만들어진 위작(僞作)도 있소. 하지만 그 진정성을 그리 의심하지 않아도 되는 책도 몇 권 있소. 가톨릭이 사용하는 구약성서 안에는 외경들이 꽤 포함되어 있소. 하지만 유대교인

---

16) 마카베오하 2:4~8.

이나 개신교인들은 하나님에 의해 영감받은 책으로 생각해주질 않소. 그리스 정교의 성서 또한 외경을 포함하고 있지만, 그리스 교회는 그것들이 영감받은 것이라고 여기진 않소. 오늘날엔 가톨릭교회 조차도 그것들을 중시하지 않게 되었다오.」

탐은 고개를 끄덕였다.

「그러면 박사님은 성궤가 어디에 있다고 생각하죠?」

「사실은 나만의 설이 있소. 느보 산에 숨겨져 있든 탈취되어 바벨론으로 옮겨졌든, 새로운 성전이 건립되었을 때 성궤는 다시 돌아왔을 거요.」

「하지만 그렇다면 그건 지금 어디 있는 거죠?」

「내 생각엔, 남부 프랑스 어딘가에 있는 것 같소.」

「프랑스? 왜 프랑스죠?」

「이미 말했지만, 이건 단지 하나의 설일 뿐이오. 튜린의 수의에 대한 탄소연대측정 결과를 발표한 며칠 전까지만 해도 나는 거기에 대해 깊이 생각하지 않았었소.」

조수아의 대답에, 듣고만 있던 데커의 얼굴에 의혹의 표정이 나타났다.

「이 모든 것이 수의와는 어떤 관계가 있다는 거죠?」

「데커, 당신도 기억할 거요. 우리 모두가 그 수의에 대해 깊은 인상을 받았었지. 그것이 진짜든 가짜든 내 신앙에는 중요하지 않소. 하지만 순수하게 과학적인 견지에서 보더라도 그건 가짜라고 하기가 어렵소. 탄소연대측정으로 인해 다른 결론이 내려졌지만 말이오. 어느 날 난 성 제롬의 저작을 읽게 되었소, 제롬은 4세기와 5세기 초에 살았던 사람으로, 구약성서를 히브리어에서 라틴어로 번역한 인물이오. 내가 읽은 논문에서, 제롬은 〈히브리인들의 복음서〉라고 부르는 한 권의 책을 인용하고 있었소. 불행하게도 그 책은 소실되어 더 이상 존재하지 않지만 말이오. 인용 부분이 많은 건 아니지만, 그 수의에 관한 정보를 제공하고 있는 부분이 있어서 자못 흥미로웠소. 물론 이 복음서가 얼마나 진정성이 있는 것인가 하는 점에 대해서는 알 길이 없소. 몇몇 외경들과 마찬가지로 이것 역시 위조된 것일지도 모르오. 어쨌든 그 복음서에 따르면, 부활한 이후 예수는 장사지낼 때 자신을 덮었던 수의를 대제사장의 시종에게 주었다는 것이오.[17] 대단한 것 같진 않지만, 부활 이후에 그 수의가 어찌 되었나를 말해주는 유일한 기록이오.」

「대제사장의 시종이라면 누구를 말하는 거죠?」

탐이 손으로 턱을 받치고서 물었다.

「나도 그게 의문이었소. 그가 누구이며, 예수아는 왜 그에게 자기 수의를 주었을까? 곰곰 생각하다보니, 복음서에 대제사장의 시종에 관한 언급이 있던 것이 기억나더군요.[18] 말고라는 이름을 가진 그 대제사장은 예수아가 십자가형을 당하기 전날 밤 예수아를 체포하러 갔던 사람들 중의 하나였소. 그날 베드로 사도가 그들의 접근을 막으려고 칼을 휘두르다가 말고의 귀를 베게 됐지요. 예수는 베드로에게 칼을 거두라고 명하고, 떨어진 귀를 집어 들어 원래의 자리에 갖다댑니다. 그러자 즉시 치유가 됐지요.」

---

17) 제롬,《에베소서에 대하여(on Eph)》5. 4. (Migne PL 26, cols, 552 C~D), J. K. 엘리엇의《신약성경의 종말론(The Apocryphal New Testament)》(Clarendon Press, Oxford University Press, 1993)에 인용됨.
18) 마태복음 26:50~52; 마가복음 14:47; 누가복음 22:50~51; 요한복음 18:10.

조수아는 의미심장한 눈빛을 보낸 후 계속해서 말을 이었다.

「매일같이 성전에서 지낸 말고는 예수아가 십자가형에 처해진 뒤 지성소(至聖所)를 가리는 커튼이 불가사의하게 둘로 찢어진 것을 보았을 것이오.[19] 지성소는 성전에서도 가장 성스러운 장소라오. 예수가 숨을 거두자 하나님은 몸소 커튼을 위에서 바닥까지 찢으시고는, 대제사장들이 아닌 평범한 남자들과 여자들에게 자신의 거룩한 현존을 느낄 수 있도록 허락하십니다. 그 당시 이스라엘에 살았던 다른 사람들과 마찬가지로 말고 역시 예수아의 기적들에 대해 너무도 잘 알고 있었을 것이고, 그의 부활도 명명백백한 것이었을 거요. 이 모든 것을 경험한, 특히 자기 귀가 도로 붙은 경험을 한 말고였기에, 예수아를 따르는 추종자가 되었을 건 뻔합니다. 만약 그렇다면, 부활 이후에 예수아가 그를 만났을 수도 있었을 거요. 실제로 성서에는 예수아가 부활 이후에 예루살렘 인근에 사는 5백 명 이상의 사람들에게 나타났다고 되어 있습니다.」[20]

「하지만 무엇 때문에 수의를 말고에게 맡겼을까요?」

데커가 의문을 제기했다.

「나도 그게 아무래도 풀 수 없는 의문이었어요. 그런데 어느 날, 거기에 대해서 생각지도 않고 있는데 갑자기 스치는 생각이 있었소. 그 수의에는 부활의 증거가 담겨 있었음에 틀림없다고 말이오! 그래서 예수아는 말고에게 그 수의를 성궤 안에 갖다 두라고 말했을 거요. 난 그렇게 믿소.」

---

19) 마태복음 27:51.
20) 고린도전서 15:6.

「그렇다고 해도 왜 하필 말고였을까요?」

이번엔 탐이 물었다.

「그건 좀 복잡해요. 이미 말했듯이, AD 70년 경 로마인에 의해 약탈당했을 때 성전 안에는 성궤가 존재하지 않았소. 그럼 성궤는 어디에 있었을까? 나는 성궤가 두번째로 사라졌다고 믿소. 이번에는 도둑맞은 것이 아님에 분명해요. 대제사장이 감춘 거니까 말이오. 바빌로니아와 로마 시대 사이에는 도둑떼가 판을 치던 시기가 여러 차례 있었소. 제사장들은 성전이 위협을 당할 때면 성궤를 어디에 숨겨둘 것인지 대책을 마련해야 했을 거요. 로마가 이스라엘을 정복했을 때 제사장들은 명백히 알았을 거요. 성전은 행운을 구하는 무리들에게 또 한 번 매력적인 타깃이 되리라는 것을. 내 추측으로는 성궤는 성전 지하터널 어디쯤엔가 감추어졌을 것 같소. 만약 그렇다고 친다면 그걸 아는 사람들은 극소수였을 거요. 하지만 대제사장은 명백히 알았을 거고, 대제사장이 알고 있었다면 시종인 말고 역시 알았을 것이오.」

데커와 탐은 그럴 듯하다는 듯 고개를 주억거렸다. 조수아는 만족한 듯 이야기를 계속했다.

「좋아요, 그럼 이제 제1차 십자군 원정 시대인 12세기로 가봅시다. 대다수가 프랑스 사람이었던 십자군은 무슬림으로부터 성지를 되찾겠다는 의도를 상당 부분 관철시켰습니다. 심지어는 예루살렘을 빼앗고 프랑스 태생의 왕을 세우기도 했소. 그로부터 얼마 후엔 템플 기사단이 예루살렘에 형성되었소.」

「내 기억이 맞는다면 막강한 세력을 가졌던 것 같은데요.」

데커가 말했다.

「맞소, 그러나 처음부터 그런 건 아니오. 템플 기사단이 생겨난 목적은 예루살렘을 보호하고 유럽의 성지 순례자들을 돕기 위해서였소. 하지만 처음엔 겨우 예닐곱 명뿐이었으므로, 현실에서는 그리 힘을 발휘할 수가 없었소. 더구나 그들은 몹시 가난한 사람들이었소. 아이로니컬하게도 그자들은 청빈을 맹세했다오. 내가 아이로니컬하다고 말하는 것은, 그 다음 수백 년 동안 기사단의 숫자가 상당히 불어났을 뿐만 아니라 엄청난 부를 축적했기 때문이오. 사실 이 사람들은 최초의 국제적인 금융가가 되었소. 유럽 전역의 왕과 귀족들을 상대로 돈놀이를 한 셈이지. 그들이 어떻게 막대한 부를 축적하게 되었는지에 대해서는 여러 가지 추측들이 있소.」

「그 역시 박사님 나름대로의 해답이 있겠군요?」

데커가 재촉했다.

「내가 옳다면, 그건 더 많은 것들을 시사해줍니다. 아시다시피 템플 기사단의 본부는 오마르의 이슬람 사원, 즉 옛 성전 자리에 있는 〈바위의 돔〉 안에 있었소. 그것은 기사들이 모스크의 지하에 터널을 파서 솔로몬 성전의 보물을 발굴했으며, 그것이 곧 그들의 부의 원천이었음을 암시해주오.」

「그런 것들이 튜린의 수의와 무슨 상관이 있는 거죠?」

탐이 물었다.

「하나님은 모세로 하여금 성궤를 만들게 했소. 성궤란 성물(聖物)을 담는 상자입니다. 하나님이 십계명을 적은 돌판, 모세가 기록한 오경(五經), 히브리인들이 사막을 건널 때 아침마다 하늘에서 떨어져 내렸다는 만나(manna)를 담은 그릇, 싹이 돋아나서 아몬드가 열렸다는 아론의 지팡이[21] 등이 보관되었지요. 즉, 성궤 안에는 하나님과 이스라엘 백성 사이에 맺어진 계약의 증표나 하나님의 권세에 대한 증거물이 후세대를 위해 보관되었던 것이오.」

조수아는 계속 말을 이었다.

「그런데 불현듯 이상하단 생각이 들었소. 돌판이야 수명이 영구적일 거고, 모세가 쓴 다섯 권의 양피지 성서도 성궤 안에 담아두면 수천 년은 보관될 수 있을 거요. 하지만 아론의 지팡이는 좀 다릅니다. 단순히 싹이 트지 않고 열매도 열리지 않는 단순한 지팡이였다면 수백 년 동안 보관될 수 있었을지 모르지만, 하나님의 권세에 대한 증거품으로서는 만족할 만한 것이 못 됩니다. 성서에는 〈싹이 난 아론의 지팡이〉가 보관되었다고 되어 있습니다. 그렇다면 혹시 성궤의 힘은 우리가 생각해왔던 것보다 훨씬 더 크고 상식을 뛰어넘는 것이 아닐까 하는 생각이 들었소. 잠깐 그 지팡이에 대해 한번 생각해보시오. 아론의 지팡이는 어느 정도의 길이였을까요?」

「제 무지를 드러내게 되어 유감입니다만, 제가 기껏 생각할 수 있는 것이라곤 《십계명》이라는 영화뿐이군요.[22] 그 영화에서는 모세의 지팡이와 마찬가지로 1백80∼2백10센티미터 정도였던 것 같습니다.」

탐이 대답했다.

「그게 어느 정도 신빙성이 있는지에 대해서는 별로 할말이 없소. 하지만 꽤 일리는 있는 것 같소. 양치는 방법은 수백 년 동안 거의 변함이 없었다고 봐야 할 것인데, 내가 지금껏 보았던 양치기의 지팡이는 그 정도 길이였소. 그런데 성궤 안에 있던 아론의 지팡이는

---

21) 히브리서 9:4.
22) 파라마운트, 1956.

싹이 트고 가지가 뻗어 아몬드가 열렸으니, 상당한 굵기였을 거요.」

　조수아는 그 대목에서 목소리에 힘을 주었다.

「하지만 성궤의 크기는 길이가 2.5큐빗, 폭이 1.5큐빗, 높이가 1.5 큐빗밖에 되지 않소. 1큐빗이 45센티미터라고 볼 때, 지팡이가 성궤 안에 들어가려면 아무리 길어도 1백45센티미터 이하라야 해요.」

　탐은 조수아가 말하는 핵심을 파악하려고 했지만 알 수가 없었다.

「그래서요?」

「자, 거기에 대해 생각해보시오. 1백80~2백10센티미터인 양치기 의 지팡이가 성궤에 들어갈 수 있는 방법은 무엇일까? …유일한 방 법은, 성궤의 내부가 바깥과는 차원이 달라야 하는 것뿐이오.」

　탐의 눈이 크게 떠졌다.

「아, 이제야 무슨 말씀인지 알겠어요. 일종의 메리 포핀스(Mary Poppins) 효과로군요. 메리 포핀스가 자신의 여행가방에 온갖 종류 의 물건들을 다 집어넣을 수 있었던 것은 가방 자체보다 내부가 훨 씬 더 컸기 때문이지요.」

　탐이 또 영화를 갖다 붙이자, 데커와 조수아는 웃음을 터뜨렸다.

「엄밀하게 보자면, 만나를 담은 그릇과 아론의 지팡이가 하나님의 힘을 미래 세대에 증언하기 위한 것이라면, 성궤에는 불가사의한 힘 이 있어야만 해요. 시간이라는 것이 일반적으로는 4차원으로 언급 된다는 것을 당신도 아시리라 믿소. 길이와 넓이와 높이는 3차원에 해당하지요. 내가 말하고자 하는 것은, 성궤 안은 차원이 존재하지 않는 공간일 수 있다는 점입니다. 길이나 넓이나 높이가 존재하지 않기 때문에 아론의 지팡이가 들어갈 수 있었고, 또 시간 또한 존재 하지 않기 때문에 만나와 지팡이가 보존될 수 있었던 거요!」

데커는 조수아가 무엇을 말하고자 하는지 갑자기 모든 것이 환해졌다.

「그래서 대제사장의 시종이 성궤 안에다 넣어둔 수의를 1천 년 이상 지난 후 템플 기사단이 성전의 보물을 발견했을 당시 꺼내게 되었지만 변하지 않은 상태 그대로 남아 있었다, 이거로군요!」

「바로 그거요!」

조수아가 맞장구쳤다.

「물론 그건 하나의 추측일 뿐이오. 하지만 그건 대답할 수 없었던 수많은 문제들에 일관된 설명을 해줍니다. 게다가 예수아의 부활의 증거이자 하나님이 자기 백성과 맺은 새로운 계약의 성취를 알리는 유일한 물적 증거인 그 수의가, 하나님의 옛 계약과 더불어 성궤 안에 보관되어 왔으리라는 것은 너무나 당연한 일 아니겠소?」

「잠깐만, 잠깐만요!」

탐이 그 뜻을 이해하려 애쓰면서 두 사람의 대화를 제지시켰다.

「모르겠어? 수의에 대한 탄소연대측정 결과가 그렇게 나온 이유가 바로 여기에 있잖아. 성궤 안에 들어 있었던 천 년 이상의 세월 동안엔 부패도 모르고 세월이 가는 줄도 모르고 지냈던 거지!」

데커가 설명해주었다.

「그러니까 수의…….」

탐은 말을 하다가 문득 멈췄다. 흥분한 나머지 그의 목소리가 높아졌고, 그러자 근처의 여행자들과 예배객들이 비난의 뜻을 담은 시선들을 보내온 것이다.

「엄청나군요!」

한결 자제하는 목소리로 감탄사를 자아낸 탐이 다시 물었다.

「하지만 템플 기사단은 어떻죠? 그들과 튜린의 수의 사이에는 어떤 상관관계가 있는 거죠?」

「할 수 있는 한 세월을 거슬러 올라가, 우리가 그 수의를 가졌다고 확실히 입증할 수 있는 첫번째 사람은 지오프리 드 샤니라는 이름을 가진 프랑스 사람이오. 몇 년 후 그의 가족은 수의를 사보이의 가문에 주었고, 이 가문은 나중에 그것을 이탈리아의 튜린으로 옮겨왔소.」

「그러니까 드 샤니와 템플 기사단 사이에 연결고리가 있는 거로군요?」

데커의 물음에 조수아의 얼굴이 밝아졌다. 기다리던 질문이었기 때문이었다.

「그렇소. 관계가 있소.」

「어떤 관계죠?」

조수아가 충분히 뜸을 들였다는 생각이 들자 데커가 물었다.

「이미 이야기했듯이, 템플 기사단은 유럽 전역에서 매우 강력한 힘을 갖게 되었소. 그 때문에 프랑스 왕은 더 이상 그들을 모집하지 않기로 결정했소. 왕은 그들이 끔찍한 죄를 저질렀다고 날조해서는 그들을 체포해 죄를 고백하도록 강요했지. 고백한 자들은 당장 감옥으로 이송됐고, 거부한 자들은 고문을 받다가 죽거나 화형에 처해졌소. 이런 식으로 처형된 템플 기사단의 마지막 두 사람이 그랜드 마스터인 자크 드 몰레이와 노르망디 지방의 지부장인 지오프리 드 샤니였소. 그리고 그 지오프리 드 샤니는 우리가 그 수의의 소유자로서 확신할 수 있는 첫번째 사람인 후대의 지오프리 드 샤니의 삼촌이었소.」

「믿을 수 없군!」

탐은 놀란 표정을 감추지 못했다.

「게다가 기사들에게 씌워진 죄과의 하나는, 그들이 한 인간의 초상을 예배했다는 것이었소.」

「바로 튜린의 수의!」

조수아의 말에 데커가 결론을 내렸다.

「그래서 성궤가 프랑스에 있다고 생각하시는군요.」

탐이 고개를 끄덕이며 말했다.

「바로 그렇소. 템플 기사단은 이스라엘에서 약탈해온 수의와 성궤, 다른 성전의 보물들을 남부 프랑스에 감추었을 거요. 내 생각엔 그렇소. 만약 그렇다면, 많은 보물들과 성궤가 아직도 거기에 감추어져 있을 거요. 사실 프랑스에는 피에르 드 시옹(Prieuré de Sion)이라 불리는 비밀 결사가 존재하는데, 그 기원이 템플 기사단이라고 해요. 그 단체의 우두머리는 자신이 성전의 보물들이 어디에 있는지를 알고 있으며, 〈때가 되면〉 예루살렘에 반환할 것이라는 말을 공공연히 한다는 겁니다.」[23]

「템플 기사단이 그걸 발견하기 이전에 성궤를 감춘 성전 지하터널이 실제로 있나요?」

데커가 물었다.

「아, 그렇고말고요. 사실 그건 터널은 아니고 커다란 아치형 방들이오. 대부분은 아직 발굴되지 않았지만 레이더 장비로 그 존재가 확인되었소.」[24]

---

23) 마이클 바이전트, 리처드 레이, 헨리 링컨의 《성혈, 성배(Holy Blood, Holy Grail)》, New York, Delacorte Press, 1982, p.200.

조수아는 벽의 왼쪽으로 직각을 이루는 한 쌍의 낮은 아치를 가리켜 보였다.

「저 아치 너머에 이미 발굴된 터널들 중 하나의 입구가 있소. 그건 남으로는 벽의 안쪽 내부를 따라 달리고, 북으로는 과거에 성전의 서쪽 경계선이었던 곳을 따라 백 미터 이상 계속됩니다. 오늘날 〈바위의 돔〉 방향으로는 동쪽으로 향하는 측면 터널이 있는데, 2천 년 전에는 성궤가 위치했던 지성소였던 곳으로 여겨지오. 최근에 랍비들이 그 터널을 파냈지만, 정부에서 이를 중지시키고 봉해버렸소.」

「왜죠?」

이야기가 싱겁게 끝나버리자 탐이 실망하여 물었다.

「1967년 6일전쟁 당시에 이스라엘이 예루살렘을 쟁탈했을 때, 우린 이슬람교도들에게 〈바위의 돔〉 지역을 계속 관할하도록 허락했었소. 이슬람교도들은 굴착 현장을 보고는 즉각 항의했고, 터널은 봉해버렸소. 어떤 이들은 그 까닭을, 이슬람교도들이 성궤가 〈바위의 돔〉 지하에 여전히 묻혀 있다는 걸 알고 유대인들이 그걸 갖는 것을 원치 않기 때문이라고 믿고 있소. 하지만 이슬람교도들이 발굴을 허락하지 않는 더 그럴듯한 이유는, 유대교 열심당원들이 터널 속으로 들어와서 이슬람 사원을 폭파시켜버릴지도 모른다고 두려워하기 때문이라는 거요. 그 자리에 유대교 성전을 다시 짓기 위해서 말이오. 유대교 열심당원은 메이르 칸의 추종자가 대부분인데 그 돔을 폭파시키려고 시도한 것이 한두 번이 아니라오. 1969년에도 시도를 했었지. 칸은 90년대 초반 뉴욕을 방문했을 당시에 암살되었지만,

---

24) 사례를 위해서는 단 바하트의 〈예루살렘의 지하터널〉, 《성서 고고학 리뷰(Biblical Archaeology Review)》, 1995, 10/11; Vol.21: No.6:30~47.

그의 추종자 중 한 명인 모세 그린스버그가 지금 이스라엘의 종교
문제를 담당하는 각료라오.」

7

개들의 눈물

이스라엘 나블루스

그날 저녁 데커와 탐은 로젠 박사 부부의 집에 묵었다. 로젠 부부는 이스라엘에 머물 6주간 전체를 묵어도 좋다고 말했지만, 두 사람은 그건 너무 과한 것 같다는 생각이었다. 《뉴스월드》에서 이미 숙소를 마련해놓은데다가, 회사로 하여금 그런 돈을 지출하지 않는 예외를 갖게 하고 싶지 않다는 것이 두 사람의 생각이었다.

데커는 그날 밤 잠을 쉬이 이룰 수가 없었다. 낮에 기회 있을 때마다 선잠을 자둔 때문인 것 같았다. 그는 집이 그리워졌다. 워싱턴은 지금 시각이 어떻게 되는지 얼른 알 수가 없었지만, 이른 시각이든 늦은 시각이든 전화를 걸어주면 엘리자베스가 좋아하리라는 생각이 들었다. 전화를 쓰려고 부엌 쪽으로 조심스레 걸어가던 그는 나직나직한 목소리와 불빛을 보고는 일순 걸음을 멈추지 않을 수 없었다. 처음엔 뭘 잘못 보았나 했다가, 다음 순간엔 도둑이 들었나 의심했다. 동정을 살피려고 움직임을 멈추고 있자니까 조수아와 일라나의 목소리가 들려왔다. 다른 목소리도 두셋 끼여 있었다. 별다른 위험이 없다는 생각이 들자, 그제야 기자로서의 본능이 발동했다. 자기를 초대한 주인을 엿본다는 죄책감에 조금 꺼려졌지만, 곧 호기심이 모든 것을 덮어버렸다.

「이해할 수 없겠소? 비용 때문에 멈출 순 없어요. 우리는 할 수 없더라도 하나님은 하실 수 있소.」

목소리 중의 하나가 말했다.

「물론이지요. 하지만 이렇게 준비되지 않은 상태로 뛰어드는 것은 어리석은 짓이오. 하나님이 우리 앞에 예비하신 일이라면 우리가 시작해야 마땅하지만, 그렇다고 해서 되나 안 되나 막 해도 되는 건 아니오. 하나님이 노아에게 방주를 지으라고 하셨을 때, 하나님은 그것을 완성시킬 만한 적절한 시간 또한 주셨소. 우리의 신앙이 신실하다면, 하나님은 부족함이 없도록 모든 것을 공급하실 것이오.」

조수아가 자신의 의견을 내세웠다.

「하지만 페트라는 보호되어야만 합니다!」

첫번째 목소리가 여전히 열정적으로 외쳤다.

「일라나와 나도 그것에 대해선 동의합니다. 당연히 페트라는 보호되어야 합니다. 하지만 우리가 말하고 있는 모든 것은 비용이 고려되지 않으면 안 됩니다. 진척시킬 것이냐 마느냐의 문제가 아니라, 어떻게 진척시키느냐, 또 우리가 얼마를 마련해야 하느냐를 정확히 아는 것이 문제인 거죠. 아시다시피, 우린 숫자가 많지 않아요.」

「내게 굳이 그걸 상기시킬 필요는 없소!」

그 남자가 대꾸했다.

「미국에서 장비를 들여오는 것에 대한 허가 문제는 어떻게 되어가고 있소?」

조수아가 묻자, 이번에는 다른 남자가 대답했다.

「동료 국회의원들 몇몇 때문에 문제가 좀 있습니다. 대다수는 이 문제에 관해 무조건 나를 믿어주지만 소수의 반대자들은 나를 경계하고 있고, 그것 때문에 늦어지고 있는 겁니다.」

「하지만 해결하는 데는 문제없겠지요?」

첫번째 남자가 물었다.

「물론이오. 그렇게 될 거요.」

그의 말이 끝나자, 지금까지의 열띤 분위기와 달리 낭랑하고 침착한 목소리가 말했다.

「좋소. 새로운 정보가 더 이상 없다면, 2주일 후 안식일을 지낸 다음에 여기에서 만나기로 합시다.」

모여 있는 사람들 중 리더가 말하고 있는 게 분명했다.

「그동안엔 조수아 당신은 당신의 디자인 일을 계속하시오. 제임스는 계속해서 허가 관련 일을 하시오. 엘리아스는 미안하지만 조수아와 함께 비용을 산출하는 일을 좀 하시오. 나는 페트라가 보호되어야만 한다는 것을 세계 도처에 흩어져 있는 우리 동료들에게 계속해서 알림으로써 필요한 자금이 모금될 수 있도록 하겠소.」

「물론입니다, 랍비님.」

적어도 두 사람 이상이 존경심을 담아 대답했다.

모임이 끝나는 것 같자 데커는 조심조심 발꿈치를 들고 자기 방으로 돌아갔다. 엘리자베스에게는 나중에 전화하기로 했다.

이스라엘 예루살렘

다음날 아침 데커와 탐은 예루살렘 라마다 르네상스 호텔로 갔다. 그곳을 《뉴스월드》의 임시 중동 지사로 쓰기로 했기 때문이었다. 그들이 사무실로 쓰는 호텔방에서는 예루살렘 구시가의 남쪽이 내려다보였고, 잇달아 있는 방들에는 특파원들의 숙소가 있었다. 사무실로 쓰는 그 방은 담배 냄새에 푹 절어 있었다. 꽤 오랫동안 비우지 않은 게 분명한 재떨이에는 꽁초가 수북이 쌓여 있었다. 노트북과 소형 프린터가 놓여 있는 테이블 위엔 구겨진 종이 나부랭이와 하루 이상 묵었음직한 커피잔도 놓여 있었다.

「정말 멋진 곳에 계시는군요.」

방을 한 번 둘러본 후 데커가 비꼬았다.

「도대체 왜 이래요? 룸서비스도 없나요?」

「빨리 길들여지는 편이 좋을 거요.」

수석 기자인 행크 애셔가 대꾸했다.

「도대체 꼴이 왜 이렇죠?」

「이스라엘의 품팔이 노동자는 대부분 팔레스타인 사람들이죠. 그런데 넉 달 전 항거가 시작되었을 때 모두들 일하기를 거부해버렸어요. 이게 그 결과고.」

먼저 와 있던 또 다른 기자 빌 딘이 대답했다.

「최근의 일련의 사태들도 끝나지 않은 이 전쟁의 복사판이죠.」

애셔가 담배를 한 모금 깊이 빨아들이며 말했다. 그때 전화가 울렸고, 애셔는 빠르게 수화기를 집어들었다.

「언제요? …정말이오?」

애셔는 전화를 끊고는 카메라 백을 챙겨들었다. 다른 세 사람도 본능적으로 문 쪽으로 움직였다.

「아침밥들이나 잘 챙겨먹었는지 모르겠소. 큰놈이 걸린 것 같은데.」

애셔가 걸어가면서 말했다.

「페타 티크와에서 큰 소요가 발생했답니다. 내 정보원에 의하면 수천 명의 팔레스타인 사람들이 참여하고 있답니다. 이스라엘 방위군은 고무총탄을 사용해왔지만, 그렇게 많은 사람들이 돌과 화염병을 던지면 무슨 일이 일어날지 알 수 없어요.」

「도대체 무슨 일인데 그래요? 왜 그렇게 많은 사람들이?」

「모르겠소. 지금까지는 소요가 있어도 산발적이고, 한 번에 수십 명의 팔레스타인들이 모이는 정도였소. 이건 매우 이례적인 일이오.」

탐의 질문에 애셔가 다급하게 대답했다.

그들이 소요 현장에 접근했을 때, 거리는 이스라엘 방위군에 의해 로프로 차단되어 있었다. 애셔는 저지선까지 차를 끌고 가서는 군인에게 기자증을 내밀었다. 잠시 후 그들은 소요 현장에서 1백 미터도 떨어지지 않는 곳에 차를 주차시키고는 차의 앞면과 옆면, 뒷면에 〈보도〉라는 큰 팻말을 붙여놓았다.

「언론사 차량은 대부분 성가시게 하질 않거든요.」

탐과 데커가 눈을 크게 뜨고 바라보고 있자 딘이 설명했다.

소요 현장에 접근함에 따라 군중들의 숫자를 더 정확히 알 수 있었다. 숫자에 관한 한 애셔의 정보원이 옳은 것 같았다. 이스라엘 방위군은 팔레스타인 사람들을 대여섯 명씩으로 흩어놓고 있었다. 무더기진 군중들 쪽에서는 함성 소리와 함께 유리 깨지는 소리, 고무 탄환이 날아가는 소리가 났다. 데커와 탐, 딘과 애셔가 각기 한 패가 되어 갈라졌다. 그들은 무더기진 패거리 중 하나에 될수록 가까이 다가가서 그들 뒤쪽에서 맴돌기로 했다. 그러자면 다섯 블록을 빙 돌아 불타고 있는 측면에서 접근해야 했다.

소요 현장에 접근하려면 아직 두 블록이나 남아 있는데, 데커의 심장박동이 갑자기 빨라졌다. 고무탄환이, 훨씬 더 귀에 익숙한 진짜 탄환으로 바뀌었기 때문이었다. 베트남 전쟁에 참전했던 데커가 그걸 모를 리 없었다. 처음에는 몇 발에 지나지 않았지만, 발포 횟수가 점점 많아졌다. 처음에는, 먼 곳에서 나는 소리가 그들 주변에서 메아리치는 것으로 생각했었다. 하지만 데커는 자신이 듣고 있는 것이 메아리가 아니라는 것을 깨달았다. 그들 주변의 거리, 모든 방향에서 수백 발의 총탄이 불을 뿜고 있었다. 데커는 우선 숨을 곳을 찾아 두리번거렸지만, 동시에 기자로서의 호기심이 발동했다. 옆에서 탐은 여차하면 찍을 생각으로 카메라를 움켜쥐고 있었다. 그때 갑자기 총소리가 멎더니, 거리는 울부짖는 소리로 가득 찼다. 그들 앞의 거리에는 50명 이상의 팔레스타인 사람들이 다치거나 죽어 쓰러져 있었다. 울부짖는 소리 위로, 실탄을 빼내고 고무총탄을 다시 장전하라는 명령이 되풀이되었다. 이스라엘 병사들은 가게 앞을 내달리며 팔레스타인 사람들을 닥치는 대로 몰아치고 있었다. 그들은 거리에서 쓰러진 자들을 도우려는 사람들에 대해서는 한껏 관대함을 베풀어 모르는 척하고 있었다.

데커가 서 있는 곳 가까이에서, 열한두 살 난 소년이 무릎을 꿇은 자세로 자기 팔 안에 죽은 남자를 안고 있었다. 그때 한 이스라엘 병사가 그 소년에게로 다가갔다. 그는 날아든 돌멩이에 맞아서 오른쪽 눈 위에 상처가 나서 피를 흘리며 비틀거리고 있었다. 분노와 슬픔에 젖은 소년은 이미 여러 차례 던져져서 가장자리가 닳은 깨진 벽돌을 닥치는 대로 집어 들었다.

병사는 정신이 반쯤 나간 모양이어서 불과 몇 미터 떨어지지 않을 때까지도 소년을 알아보지 못했다. 눈물로 범벅이 된 소년은 병사를 향해 아무렇게나 벽돌을 내던졌다. 벽돌은 병사의 오른쪽 정강이를 맞추었다. 병사는 다리를 움켜쥔 채 달아나는 소년을 눈으로 쫓더니, 소총을 들었다. 눈 위의 상처에서 피가 흐르는 상태에서 병사는 조준을 했다. 소년은 데커가 서 있는 빌딩 모서리를 향해 뛰어오고 있었다. 데커가 소년을 낚아채는 순간 총알이 휘익 하고 스쳐 지나갔다. 총소리는 데커에게도, 이스라엘 병사에게도 분명하게 들렸다. 그것은 어김없는 실탄이었다. 그는 정신이 반쯤 나간 상태인지라 고무탄환으로 재장전하라는 명령을 알아듣지 못했던 것이다.

데커는 소년을 꽉 붙들었고, 소년은 빠져나가려고 발버둥을 쳤다. 하지만 잠시 후 소년은 저항을 그만두었고, 병사도 더 이상 소년을 쫓지 않았다. 얼마 지나지 않아 소요는 끝이 났다. 남아 있는 일이라고는 사상자를 헤아리고, 청소를 하고, 다시 시작하는 것뿐이었다.

데커와 탐은 소년에게 영어를 조금이라도 말할 수 있는지, 어디에서 사는지를 물었다. 소년은 페타 티크와에서 여러 마일 떨어진 예닌에서 왔다고 했다. 소요는 분명히 조직적인 것이었다. 팔레스타인 사람들이 이스라엘 전역에서 동원된 흔적이 있었다. 데커는 소년을 예닌에 있는 집에 데려다주겠다고 말했다.

데커가 소요가 일어났던 길을 따라 소년을 목말 태우고 가는 동안에도 탐은 파괴 현장을 찍기에 바빴다. 차가 있던 곳으로 돌아가자 딘과 애셔가 그들을 기다리고 있었다.

「누구죠?」

애셔가 턱짓으로 소년을 가리키며 물었다.

「증인이에요.」

데커가 대답했다.

「예닌에 사는데 오늘 소요사태에 참가하겠다고 지원한 거랍니다. 그런 식으로 군중을 선동해서 외부에서 사람을 동원하는 것 같아요. 이 아일 집에 데려다준다면, 누가 소요의 조직책인지 정보를 얻어낼 수 있을 거요.」

그것은 꽤 긴 모험이 될 테지만, 애셔에게만 맡겨놓고 있을 수가 없었다.

만원이 된 차는 러시아워 때의 워싱턴 지하철을 연상시켰다. 소년은 미국인들에게 자기 집의 방향을 알려주기 위해 최선을 다했다. 하지만 방향을 잘못 잡아 40분 가량을 헤맨 다음에야 소년의 시멘트 슬래브 집 앞에 멈춰 섰다.

데커와 탐은 문 앞에서 소년을 그 애의 엄마에게 인계해주었다. 소년은 엄마를 꼭 끌어안고는 무언가를 말하기 시작했다. 그녀가 울음을 터뜨리는 것을 보니, 소년이 끌어안고 있었던 사람이 소년의 형쯤 되나 보았다. 그녀는 울부짖으면서 데커 일당에게 무언가를 전달하고 싶어했지만 영어는 한마디도 하지 못하는 듯했다. 그럼에도 그들이 자신의 아들을 구했음을 알고 있는 것만큼은 분명해 보였다.

「월요일자 판에 한 줄이라도 실으려면 서둘러 사무실로 돌아가야 해요. 여기엔 나중에 다시 올 수도 있잖소!」

빌 딘이 차에서 그들을 향해 외쳤다.

*

호텔로 돌아온 데커와 행크 애셔가 의견을 주고받는 동안 빌 딘과 탐은 전화로 이스라엘 관리들과 접촉하여 소요에 대한 이스라엘 측의 대응과 팔레스타인 사람들을 학살한 데 대한 견해를 물었다. 그리고 기사가 완성되자 즉시 미국에 E메일로 송고했다.

그날 저녁 6시, 데커와 탐은 애셔와 딘이 미국으로 돌아갈 수 있도록 텔아비브의 벤 구리온 국제공항으로 데려다주었다. 몇 달 간의 중동 근무를 마친 그들은 몇 주일 동안 휴가를 얻어 고국으로 떠나는 것이었다. 그들이 비행기에 오르기 전에 데커는 빌 딘을 한쪽으로 잡아끌었다.

「빌, 좀 별스런 질문을 하나 할까 하는데요.」

데커가 입을 열었다.

「이곳에 꽤 묵은 셈이니 묻는 건데요, 당신이 어쩌다가 〈페트라는 보호되어야만 한다〉는 소릴 엿들었다면, 그 말뜻을 어떻게 생각하겠어요?」

「흠……」

딘은 숙고하면서 천천히 말을 뱉었다.

「이곳에서는 여러 가지 이상한 말들이 떠돌게 마련이오. 내 생각엔 그 말을 누가 했느냐에 달려 있는 것 같소. 〈페트라〉는 〈바위〉를 뜻하는 그리스 말이오. 따라서 여러 가지 의미가 있을 수 있소. 지중해의 입구에 있는 〈지브롤터의 바위〉를 뜻할 수도 있소. 그 말을 한 사람들이 이슬람교도들이었다면, 〈바위의 돔〉을 가리킬 수도 있소. 하지만 그런 경우에는 은어적으로 쓰였을 가능성이 커요. 요르단에는 〈페트라〉라 불리는 고대 도시가 있소. 수백 년 동안 버려진 곳으로 지금은 여행자들에게나 매력적인 곳이오. 성서에도 거기에 대한 언급이 있소. 예수는 자신의 교회가 〈반석〉 위에 세워질 것이라고 했소. 그래서 크리스천 열심당원이 악마나 거짓 교리 따위로부터 교회를 보호하자는 말로 썼을 수도 있소. 우선 생각나는 것이 그 정도요. 도움이 되었을지 모르겠소. 감이 좀 잡혔소?」

데커는 고개를 흔들었다.

「지금 시점에서는 도무지 모르겠소. 뭔가를 알아낸다면, 휴가에서 돌아온 뒤에 말해주겠소.」

*

그 다음 주일은 그들이 업무를 시작한 첫날에 비하면 이상할 정도로 고요한 나날이 이어졌다. 이스라엘은 실탄을 쏜 데 대한 팔레스타인의 반발에 비교적 여유 있게 대처하고 있었다. 몇몇 사소한 시위가 있었고, 팔레스타인 노동자들과 상인들의 파업도 계속되었다. 하지만 이스라엘 당국이 통제할 수 없는 상황은 발생하지 않았다. 국제적으로는, UN이 페타 티크와에서의 이스라엘의 대응을 비난하는 안건을 압도적인 다수로 통과시켰다. 미국은 기권했다.

데커보다 관광에 관심이 많은 탐은 조수아 로젠과 함께한 반짝 여행에서 빠진 종교적이고 역사적인 장소들에 대한 관광 팸플릿들을 여기저기에서 주워왔다. 데커는 몇 장을 들쳐보고는, 크리스마스 전

주에 도착하기로 되어 있는 엘리자베스와 딸들을 데리고 갈 만한 곳
을 기억해두었다. 내년 1월까지는 그가 이스라엘에 머물 것이기 때
문에, 엘리자베스는 이 기회를 이용해 그리스도교 성지에서 크리스
마스를 보내고 싶어했다.

*

8일째 되는 날 오후 4시경, 탐이 예루살렘에 있는 여러 성지 중의
한 곳을 방문하고 돌아와 자리에 앉자마자 전화벨이 울렸다. 전화기
저편의 남자는 팔레스타인 억양이 짙었다.
「미국인 애셔와 통화하고 싶은데요.」
「그 사람은 지금 여기에 없어요. 무슨 일 때문에 그러시죠?」
탐의 대답에, 전화를 걸어온 남자는 약간 주저하는 듯하더니 마저
말을 했다.
「그 미국인에게 전해요. 〈많은 개들이 오늘 밤 눈물을 흘릴 것이
다. 하지만 그들의 눈물은 떨어질 자리가 없을 것이다〉라고요.」
「뭐라고요? 뭐라고 말씀하시는 거죠? 무슨 뜻이죠?」
탐이 추궁했지만 그 남자는 전화를 끊어버렸다.
「무슨 일이야?」
옆에서 듣고 있던 데커가 물었다.
「도대체 모르겠어. 행크 애셔의 정보원이었던 것 같아. 그렇지 않
다면 미치광이이거나.」
데커는 다음 말을 기다렸지만, 탐은 무언가를 곰곰 생각하느라 더
이상 말이 없었다. 데커가 참지 못하고 물었다.

「뭐라고 그러는데?」

「어, 애셔에게 이 말을 전해달래. 〈많은 개들이 오늘 밤 눈물을 흘릴 것이다. 하지만 그들의 눈물은 떨어질 자리가 없을 것이다.〉 …무슨 뜻일까?」

「글쎄.」

데커가 대답했다.

탐은 전화기를 들고는 다이얼을 돌리기 시작했다. 미국의 행크 애셔에게 거는 것이었다. 네 번이나 시도한 끝에 연결이 되긴 했지만 애셔도 그 메시지에 대해선 탐이나 데커보다 나을 것이 없었다.

「내가 생각할 수 있는 거라곤, 폭격이나 납치가 있고 난 후엔 하나 이상의 팔레스타인 그룹이 자신들의 공로임을 주장하기 위해 전화를 걸어온다는 거요. 팔레인스타인 사람들의 파벌 사이에는 경쟁 심리가 강해요. 오늘 전화도 아마 사건을 터뜨리기 전에 자신들의 공로를 알리기 위한 사전 포석이었을 것 같소. 만약 그렇다면 사건이 터진 이후에 틀림없이 다시 전화를 걸어올 거요. 내 생각엔 이스라엘 경찰에 신고를 하는 게 좋을 것 같소. 어떤 경우든 그 말이 무슨 뜻인지는 그리 오래지 않아 밝혀질 것 같소. 무슨 일이 되었든 오늘 밤에 일어날 거라고 말했지 않소.」

「좋아요. 다른 생각이 나거든 여기로 다시 전화를 해줘요.」

탐이 말했다.

「물론이지. 아, 그리고 탐. 경찰에게 전화할 땐, 나에게 알리라고 했단 말은 하지 마시오. 그 때문에 휴가를 망치고 싶진 않으니까 말이오.」

탐은 경찰에 전화를 했고, 경찰은 지체 없이 신고를 접수했다. 거기에 관해 어떤 일을 할 것인지는 또 다른 문제였다. 수사관인 프레이지는 전화를 걸어온 자가 팔레스타인 사람이 분명하므로, 〈개들〉이라는 말은 이스라엘 사람을 가리키는 것이 틀림없다고 말했다.

「우리는 그들을 개들이라고 부르고, 그자들은 우릴 개들이라고 불러요. 〈눈물을 흘린다〉는 말에는, 이스라엘 사람에게 슬픈 일이 일어날 거라는 뜻이 들어 있소. 〈오늘 밤〉이란 더도 덜도 아닌 바로 그 뜻일 거요. 무슨 일이 됐든, 그게 오늘 밤 일어날 것이라는 거요. 그 이상을 넘어서면, 억측이 될 거요.」

프레이지 경사는 그러면서, 완전히 속임수 전화일 수도 있지만 그런 경우는 드물다고 덧붙였다.

「하지만 설령 그렇다고 할지라도, 우린 경계령을 발동하여 테러리스트의 공격 가능성에 대비할 것이오.」

*

탐과 데커는 잠시 동안 전화를 걸어온 사람의 메시지에 대해 의견을 주고받았지만, 결론을 내릴 수 없었다. 11시가 조금 지나 탐은 잠자리에 들러 가고, 데커는 바람을 좀 쐬러 건물 옥상으로 올라갔다.

밤바람을 맞으며 데커는 크리스토퍼라는 소년에 대해 굿맨과 나누었던 이야기를 떠올렸다. 사람들을 다치지 않고 그 기사를 쓸 수 있는 방법이 있어야만 한다고 그는 생각했다. 여러 가지 시나리오가 떠올랐지만 결론은 매한가지였다. 탄로 날 위험성이 너무 크다는 것이었다. 어떡해서든지 누군가는 그걸 알아내고야 말 것이었다.

데커는 예루살렘의 아름다운 옛 시가지를 내려다보았다. 시가지는 달빛도 없는 어둠에 저항이라도 하듯 점점이 흩뿌려진 불빛들 속에서 정적에 잠겨 있었다. 통곡의 벽 가까이에 있는 〈바위의 돔〉은 별빛 아래 금빛으로 빛나고 있었다.

「바로 저거야!」

그는 갑작스럽게 혼잣말을 했다. 그리고 있는 힘을 다해 옥상에서 호텔 방으로 뛰어 내려갔다.

「탐, 어서 일어나!」

거칠게 탐의 방문을 밀치고 들어서며 그가 외쳤다. 탐은 아직 침대에 눕진 않고, 존 웨인과 지미 스튜어트가 나오는 옛날 영화를 보고 있었다. 데커는 다시 한 번 외쳤다.

「서둘러! 어서 신발 신으라구!」

탐은 영문도 모르고 카메라와 코트, 구두를 움켜쥐고는 문 쪽으로 내달으며 물었다.

「무슨 일이야?」

「그 전화 말이야! 그자들은 통곡의 벽을 폭파시킬 셈이라구!」

데커가 짧게 줄여서 설명했다.

엘리베이터를 타고 로비로 가는 순간, 탐은 불현듯 생각났다.

「그래, 〈…눈물을 흘리지만 그들의 눈물은 떨어질 자리가 없을 것이다〉랬지.」

탐은 데커가 서두르는 의미를 그제야 알 것 같았다.

1층으로 내려가는 중에 우선 경찰에게 알리기부터 해야 한다는 생각이 났다. 로비에 도착하자 데커는 차를 가지러 갔고, 탐은 프레이지 경사에게 전화를 걸어 메시지를 남겼다.

데커는 호텔에서 자파 문에 이르는 짧은 거리를 순식간에 달려 구시가의 비좁은 〈다윗 거리〉로 들어섰다. 통곡의 벽은 불과 1.6킬로미터 거리밖에 떨어져 있지 않았지만, 그들의 현재 속도로는 거기에 당도하기도 전에 일이 벌어져서 고대의 그 거리가 진동하여 차가 나가떨어질 것만 같았다. 너무 늦은 시각이어서 일차선인 그 길은 텅 비어 있었다. 데커는 급하게 우회전을 하여 아르메니아 교구의 거리로 진입하여 시온의 문을 지나 바테이마하세 거리로 들어섰다. 거의 다 온 셈이었다.

통곡의 벽 주차장에 차를 세운 데커와 탐은 1백 미터 남짓 남은 통곡의 벽을 향해 뛰었다. 고요하고 차가운 밤이었다. 여행자들도 모두 잠자리에 든 시각이었다. 데커와 탐은 어떤 기미가 없는지 사방을 둘러보았지만, 쥐새끼 한 마리 얼씬거리지 않았다. 들리는 것이라고는 바람 소리와 통곡의 벽 바깥의 신시가에서 들려오는 희미한 소리뿐이었다. 그들은 서로를 마주보았다. 데커가 먼저 입을 열었다.

「이제 곧 프레이지가 사이렌을 울리며 이리로 달려올 거야. 우린 완전히 바보가 되어버릴 거고.」

그들은 동시에 한숨을 쉬었다.

「다시 전화를 걸어 없던 일로 돌리면 되지 뭐.」

탐이 부러 가볍게 말했다.

「쓸데없어. 몇 분도 안 되어 이리로 올 거야.」

바로 그때 무슨 기척이 났다. 그들은 말을 멈추고 주변을 둘러보았다.

「뭔가 좀 이상한 것 같지 않아?」

사방을 주의 깊게 살피던 데커가 말했다.

「경찰.」

탐이 메마른 목소리로 대꾸했다. 언제나 보이는 이스라엘의 방위군이 어디에도 보이지 않았던 것이다.

다음 순간 그들은 깜짝 놀랐다. 전에 조수아가 가리켜 보인 성전 지하터널 입구 쪽에서 한 소년이 나타났기 때문이었다. 몇 초 후 다시 여덟 명의 남자들이 따랐다. 소년은 그들을 위해 망을 보았던 것이다. 소년은 데커와 탐이 충분히 볼 수 있을 정도로 가까이 지나쳐갔다. 전에 만난 적 있는 예닌에서 왔다는 팔레스타인 소년이었다.

그들이 멀어지자 데커와 탐은 터널 입구 쪽으로 달려갔다. 아니나 다를까 이스라엘 방위군들이 목이 잘린 채 흥건하게 피를 흘리며 쓰러져 있었다. 데커는 혹시나 하고 몸을 구부리고 살펴보았지만 숨이 붙어 있는 기미를 보이는 사람은 없었다. 베트남전에서 더한 꼴도 본 그였다. 죽은 자는 그저 죽은 자일 뿐이었다. 탐은 피범벅의 현장에서 고개를 돌려버렸다. 바로 그때였다. 그가 도화선 타는 냄새를 맡은 것은.

「데커, 뛰어!」

데커의 팔을 힘껏 낚아채는 동시에 그가 소리쳤다.

두 사람은 터널로부터 전속력으로 벗어났다. 60미터쯤 달려가서 멈춘 다음에야, 어느 정도 안전할 것이라는 감을 가질 수 있었다. 멀리서 사이렌 소리가 들려왔다. 달려오는 경찰차들을 바라보고 있는데, 거대한 폭발음이 이어짐과 동시에 땅이 온통 흔들리기 시작했다.

데커는 땅바닥으로 넘어졌다. 흙과 바위 부스러기가 주변으로 떨어져 내렸다. 탐이 안전한가를 살피기 위해 살짝 고개를 들었을 때,

놀랍게도 그는 선 채로 사진을 찍어대고 있었다. 정말이지 좋은 사진을 얻기 위한 탐의 열성에 감탄하지 않을 수 없었다. 하지만 그 점에서는 데커 역시 탐 못지않았다. 살아남았다는 감격은 벌써 저만치 달아나버렸다. 이렇게 역사적인 명소가 파괴되고 말았다는 아픔에도 불구하고, 그는 이것이 특종 중의 특종이 되리라는 생각을 떨쳐버릴 수가 없었던 것이다. 완전 독점 보도! 완전 독점 사진! 이건 분명 의심할 바 없이 월요판《뉴스월드》의 톱기사가 될 것이었다.

경찰이 도착하자 데커와 탐은 프레이지 경사에게 일어난 일을 말해주고는 아까 잡석더미 아래에서 발견한 방위병들의 시신이 있는 곳을 알려주었다. 하지만 그 소년에 대한 이야기는 해줄 수가 없었다. 아침에 소년을 찾아가 탐문하면 그건 제2의 특종이 될 것이었다.

그들이 그곳을 떠날 무렵엔, 주변에서 몰려든 이스라엘 사람들과 여행자들이 경찰 저지선 뒤쪽에서 고대 성전의 마지막 잔재들을 공포와 충격에 휩싸여 망연하게 바라보고 있었다.

*

제보자의 말은 정확히 들어맞았다. 그날 밤엔 많은 이들이 눈물을 흘렸다. 이를 위해 팔레스타인 사람들은 필요 이상의 엄청난 폭발물들을 장치해놓은 것이다. 사방은 깨진 돌조각들의 천지가 되어버렸다. 통곡의 벽 뒤 성전이 있던 산의 대지는 깊이 함몰되었다. 그리고 통곡의 벽은 완전히 허물어져, 어떠한 돌도 다른 돌 위에 얹혀 있지 않았다.

8

숲에서 야수를 만나면

이스라엘 예루살렘

다음날 아침 데커와 탐은 일찌감치 일어나 예닌으로 달려갔다. 바로 그 소년을 만나기 위해서였다.

「거기에 도착하면 어떻게 하지?」

탐이 물었다.

「꼬마에게 일단 사람들에게 알리라고 해야겠지. 미국 기자들이 사람들과 이야기를 하고 싶어한다고 말이야. 우린 그들의 적이 아니야. 또 그들은 언론을 좋아하고 있어. 그들이 자기들의 이야기를 세상에 알릴 수 있는 유일한 길이 거기에 있으니까 말이야. 게다가 그들이 보도를 원치 않았다면 앞으로 일어날 일에 대해 우리에게 전화를 걸지도 않았을 거야. 더 큰 문제는 기사가 나가고 난 뒤야. 프레이지 경사가 우리의 정보원이 누구인지 밝혀주길 바랄 게 뻔하니까.」

소년의 집 앞에 도착하자, 탐은 차에다 카메라를 놔두고 가기로 결정했다. 일단은 누구의 신경도 거슬러서는 안 될 것 같아서였다. 그들은 빈 몸으로 소년의 집으로 향했고, 데커가 앞장서 문을 두드렸다.

「안에 누가 있을까?」

탐의 말이 채 떨어지기도 전에 문이 열리고 소년의 엄마가 안으로 들어오라고 말했다.

「멋지군.」

환대를 기뻐하며 탐이 말했다.

「카메라를 가져올 걸 그랬…….」

문이 닫힘과 동시에 데커는 삐걱거리는 소리를 들었고, 다음 순간 아찔한 동통이 머릿속에 울려 퍼졌다. 곤봉이 그의 머리를 타격한 것이다.

이스라엘의 모처

머리에 울려 퍼진 동통은 목과 어깨를 타고 내려와 비어 있는 뱃속에까지 이르렀다. 밧줄로 손과 발이 묶여 있었다. 그들은 손발의 회전이 가능할 정도로 느슨하게 묶었지만, 그렇다고 이동이 가능한 것은 아니었다. 마루 위에 새우처럼 등을 구부리고 누운 데커는 자신이 어디에 있는지, 거기에 있은 지가 얼마나 되었는지를 헤아려보았다. 공기가 답답했고, 축축하게 젖은 바지에서는 퀴퀴한 냄새가 났다. 의식을 잃고 있는 동안 오줌을 싼 모양이었다.

그는 두 사람이 방 안에서 말하는 소리를 들을 수 있었다. 즉각,

자신이 깨어났다는 것을 알게 해선 안 된다는 생각이 들었다. 그는
마룻바닥에 얼굴을 최대한 밀착시키고는 서서히 눈을 떠보았다. 아
무도 알아차리지 못한 것이 분명해 보이자, 이번엔 사방을 둘러보려
고 애썼다. 하지만 머리통이 찌르는 듯이 아파서 눈을 제대로 움직
일 수조차 없었다. 아무래도 상황을 제대로 파악하기가 어려웠다.
방에는 아래위로 여닫게 되어 있는 작은 창문이 달려 있었다. 바로 2
미터쯤 옆에 탐이 그가 있는 쪽을 향해 누워 있었다. 두 남자는 임시
변통으로 만든 테이블 위에서 카드놀이를 하면서, 포로 쪽에는 거의
주의를 기울이지 않고 있었다. 데커는 눈을 감고는 평안을 찾으려고
애썼다. 남자들은 아랍 말을 하고 있어서 데커는 그들이 하는 말을
전혀 알아들을 수가 없었다. 어쨌든 고통을 몰아내는 것이 급선무인
그에게는 현재로선 아무런 움직임 없이 그저 누워 있는 것이 최선이
었다. 자신이 처한 상황을 어떻게든 조금이라도 파악할 수 있지 않
을까 하고 귀를 세운 채.

*

데커는 자신도 모르게 잠에 빠졌다가 몇 시간 뒤 다시 깨어났다.
메스꺼움은 많이 잦아들어 있었고, 두통도 잠들기 전보다는 한결 덜
했다. 그를 깨운 것은 문이 닫히는 소리와 사람들의 말소리였다. 보
초가 바뀐 것이다. 여전히 눈을 감은 채였지만, 그는 사람들이 방 주
변을 움직이고, 멈춰 서서 자신을 내려다보다가 다시 멀어지는 것을
알 수 있었다. 그는 서서히 한쪽 눈을 뜨고는 사람들이 탐 주변에 모
여 있는 것을 보았다.

「유대놈, 일어나.」

남자들 중 한 명이 악센트가 짙은 영어로 소리쳤다.

데커는 그가 있는 힘을 다해 군화발로 탐의 등허리를 걷어차는 것을 역력히 지켜보았다. 탐은 몇 차례나 연거푸 발길질을 당하면서 마루 위를 굴렀다. 급기야 윽 하고 비명을 지르면서 허리를 굽혔다. 명치를 맞은 것이 분명했다.

「멈춰!」

데커가 소릴 질렀다.

네 명의 사내가 앉은 자세에서 고개를 빼고는 데커를 넘겨다보았다. 탐을 걷어찬 사내가 다가오더니 데커를 샅샅이 살펴보았다. 무엇인가를 찾고 있는 것 같았다. 무엇인지는 모르지만 그것을 찾는 데에 실패하자, 사내는 발로 데커를 밀쳐버리고는 다시 탐에게로 갔다.

탐은 거칠게 숨을 몰아쉬었다. 입에서는 저절로 신음 소리가 났다. 사내는 탐을 심하게 내리치고는 다시 내려칠 자세를 취했다.

「멈춰!」

데커가 다시 소리를 질렀다.

사내는 데커를 돌아보더니 그의 왼쪽 어깨를 걷어찼다. 몹시 아프긴 했지만 걷어차는 세기나 강도가 탐과는 확실히 차이가 났다.

「입 닥치고 있어, 안 그러면 유대인과 똑같은 대접을 받을 줄 알아!」

사내는 그렇게 경고하고는 다시 탐에게로 갔다.

「기다려!」

데커는 다시 몸을 일으켜 세우려 애쓰며, 넘겨다보는 사내를 향해 외쳤다.

「그는 유대인이 아냐!」

사내는 믿지 못하겠다는 듯 코웃음만 칠 뿐이었다. 그러곤 데커의 방해 따위에는 상관하지 않겠다는 듯이 탐에게 집중했다.

「그는 유대인이 아냐. 분명히 말하는데 그는 미국인이야. 내가 미국인인 것처럼. 여권을 보라구. 그의 주머니 속에 있어.」

데커의 뇌리에는 《월 스트리트 저널(Wall Street Journal)》의 기자인 다니엘 펄의 유혈이 낭자한 죽음이 떠올랐다. 이슬람 유괴범들에게 납치를 당한 펄은 「나는 유대인이다. 내 어머니는 유대인이다」라는 말을 반복하도록 강요당했고, 비디오테이프에는 녹화 도중 짐승처럼 살해당한 모습이 담겨 있었다.[25]

「우린 이미 너희들의 여권을 다 봤어.」

사내가 귀찮다는 듯 대꾸했다.

데커는 그래도 탐에게 약간의 시간의 벌어준 셈이었다.

「그자가 이스라엘 유대놈이든 미국 유대놈이든 나에게는 아무런 차이가 없어.」

「하지만 그는 결코 유대인이 아니라구!」

데커가 말했다. 데커는 1994년 아미드 오마르 사이드 세이크에 의해 유괴된 세 명의 영국 관광객들을 떠올렸다. 오마르는 펄을 유괴 및 살해하도록 조종한 바로 그 인물이었다. 여러 주일 동안 포로로 사로잡혀 있던 영국인들은 아무런 해를 입지 않은 채 풀려났다. 다니엘 펄과 영국인 관광객들의 분명한 차이점은 펄이 유대인 혈통이

---

25) 다니엘 펄은 파키스탄의 카라치에서 2002년 1월 23일 납치되었다.

었다는 데에 있었다. 그러니 탐이 유대인이 아니라는 것을 절대적으로 납득시킬 필요가 있다는 것이 데커의 생각이었다.

「내 눈에는 생겨먹은 꼬라지가 분명 유대놈인데 그래.」

사내가 빈정거리며 말했다.

「분명히 말하지만 그는 미국인이고, 이방인이야.」

데커가 한 단계 수준 높여 대꾸했다. 그는 알고 있었다. 옳든 그르든 그 팔레스타인 사람이 확신하고 있다면 더 이상 논쟁할 필요도 없다는 것을. 하지만 방 안에는 그만이 있는 것이 아니었다. 동료들의 압력이란 것도 있는 것이다. 다른 사람들은 그가 어떻게 하는지 지켜보고 있었다. 그의 판단력은 도전을 받았고 뭔가 응수하지 않으면 안 되는 입장에 있었다.

탐은 신음 소리도 내지 않은 채 꿈쩍도 않고 마루 위에 쓰러져 있었다. 안타깝게도 데커의 말은 팔레스타인 사람들에게 별다른 영향을 주지 못했다. 그들은 다시 탐에게로 주의를 돌렸다. 사내의 군화가 막 탐의 등을 짓이기려던 참이었다. 데커는 생각나는 대로 내뱉기 시작했다. 그것은 위험한 일이었지만 탐이나 그 자신이나 더 이상 잃을 것은 없었다.

「내 말을 못 믿겠다면,」 하고 데커가 다시 사내의 주의를 끌었다.

「그의 바지를 내려보라구.」

팔레스타인 사람들은 그의 말을 알아듣지 못하겠다는 듯이 서로 눈길을 주고받았다. 그러나 다음 순간 데커의 말뜻을 알아차린 그들은 웃음을 터뜨리기 시작했다. 탐이 유대인이라면 당연히 할례를 받았을 것이다.

탐을 걷어찼던 사내는 확신이 없는 것 같았다. 그는 모험을 원하지 않았다. 자칫하면 자신이 바보가 될 수도 있으니까. 그러나 다른 세 사람은 웃음을 터뜨리면서 탐의 바지를 벗겨보려고 그쪽으로 다가갔다. 그들은 자신들의 리더와 미국인이 티격태격하는 걸 즐기고 있었다. 게다가 한 사람의 목숨이 달려 있는 논쟁을 종식시킬 멋진 방식이 이제 막 제안되고 있는 참이었다.

데커로서는 엄청난 모험을 걸고 있었다. 탐이 포경수술을 했는지 안 했는지 그 자신도 모르고 있는 것이다. 하지만 그렇게라도 하지 않으면 꼼짝없이 유대인으로 몰릴 판이 아닌가. 세 사람은 탐의 바지를 벗겨 내리고는 그것을 검사하고 있었다. 사실 유대인이든 아니든 수많은 미국인들이 포경수술을 했고, 데커 또한 이를 너무도 잘 알고 있었다. 자칫하면 자기 친구에게 죽음을 선고할 수도 있었다.

두목 격인 사내의 눈에 자신이 본 것에 실망하는 기색이 역력히 드러났다. 탐의 성기에 남아 있는 포피가 그의 목숨을 구한 것이다.

세 팔레스타인인은 탐의 바지를 대충 다시 올려주었다. 그들은 또다시 웃음을 터뜨렸지만, 이번의 웃음은 아까와는 달리 약간은 자신의 두목에 대한 비웃음의 뜻이 담겨 있었다. 하지만 두목의 분노에 찬 눈빛이 흥겨웠던 분위기를 금세 싸늘하게 가라앉혔다. 두목은 데커를 발로 밀어버리고는, 다른 사람들에게 방 바깥으로 따라 나오라는 시늉을 했다. 그들이 사라지자마자 데커는 친구의 상태를 살펴보았다. 그는 바지를 다시 완전히 올려주고 싶었지만 손이 뒤로 묶인 상태여서 당겨 올려줄 수도, 지퍼를 채워줄 수도 없었다.

*

그날 밤, 사내들 중의 하나가 음식과 물을 가져왔다. 아침에도 음식을 다시 가져왔고, 한 번에 한 사람씩 세면도 허락해주었다. 이젠 적어도 즉각 살해될 위험이 많이 줄어들었다고 여겨지자, 데커의 마음에는 엘리자베스와 호프, 루이자에 대한 그리움이 간절해졌다.

밤이 되자 두 사내가 들어와서는 눈가리개를 하고 입에 재갈을 물렸다. 다른 지역으로 이동시킬 모양이었다. 그런 상태로 20분 정도 누워 있자니 숨이 막힐 지경이었다. 이윽고 그들은 발목을 묶었던 것을 풀고는 두 사람을 바깥으로 끌어냈다.

바깥으로 끌려 나가자 데커로서는 납득할 수 없는 일이 벌어졌다. 그는 두 사람에게 붙들려, 자동차 밑에 있는 수리할 때 쓰이는 듯한 깔판 위에 눕혀졌다. 두 발은 다시 꽁꽁 묶였다. 그가 상상할 수 있는 것이라고는, 자동차나 트럭 뒤에 묶여 끌려가는 끔찍한 고문의 형태를 준비하고 있는 것 같다는 것이었다. 하지만 그들은 왜 그의 눈을 가릴까? 학대가 목적이라면 그로 하여금 자신을 기다리고 있는 고문이 어떤 것인지를 보게 하고 싶지 않을까? 더구나 입에 재갈 따위를 물리지는 않을 것이다. 비명을 지르는 것을 듣기 위해서라도.

데커는 3미터 정도 밀쳐지는 것 같더니, 깔판 위에서 굴러 떨어져서 땅에 배를 깔고 엎드린 자세가 되었다. 그는 무엇인가, 무엇인가 커다란 것 아래에 있다고 느낄 수 있었다. 잠시 후 여덟 개의 손이 그를 집어 들더니 50센티미터 정도 들어올렸고, 그의 등은 위에 있는 어떤 물체에 의해 단단히 눌리게 되었다. 그는 이 자세에서 꼼짝도 할 수가 없었다. 다음에 그가 들은 것은 끼익 하고 금속 문이 닫히는 소리였다.

그는 자신이 일종의 관 같은 상자 안에 갇혔다는 것을 깨달았다. 하지만 주변의 공기가 흐르는 것을 느낄 수 있었고, 때문에 질식할 위험은 없었다. 꽁꽁 묶인 채 얼굴을 늘어뜨린 채로 있다가 그는 깔판의 바퀴가 구르는 소리를 다시 들었고, 또 다른 금속 문이 닫히는 소리를 들었다. 데커는 탐 또한 같은 일을 당하고 있으리라고 생각했다. 팔레스타인 사람들의 소리조차 소음에 가려 들리지 않았지만, 사실상 아랍어를 모르므로 상관없었다.

5분 정도 지난 후 데커는 탈것의 문이 탕 하고 닫히는 소리를 들었고, 뒤이어 엔진이 돌아가기 시작했다. 이제야 그는 알 수 있었다. 그와 탐은 트럭의 짐칸에 실린 것이다. 그들은 무기를 실어 나르는, 드물게는 사람을 숨겨 국경선을 통과하기도 하는, 트럭 아래에 들어갈 수 있도록 지어진 금속제 상자 안에 갇혀 있었다.

이스라엘 텔아비브

엘리자베스 호손과 그녀의 두 딸은 텔아비브의 벤 구리온 국제공항에 도착하여 중앙 홀을 걸어 나갔다. 며칠 전 엘리자베스는 사무실에 앉아 데커를 사무치게 그리워하면서 일 처리가 얼마나 답답할 정도로 느린가를 헤아리다가, 도저히 안 되겠다고 생각하고는 두 딸을 데리고 일주일 앞서서 이스라엘로 날아온 참이었다. 사람을 곧잘 놀래주는 것이 데커의 습성이었지만, 이번에는 엘리자베스 자신이 그 역할을 하게 된 셈이었다. 그녀로서는 어떤 소식이 그녀를 기다리고 있을지 꿈에도 상상할 수 없었다.

그녀와 두 딸이 짐가방과 함께 출구 쪽으로 걸어 나가는데, 60대 중반으로 보이는 수심이 가득한 남자와 여자가 그들에게 다가왔다.

「호손 부인?」

남자가 확인하듯이 물었다.

「그렇습니다만.」

그녀가 약간 놀라서 대답했다.

「전 조수아 로젠입니다. 이쪽은 아내인 일라나고요. 당신 남편과는 잘 알고 지내는 사이지요.」

「아, 예. 남편에게 말씀 들었습니다. 남편이 당신들을 보냈나요? 그이는 내가 이런 깜짝 쇼를 하리라는 걸 어떻게 알았죠?」

사태의 심각성을 전혀 모르는 채 그녀가 말했다.

「잠깐만 저와 얘기 좀 하실래요?」

조수아가 요청했다.

그제야 엘리자베스는 뭔가 낌새가 이상하다는 것을 깨달았다. 그녀는 기다리고 있을 수가 없었다.

「남편에게 무슨 일이 있는 건가요?」

조수아 로젠은 호프와 루이자가 있는 앞에서 얘기하고 싶지 않았지만 엘리자베스는 막무가내였다. 결국 그가 입을 열었다.

「호손 부인, 라마다 르네상스의 지배인에 따르면, 데커와 탐 도나핀은 닷새 전에 예루살렘에 있는 호텔을 떠났습니다. …어제 저녁 《뉴스월드》의 빌 딘이 나에게 전화를 걸어 그들이 어디에 있을지 짚이는 데가 없느냐고 묻더군요. 잡지사 데스크에서는 사흘 동안이나 그들의 행방을 수소문했다더군요. 그는 당신 사무실에도 전화를 걸었답니다. 집에도 전화를 했고요.」

엘리자베스는 로젠의 설명을 잠자코 듣고 있을 수가 없었다. 그녀는 빨리 최후의 선을 알길 원했다.

「미안하지만 로젠 씨, 내 남편에게 무슨 일이 일어났는지 말해줘요!」

조수아는 그녀의 성화를 이해했지만, 불쑥 꺼내놓기가 어려웠다.

「데커와 탐은 레바논에 인질로 붙잡혀 있는 것 같아요.」

엘리자베스는 믿을 수가 없었다.

「뭐라고요? 말도 안 돼. 그럴 수가!」

그녀는 머리를 절레절레 흔들었다.

「레바논에 있다고는 상상할 수도 없어요. 그들은 이스라엘 안에 있어요! 뭔가 잘못된 게 틀림없어요!」

그렇게 강하게 주장하면 감당하기 버거운 사실을 변경시킬 수 있기라도 하듯 그녀는 울부짖었다.

조수아와 일라나는 더욱 침통해졌다.

「송구스럽습니다만, 오늘 아침 아야톨라 오마 오베지의 호전적인 추종자 그룹인 히즈발라는 자신들이 데커와 탐을 인질로 붙들고 있다고 발표했어요. 그들은 레바논의 한 신문사에 메모와 함께 데커와 탐의 사진을 보냈답니다.」

호프와 루이자는 벌써부터 울고 있었다. 엘리자베스는 어딘가 주저앉을 곳을 찾았지만 마땅치가 않자 일라나 로젠을 붙들고 흐느끼기 시작했다.

레바논 북부의 모처

트럭이 멈추자, 데커는 숨을 깊이 들이쉬고는 울퉁불퉁한 도로를 달리느라 녹초가 되어버린 근육의 긴장을 풀려고 애썼다. 혀와 이빨로 입에 물린 재갈을 바깥쪽으로 조금 밀어내자 숨쉬기가 그래도 한결 편해졌다. 탐 또한 그런 식으로 할 수 있기를 간절히 바랄 뿐이었다. 금속제 관의 내부에서 이리 부딪히고 저리 부딪히느라 온몸이 쑤시고 아팠다. 머리도 지끈거렸다. 제발 여행이 끝났기를 바랄 뿐이었지만, 자신을 기다리고 있을 또 다른 일을 떠올리니 끔찍해졌다.

운전사는 경적을 울리더니 패거리들을 기다리기 위해 바깥으로 나갔다. 누군가에게 인간 화물을 들킬 염려 같은 것은 하지 않는 것이 분명했다. 근처에 아무도 없기 때문인지, 가까이에 있는 그 누구도 그런 것에 신경을 쓰지 않기 때문인지, 데커는 호기심이 동했지만 금방 잊어버렸다. 곧이어 데커는 누군가 다른 사람들이 트럭을 향해 다가오는 소리를 들었다.

그는 다시 한 번 녹슨 문이 끼익 하는 소리를 들었다. 이번에는 열리는 소리였다. 그를 그 자리에 묶어 놓았던 손목의 끈이 풀려 나갔다. 발목의 끈을 푸는 사람은 다른 사람들보다 동작이 훨씬 굼떠서, 그는 그만 도로 표면 쪽으로 거꾸로 몸이 휘어졌다. 트럭 밑바닥에 발목이 묶인 채로 이마를 도로에 찧어버린 것이다. 며칠 전 머리 뒤통수를 얻어맞았던 타격에서 아직 충분히 회복된 상태도 아니었다. 데커는 헐떡거리면서 비명을 질렀다. 입에 물린 재갈 때문에 질식할 것만 같았다. 데커는 그런 상태로 트럭 뒤에 매달려 질질 끌려갔다.

남자들 중 한 명이 발목을 묶은 밧줄을 끄른 다음 뭐라고 고함을 내질렀다. 일어나라는 뜻인 것 같았다. 고통으로 머리가 어질어질했다. 이마에서 흘러내리는 피가 눈가리개를 적시고, 얼굴과 목을 타고 흘러내렸다. 토할 것 같았다. 온몸의 근육이 경련을 일으켰다. 하지만 그는 사력을 다해 몸을 일으켰다.

사내들 중 하나가 그를 돌려세우고는 자신이 보내고자 하는 방향으로 밀쳤다. 데커는 계속해서 비틀거렸다. 사내가 뭐라고 외쳤지만 알아들을 수가 없었다. 마침내 한 건물의 문간에 당도했고, 안으로 걸음을 옮겨놓았다. 데커는 자신이 계단 입구에 서 있다는 것을 알 수 있었다. 눈가리개를 한 채로 계단을 기어 올라가야 한다는 것은 위험한 일이었다. 계단이 갑자기 아래로 향한다면 치명적일 수도 있었다.

고통에도 불구하고 감각을 곤두세운 채 데커는 천천히 앞으로 나아갔다. 더딘 진행을 참지 못한 사내가 데커를 앞으로 밀쳤다. 데커는 발을 허둥거리다가 계단의 기저부에 부딪혔다. 머뭇거리면 또 발길질이 날아올 것 같아 그는 얼른 자세를 바로잡고는 발을 들어올려 계단을 오르기 시작했다.

세 번의 층계참을 돌아 위로 오른 후 아래쪽 복도로 이어졌고, 두 개의 문을 지나 마침내 작은 방 안으로 들어섰다. 벽에 등을 대고 서 있는데 누군가가 밀쳐서 그를 주저앉혔다. 재갈이 풀렸고, 한 컵의 물이 주어졌다. 사내가 떠나고, 문이 닫히고, 그를 남긴 채 자물쇠가 채워졌다. 데커는 물을 마시고는 그대로 쓰러져 누웠다.

그것은 희망의 징조일 수 있어 하고 데커는 생각했다. 다른 사내들이 트럭에 남겨졌다는 것은. 그들이 거기 남은 것은 탐을 끌어내

어 자신이 누워 있는 바로 그 방으로 끌고 올 수도 있다는 이야기였
다. 데커는 누워서 문 소리가 나기를, 그래서 탐이 들어오기를 기다
렸다. 하지만 그런 일은 일어나지 않았다. 도대체 얼마나 기다려야
할지 막막했다. 하지만 잠시 후 자리에서 일어나 앉았을 때, 그는 자
신의 눈가리개가 제거되고 발목이 다시 묶여 있다는 것을 알 수 있
었다.

6개월 15일 후

　날짜가 정확하다고 장담할 순 없었지만, 데커는 그날이 6월 24일
이라고 짐작했다. 결혼기념일. 스물세번째 결혼기념일이었다. 스물
세번째 결혼기념일엔 전통적으로 어떤 선물들을 하는지 기억을 더
듬어보았지만 그런 것에 대해서는 들은 바가 없는 것 같았다. 엘리
자베스는 지금 무엇을 하고 있을까. 하지만 아무런 생각도 할 수가
없었다. 참을 수 없는 분리, 참을 수 없는 고립, 언제 끝날지 알 수
없는. 아무것도 할 수 있는 것이 없다는 무력감은 자신을 그렇게 포
로로 사로잡은 자들에 대한 분노뿐만 아니라 자기연민으로까지 이
어졌다. 다만, 다만 엘리자베스에게 말해주고 싶었다. 그녀를 사랑
하고 있으며, 자신은 살아 있노라고. 그녀에게 가 닿지 못하는, 그래
서 위안을 전할 수가 없는 고통이 그 어떠한 고통보다 컸다. 어쩌면
다시 집에 갈 수 없을지도 몰랐다. 어쩌면 아내와 아이들의 얼굴을
두 번 다시 볼 수 없을지도 몰랐다. 그는 분노와 좌절 속에서 자신의
손과 발을 묶고 있는 밧줄을 잡아 뜯고 비벼대면서 저주했다. 정상

적인 상황이라 할지라도 밧줄을 끊을 수는 없었을 것이다. 더구나 지금은 허약할 대로 허약해져 있는 상태였다. 그러니 그건 두 배로 무익한 행위였고, 절망만을 더해줄 뿐이었다.

데커는 자신과 탐이 붙잡힌 이후의 일들을 거듭거듭 되새겨보았다. 왜인지 그 이유는 설명할 길이 없었지만, 그의 본능은 자신이 레바논에 있다는 것을 말해주고 있었다. 그는 이런 예감을 뒷받침할 단서를 찾으려고 애썼다. 그자들이 음식을 신문에 싸서 가져오기만 한다면, 지중해 가까이에 있음을 알려줄 갈매기 소리라도 들을 수만 있다면…… 하지만 그가 확인할 수 있었던 것이라고는 자신을 붙잡은 사내들이 알루반[26]이라는 단어를 이따금씩 사용한다는 것뿐이었다.

탐 도나핀이 죽었다고는 믿어지지 않았지만, 이스라엘에서 재갈이 물리고 눈이 가려진 그날 밤 이후론 그를 보지 못했다. 그는 사실 어느 누구도 본 적이 없다고 할 수 있었다. 그를 포로로 붙잡은 자들은 방에 들어올 때면 마스크를 쓰고 있었고, 말도 거의 하지 않았다. 닫힌 방 안의 풍경말고는 어느 것도 본 적이 없었다. 하지만 그는 자신이 낡은 아파트 안에 있다는 것쯤은 짐작으로 알 수 있었다. 그의 발은 겨우 걸을 수 있을 정도인 30센티미터 정도 폭을 두고 발목끼리 수갑식으로 채워져 있었다. 혼자서 푸는 일이 없도록 손목 주변의 밧줄은 단단히 죄어져 있었다. 하지만 음식 사발을 들 수 있는 정도는 되었고, 대소변도 겨우겨우 처리할 수 있는 수준이었다. 개인적으로 청결을 유지하기는 거의 불가능했지만, 그래도 일주일에 한

---

26) 레바논.

번 정도는 몸을 씻을 수 있도록 한 양동이의 물이 공급되었다.

4개월쯤 지났을 때, 사내 중의 한 명이 그에게 영어로 된 코란 한 권을 던져주었다. 그는 그것을 갈가리 찢고 싶은 심정이었지만, 그렇게 한다는 건 곧 죽음을 의미할 것이었다. 무슬림에게 있어서 코란은 신의 말씀을 담고 있는 책 이상의 것임을 그는 알고 있었다. 그들에게는 코란 자체가 성스러운 경배의 대상이었다. 그것을 손상한다는 것은 알라를 모독하는 짓일 뿐만 아니라 알라를 직접 공격하는 행위나 마찬가지기도 하므로, 알라와 그의 추종자들의 분노를 살 것이 뻔했다. 게다가 데커에게는 그야말로 할 일이 아무것도 없었고 읽을거리 또한 없는 터여서, 코란은 상당한 소일거리가 되어주었다. 그는, 이슬람은 평화의 종교이며 따라서 알라의 이름으로 테러리즘을 자행하거나 인질을 붙잡고 살인 행위를 하는 자들은 〈진정한 이슬람〉이 아니라는 말을 들은 적이 있었다. 하지만 발목과 손이 묶인 채로 마루에 앉아 코란을 읽고 있노라면, 그런 말은 아무래도 믿기가 어렵다는 생각이 드는 것이었다.

상황이 더 나빠지지 않는다는 것이 그에게는 상당한 위안이 되었다. 포로 생활 초기 이후로는 그를 고문하는 일도 없었던 것이다. 담뱃불로 지져진 상처는 이젠 거의 아물었다. 가장 심했던 부분은 아직도 흉터로 남아 있지만.

처음에 그자들은 칼과 면도날로 그를 위협했다. 단순히 위협 차원만이 아니었다. 한 번은 작자들 중의 한 명이 그를 꽁꽁 묶어 움직이지 못하게 해놓고는, 전리품으로 그의 귀를 베어 가겠노라고 말했다. 그 남자는 혀 짧은 영어로 조금만 움직이면 목을 베겠노라고 엄포를 놓았다. 그 남자는 데커의 왼쪽 귀 윗부분에 피가 배어 나오도록 깊은 상처를 내고는, 공포가 깃들인 데커의 눈을 들여다보고 발작적으로 웃어댔다. 그 남자가 방을 떠나고 문이 닫힌 뒤에도 그의 웃음소리가 계속해서 들려왔다. 데커는 밤새도록 그 자세로 묶인 채로 지내야 했다. 몸부림을 쳐서 가까스로 배를 깔고 엎어질 수가 있었고, 상처 입은 귀를 마루 위에 기댈 수가 있었다. 상처가 쑤시고 아팠지만, 그렇게라도 해야 피를 멈추게 할 수 있을 것 같았다.

데커는 공포와 고통 속에서도 울부짖지 않을 수 있는 놀랍도록 쉬운 방법을 개발해놓고 있었다. 그 방법은 고통으로 향하는 마음을 놀랍도록 분산시켜 거의 평안에까지 이르게 해주었다. 자리에 누워서 짤막한 시를 암송하는 것이 바로 그 비결이었다. 그 시는 고문을 당하면서도 어떻게 침묵을 지킬 수 있었는지를 말해주는 구엔 치 티엔(Nguyen Chi Thien)의 작품으로, 여러 해 전에 읽은 것이었다. 27년 동안이나 공산 베트남 치하에서 포로 생활을 했던 구엔은 《지옥에서 건져온 꽃들(Flowers From Hell)》이라는 시집 속에 자신의 삶을 담았다. 데커가 기억하는 시는 다음과 같았다.

그들이 나를 아무리 고문해도 나는 다만 침묵할 뿐,
쇠몽둥이로 나를 때려 고통이 극에 달할 때라도.
불굴의 용기에 대해 아이들에게 이야기해다오.
나는 홀로 고요한 명상에 잠길 뿐이니,
「숲 속에서 길을 잃어 야수와 부딪친다면
어느 누가 야수에게 자비를 구하랴?」[27]

---

27) 구엔 치 티엔, 〈그들이 고문할 때도 나는 잠잠했다〉, 《지옥에서 건져온 꽃들(Flowers From Hell)》, 예일대학 동남아시아과, 1984, p.105.

여러 시간이 지난 후 깨어서 보니, 홍건했던 피가 말라붙어 있었고 귀는 마룻바닥에 끈적끈적하게 붙어 있었다. 귀를 잡아떼야 할 텐데 그러자면 딱지가 앉은 데가 다시 찢어지는 아픔을 겪어야 할 것이었다. 하지만 거기 누워 있을 수만은 없는 일이었다. 데커는 그 다음 세 시간 동안 입 속에서 혀를 굴려 침을 만들고, 침을 마룻바닥으로 흘려 말라붙은 피를 녹이는 작업을 했다. 귀가 수월하게 떨어질 수 있도록. 하지만 새로운 피가 다시 마룻바닥에 고이는 걸 피할 수 없었다.

*

가장 큰 문제는, 어디에도 기댈 데 없는 절망과 분노의 감정에 이어 끝없는 지루함과 우울증이었다. 베트남에서 포로가 된 미국 병사들이 지루함을 이기고 평정을 찾기 위해서 마음속으로 날마다 골프를 쳤다는 이야기를 어디에선가 읽은 기억이 났다. 하지만 데커는 스포츠라면 해본 것이 없었다. 지난 23년 동안 그가 해본 것이라고는 글을 쓰고 읽는 일뿐이었다.

얼마 동안은, 자신이 썼던 모든 기사를 낱낱이 회상해보았다. 그런 다음에는 그동안 읽었던 소설을 기억 속에서 다시 읽었다. 이야기가 어떻게 진행되는지 생각이 나지 않으면 자신이 스스로 만들어나갔다. 그러다가 데커는 구엔 치 티엔처럼 시를 쓰기 시작했다. 그는 자신이 쓴 시를 확실히 기억하기 위해 읊조리고 또 읊조렸다. 대부분 그가 쓴 시는 엘리자베스를 향한 것이었다.

생각 속에서만 지속되는 잃어버린 순간들

고칠 수 없는, 깨어진 약속들

흘러가 버린 과거의 나날들에 대한 꿈들

결코 끝나지 않는 꿈의 나날들

끝도 없는 오점을 남기는 낮과 밤들

우중충한 회색의 벽들

견딜 수 없는 고통과 상실

더러운 넝마로 나를 덮고 누워서.

나는 그렇게 나의 것으로 붙잡을 수 없는 시간을 허비했네,

달콤한 말들을 말하지 않은 채로 소중하게 남겨놓고서.

이제 나는 남겨둔 일들 때문에 흘릴 수도 없는 눈물로 이루어진

끝없는 호수 위를 걷고 있나니.

그렇게도 오랜 세월 동안 홀로 남겨졌을 때 인간이 생각할 수 있는 것들은 많을 것이다. 하지만 데커에게는 그것이 전부인 것 같았다. 대개는 집과 엘리자베스와 두 딸을 생각했다. 일을 첫째로 여기는 바람에 놓쳐버린 것들이 너무도 많았고, 그것이 안타까웠다. 그놈의 일 때문에 그들을 다시는 만나지 못할지도 모르는 처지에 빠진 것이다.

여닫이 창문 틈으로 들어오는 희미한 빛 속에서 그는 불현듯 생각했다. 왜 그는 엘리자베스를 리즈라든가 리지, 베스라는 애칭으로 한 번도 불러본 적이 없을까. 너무도 예의 바른 그녀이기에 감히 애칭을 부를 생각은 못했던 것일까? 그런 형식을 무너뜨릴 만큼 함께

시간을 보내지 못한 것이 분명한 것 같아, 그는 다시 한 번 가슴이
미어졌다.

9

꿈 속의 탈출

2년 3개월 후　레바논

「호손 씨.」

「일어나요, 호손 씨. 이제 갈 시간이에요.」

데커는 눈을 뜨고는 방안을 둘러보았다. 그가 몸을 비틀어 세워 자리에 앉자, 그의 손과 발을 묶었던 밧줄이 풀려나갔다. 마치 사이즈가 큰 장갑과 신발이 벗겨지는 것처럼.

「가야 할 시간이에요, 호손 씨.」

어린 소년의 목소리가 다시 되풀이되었다.

데커는 눈을 비비고는 목소리가 나는 곳을 바라보았다. 방문이 열려 있었고, 크리스토퍼 굿맨이 거기에 서 있었다. 이제 열네 살이 된 그는, 데커가 마지막으로 본 이래로 몰라보게 자라 있었다.

「크리스토퍼?」

도대체 일이 어떻게 돌아가는지 알 수 없는 의혹에 잠긴 데커가 불렀다.

「예, 호손 씨.」

크리스토퍼가 대답했다.

「넌 여기에서 무얼 하고 있는 거니?」

데커가 불신과 혼돈에 휩싸여 물었다.

「이제 갈 시간이에요, 호손 씨. 전 당신을 데리러 왔어요.」

크리스토퍼가 말했다. 다른 설명은 덧붙이지 않았다.

크리스토퍼는 방에서 걸어 나가면서 그에게 따라오라는 시늉을 했다. 데커는 60킬로그램 정도로 말라버린 몸을 움직여 크리스토퍼를 따라 방을 나서서 앞문 쪽으로 갔다. 반쯤 가다가 멈춰 선 채로 데커는 망설였다. 기억해야 할 무엇인가가, 잊어버려서는 안 되는 중요한 무엇인가가, 뒤에 남겨둬서는 안 되는 무엇인가가 있었다.

「탐!」

불현듯 그 소리가 입 밖으로 튀어나왔다.

「탐은 어디 있지?」

그는 레바논으로 보내진 이래로 본 적이 없는 그 친구에 대해서 묻고 있었다.

크리스토퍼는 망설이더니 천천히 팔을 들어 다른 문 쪽을 가리켰다. 데커는 사방을 살피면서 잠자코 문을 열어보았다. 그자들은 어디에 있는지 아무도 보이지 않았다. 안에는 탐이 매트 위에 누워 있었다. 3년 동안 그 위에서 먹고, 잠자고, 살았을 것이다… 또 하나의 데커나 마찬가지로. 탐은 벽 쪽을 보고 누워 있었다. 데커는 들어가서 친구의 발을 묶고 있는 밧줄을 끄르기 시작했다.

「탐, 일어나. 여기에서 나가야 해.」

그가 속삭였다.

탐은 일어나 앉아 그를 바라보았다. 두 사람은 잠시 동안 서로를 뚫어지게 바라보았다. 데커는 억지로 눈을 돌리고는 탐의 손을 풀기 시작했다. 그는 포로로 잡혀 있는 동안 내내 거울을 본 적이 없었다. 자신의 몸이 여윈 것은 알았지만 얼굴은 한 번도 본 적이 없었다. 그런데 탐의 얼굴을 보고는 그동안의 포로 생활이 어떠했는지가 역력해졌다. 그는 슬픔과 연민으로 인해 솟구치는 눈물을 참으려고 고개를 돌리지 않으면 안 되었고, 그건 곧 자기 자신의 모습이나 다름이 없었기 때문이었다.

아파트를 벗어난 데커와 탐은 발각되지 않기를 간절히 바라면서 살금살금 복도를 걸어갔다. 그들을 이끌고 있는 크리스토퍼에게서는 아무런 근심 걱정도 찾아볼 수 없었다. 상황의 심각함 따위는 안중에도 없는 것 같았다. 그들은 세 번의 층계참을 지나 아래로 내려왔다. 복도는 쓰레기와 깨진 유리, 떨어져나간 회반죽 등으로 어지러웠다. 작자들의 자취는 어디에서도 보이지 않았다. 바깥으로 나서자, 밝고 따뜻한 햇살이 얼굴을 비춰주었다. 데커는 눈을 뜰 수가 없었다.

다시 눈을 떴을 때, 빈 방을 둘러본 그는 자신이 꿈을 꾸었다는 것을 알았다. 아침 햇살이 여닫이 창문 틈으로 들어와 그의 얼굴을 비추고 있었다. 데커는 대체로 가족들에 대한 꿈을 꾸곤 했었다. 그런 꿈에서 깨어났을 때는 환상의 여운을 조금이라도 더 길게 즐기려고 다시 눈을 감곤 했었다. 그것이 그가 누릴 수 있는 특권의 전부였다. 하지만 이번 꿈은 뭔가가 달랐다.

데커는 누운 채로 몸을 뒤척이다가 몸을 일으켜 세워 자리에 앉았다. 그러자 그의 손과 발을 묶었던 밧줄이 스르르 풀려나가는 것 아닌가. 마치 사이즈가 큰 장갑과 신발이 벗겨지는 것처럼.

그는 고개를 흔들고는 다시 한 번 생각을 돌이켜보았다. 아직도 꿈을 꾸고 있는 건 아닐까? 하지만 그걸 생각하느라 시간을 낭비할 필요는 없었다. 그는 재빨리 두 발로 자리에서 일어섰다. 문은 잠겨 있지 않았다. 그는 문을 빠끔히 열고는 동정을 살폈다. 꿈에서 본 것과 똑같았다. 아무도 없었다. 그는 꿈속에서 보았던 자기 친구가 붙잡혀 있었던 방을 향해 살금살금 걸어갔다. 데커는 이 순간까지도 탐이 어디에 있는지, 그가 과연 살아 있기나 한지조차 알지 못했다. 하지만 방 안을 들여다보니 거기 탐이 있었다.

잠시 후 데커와 탐은 복도를 걸어 내려왔다. 꿈속에서처럼 복도는 쓰레기들로 난장판이었다. 건물 바깥으로 나설 때, 데커는 햇살에 눈이 부실 것을 염려하고는 두 손으로 눈을 가렸다. 아무런 감각도 없었다. 이것이 꿈이라면 제발 깨어나지 않기를 바라는 마음뿐.

두 사람은 어느 누구의 눈에도 띄지 않도록 애쓰면서 문간에서 문간으로, 건물에서 건물로 이동해 나아갔다. 거리를 계속해서 내려갔지만 아무도 없었다. 마치 유령의 도시 같았다. 그들은 될 수 있는 한 빨리 그곳을 멀리 벗어나기로 하고는 땅거미가 내릴 때까지 기다렸다. 알 수 있는 것이라곤 남쪽을 향해서 가야 한다는 것뿐이었다. 그것이 이스라엘로 가는 방향일 것이라는 짐작에서였다. 국경에서 어느 정도나 떨어져 있는지 알 수 없었지만 그들은 서로의 눈을 바라보며 침묵의 맹세를 했다. 다시 붙잡히느니 차라리 죽음을 택하겠노라고.

꽤나 멀리 벗어나서 이젠 안전하다는 생각이 들었을 때에야 데커는 그 이상한 꿈을 자신들의 탈출과 연관시켜 말할 수가 있었다. 그렇다고 해서 크리스토퍼의 정체를 탐에게 말해줄 수는 없었지만. 데커는 그 꿈이 일종의 계시였다고 말하고는, 누구에게도 그 사실을 말하지 말라고 탐에게 당부했다. 그렇게 말해버린 것을 나중에 후회하게 되리라고는 당시의 데커로서는 까맣게 모르고 있었다.

*

　데커와 탐은 사흘 밤 동안 남쪽을 향해 걸었다. 될수록 도로나 인가와는 떨어진 상태를 유지했다. 그날 밤엔 일몰 한 시간쯤 전부터 길을 나섰다. 데커에게는 시간이 얼마 남지 않은 것 같았다. 여행을 할 만한 체력도 다 소진되었기 때문이었다. 음식은 닥치는 대로 먹었는데, 그것은 대체로 벌레를 의미했다. 첫날에는 들개 한 마리를 보았었다. 다른 동물에 의해 죽임을 당한 것이 분명해 보였다. 먹을까 말까를 망설이다가, 먹기에는 너무 부패한 것 같다는 결론을 내렸고, 이제 와서는 그 결정이 자꾸만 후회되곤 했다.

　어두워지기 직전에 탐과 데커는 교통량이 꽤 되는 도로에 당도했다. 키가 큰 들풀 속에서 기다리면서, 완전히 어두워진 다음에 교통량이 뜸해지면 길을 건너기로 계획을 세웠다. 어둠이 내렸지만 통행량은 좀처럼 줄지 않았다. 아주 어쩌다가는 몇 분 동안 지나가는 차량을 볼 수 없는 경우도 있긴 했지만. 그들은 서서히 도로에 접근하여 50미터쯤 전방에서 멈췄다. 도로는 직선으로 평평하게 뻗어 있어서 사방 수십 리를 볼 수 있었다. 일련의 트럭이 지나간 다음, 어느 정도 간격이 있는 것 같았다. 5킬로미터 정도 떨어진 동쪽에서 다가오고 있는 차들뿐이었다.

데커와 탐은 잽싸게 움직였다. 도로를 형성하고 있는 둔덕에 이르러 살펴보니 건너는 데에 아무런 어려움이 없을 것 같았다. 그런데 둔덕 중간쯤에서 데커의 바지가 미늘이 붙은 철사줄에 걸렸다. 다리를 당겨보았지만 미늘이 다리 속으로 파고들면서 넘어지고 말았고, 다른 다리도 똑같이 엉켜버렸다.

탐은 이미 도로 쪽으로 진입한 상태에서, 데커가 부르는 소리를 들었다. 데커를 도와주려고 급히 돌아왔지만, 그 사이 몇 초가 흘러서 상황을 다시 점검하지 않으면 안 되었다. 차량의 행렬이 너무 가까이 다가와 있었다. 남은 길은 하나뿐이었다. 납작 엎드려서 도로의 굴곡으로 인해 지나가는 차량의 불빛에 들키지 않기를 기대할 수밖에 다른 길이 없었다.

탐은 데커 옆에 배를 깔고 엎드려서 숨을 멈추었다. 차량이 점점 가까워졌다. 애초에 생각했던 것보다 훨씬 더 느린 속도였다. 첫번째 트럭이 지나가는데, 탐이 갑자기 움직였다. 데커가 제지하기도 전에 탐은 도로 위로 달려가서는 팔을 흔들며 소리를 질렀다. 이젠 끝장이라고 데커는 생각했다.

다음 번 트럭이 탐의 몇 미터 전방에서 멈춰 섰다. 트럭 뒤에서 제복을 입은 남자들이 총을 든 채로 뛰어내렸다. 그들은 탐을 향해 총을 겨누고는 에워쌌다. 몇 명은 아직 땅바닥에 누워 있는 데커를 향해 다가와서는 에워쌌다. 데커는 천천히 몸을 굴려, 에워싼 사람들을 올려다보았다. 모두가 푸른색 헬멧을 쓰고 있었다. 헬멧에는 지구를 에워싸고 있는 다섯 개의 잎사귀가 새겨져 있었다. 탐은 첫번째 트럭에서 똑같은 잎사귀가 새겨진 깃발이 휘날리는 것을 본 것이다. 차량의 문짝에도 그런 것이 새겨져 있었다. 데커는 그것이 무엇인지 알았다. UNIFIL, 레바논에 주둔하는 유엔 평화유지군의 표지였다.

*

그날 밤 탐과 데커는 샤워를 하고, 깨끗한 옷을 입고, 진짜 침대에서 잠이 들었다. 위장은 많은 음식을 받아들일 수도 없는 상태였지만, UN 막사에서 잠들기 전에 두 조각의 빵과 반 컵의 비프 스튜로 행복한 식사를 했다.

다음날 아침 탐과 데커는 스웨덴 사람인 UN 사령관으로부터 아침식사 초대를 받았다.

「지난밤에 당신들을 태웠다는 보고서를 읽었소.」

막사를 가로질러 식당으로 가면서 사령관이 말했다.

「당신들이 멈춰 세운 수송 차량에는 매우 특별한 손님이 타고 있었소. 대원들은 당신들이 히즈발라일 거라고 생각하고는 그런 반응을 보인 것이오. 그 미친 도당들은 한센 대사와 같은 고위층 인사를 노리거든요.」

아침식사를 하면서 탐과 데커는 사령관의 특별한 손님이라는 UN 영국대사 존 한센을 만났다. 그는 그들의 납치와 탈출 이야기를 흥미를 가지고 들었다. 하지만 누구도 크리스토퍼에 관한 꿈에 대해서는 언급하지 않았다. 식사를 마친 그들은 통신실로 갔다. 거기에는 미국과의 위성전화가 개설되어 있어, 뉴욕의 UN 본부와 직접 연락할 수 있게 되어 있었다. 가까운 가족이 없는 탐은 데커에게 먼저 전화를 쓰라고 고집을 부렸다.

　워싱턴은 새벽 한 시가 조금 지난 시각이었다. 데커는 두 번 더 벨이 울리는 소리를 들었다. 이윽고 잠에서 덜 깬 엘리자베스가 전화를 받았다.
「여보세요.」
반쯤 눈이 감긴 채 그녀가 우물거렸다.
데커는 졸음에 겨워 있는 그녀의 정겨운 목소리를 듣자 목이 받쳤다.
「여보, 나요, 나.」
한 줄기 눈물이 데커의 뺨을 타고 흘러내렸다.
엘리자베스는 자세를 바로하고 침대에 앉았다.
「당신이라고요! 당신 맞아요?」
그녀의 목소리를 듣자, 데커는 또다시 눈물이 솟구치는 걸 어쩔 수 없었다. 간신히 목소리를 가다듬으며 그가 대답했다.
「그래, 나요, 나.」
「어디에요! 몸은 괜찮아요?」
그녀가 조바심쳤다.
「레바논에 주둔하는 UN 부대에 있소. 탐도 함께 있소. 우린 다 괜찮아요. 탈출에 성공했소.」
「하나님 감사합니다! 하나님 감사합니다!」
「UN에서는 우리를 이스라엘의 한 병원으로 보내서 검사를 받게 할 예정이오. 즉시 이스라엘로 올 수 있소?」
「암요! 물론이지요!」
눈물을 닦으면서 그녀가 말했다.
「호프와 루이자는 잘 있소?」

「그럼요. 당신에게서 전화가 왔다고 하면 믿으려 들지 않을 거예요. 엄마, 꿈꾸고 있어요? 그러겠죠. 난 꿈꾸고 있지 않아요. 그렇죠, 여보?」

「물론이오. 이건 분명 꿈이 아니오.」

그가 다짐했다.

「애들하고 이야기하실래요?」

그녀가 물었다. 그녀의 목소리는 흥분으로 떨려 나왔다. 마음은 벌써 남편에게로 한없이 달려가고 있었다. 모든 것을 다 묻고, 다 말하고, 다 하고 싶었다. 지금 당장.

「아니, 지금 당장은 아니오. 우린 곧 떠나야 해요. 여기 오래 있을 수가 없소. 탐도 사촌이나 삼촌과 통화를 해야 하고.」

「탐은 어때요?」

「괜찮아요. 우린 둘 다 양호한 상태요. 호프와 루이자에게 아빠가 사랑한다고 전해줘요. 그럼 다 같이 만날 날을 고대하겠소. 곧 그럴 수 있겠지?」

「물론이죠.」

그녀는 갑자기 그가 이스라엘의 어느 곳에 있는지 모르고 있다는 생각이 났다.

「당신은 어디에 있을 거죠? 어느 병원이죠?」

「아직 자세한 것은 몰라요. 하지만 내가 다시 전화할 때까지 기다리라고 하고 싶지도 않소.」

「암요, 암요. 알아들었어요.」

그녀는 잠시 생각하고는 말을 이었다.

「아이들과 함께 다음 비행기를 타고 갈게요. 당신은 병원에 도착하면, 조수아와 일라나 부부에게 전화를 해주세요. 당신이 있는 곳을 말해두면, 이스라엘에 도착한 다음 내가 그들에게 전화를 할게요.」

「조수아와 일라나? 로젠 부부를 얘기하는 거요?」

「물론이지요. 당신이 사라지고 없는 동안 그분들이 많은 도움을 주었어요. 정말 좋으신 분들이에요. 잊으셨을 테니 그분들 전화번호를 알려드릴게요.」

데커는 전화번호를 받아 적었다.

「이제 끊어야 해요.」

그는 잠시 사이를 두었다가 말했다.

「…사랑하오.」

부드럽게, 그러나 확실하게 말했다.

「저도 당신을 사랑해요.」

그녀의 대답이 전해왔다.

*

사령관은 두 대의 트럭을 준비시켜 무장한 한 분대로 하여금 데커와 탐을 1백20킬로미터 떨어진 이스라엘 국경까지 호위해가도록 했다. 거기에서 이스라엘 방위군이 그들을 인계하여 텔아비브의 병원으로 데려가기로 되어 있었다. 하지만 한센 대사는 다른 계획을 갖고 있었다. 유력한 정치 인사이기도 한 한센은 이 기회를 적절하게 활용하여, 그들을 구한 것이 자신의 호위 군대였음을 널리 알리고 싶어했다.

그들을 태운 차량이 이스라엘에 도착하자 한센 측의 제보로 네 군데의 국제적인 통신사 기자들이 나와 있었다. 텔아비브의 텔 하쇼머 병원에는 훨씬 더 많은 기자들이 있었다. 한센은 데커와 탐의 〈짐을 덜어준다〉는 명분으로 질문들을 통제했다. 탐과 데커의 사진도 몇 장 찍게 했지만, 이런저런 포즈를 취하라는 식으로 일일이 간섭했다. 탐이나 데커는 그런 것에 마음을 쓰지 않았다. 몇일 함께 지내는 동안 그들은 명랑하고 쾌활무쌍한 한센이 좋아졌던 것이다. 그들은 레바논에서 텔아비브까지의 여정을 농담 섞어 이야기했다.

병원에서의 검사가 끝나자 데커는 바로 로젠 부부에게 전화했다. 과거의 자신을 다시 찾은 것 같은 느낌이어서, 약간은 즐기는 기분이었다.

「조수아, 데커예요. 요즘엔 어디에서 사세요? 뵙기 힘들군요.」

그는 그동안 아무런 일도 일어나지 않은 듯 천연덕스럽게 말을 꺼냈다.

「당신, 그렇게 나오면 좋을 것 없어, 데커 호손!」

조수아가 대꾸했다.

「당신과 탐에 대해서는 환히 알고 있다구. 엘리자베스가 비행기 예약을 해놓았다면서 멋진 소식을 알려주더군. 게다가 당신들은 오늘 오후 내내 텔레비전에 나왔어.」

데커가 열에 들떠 웃음을 터뜨렸다.

「아내는 언제 도착한대요?」

「잠깐만 기다려봐. 일라나!」

조수아가 자기 아내를 소리쳐 불렀다.

「데커한테 전화야. 엘리자베스가 몇 시에 도착한다고 했지?」

　잠시 전화기가 잠잠했다. 일라나는 남편의 기억력을 탓하면서도 그 기회를 이용하여 전화기를 빼앗아 들었다.

「데커, 귀환을 축하해요!」

「고마워요, 일라나. 돌아오니 너무 좋군요.」

그가 대답했다.

「TV에서 봤어요. 뼈와 가죽밖에 안 남았더군요.」

「그런가요? 덕분에 아무 거나 잘 먹게 되었어요. 그러니 메뉴에는 신경 쓰지 않아도 될 거예요.」

「당신도 알다시피, 치킨 수프를 만드는 내 솜씨 하난 끝내주잖수?」

「엘리자베스가 언제 오는지부터 얼른 말해줘요.」

옆에서 조수아가 채근하는 소리가 들렸다.

「아, 예. 엘리자베스는 내일 오전 11시 36분 도착 예정이에요. 당신은 걱정 말아요. 조수아와 제가 공항에 마중 나가서 함께 병원으로 직행할 거니까요. 당신만 괜찮다면 치킨 수프를 좀 만들어 갈게요. 병원 음식이 형편없다고들 하더군요.」

데커는 그분들의 친절에 감사하지 않을 수 없었다.

「좋고말고요, 일라나. 정말 기대되네요.」

데커는 《뉴스월드》의 워싱턴 사무실로도 전화를 걸었다. 그곳은 아침 9시쯤 되었을 테니 출근을 했을 시각이었다. 그는 전화를 받은 상대자가 데스크인 탐 워텐버그인 줄로 알고 대뜸 말했다.

「하이, 탐. 저 데커예요. 절 찾지 않았나요?」

그러자 전화를 받은 사람이 탐 워텐버그는 은퇴를 했으며, 지금 행크 애셔가 그 자리를 맡고 있다면서 전화를 바꿔주었다. 애셔가 전화를 받자 데커가 말했다.

「당신이 나를 앞질러서 승진했군요.」

「당신이 그렇게 가끔씩 일하러 나타나면, 나하고 자리를 놓고 다투겠군요.」

애셔가 말했다. 말투로 보아 데커는 그것이 순전히 농담을 위한 농담임을 알았다.

「아침에 일어나자마자 뭘 본 줄 아시오? 당신들 상판대기를 투데이 쇼에서 봐야 했소. 당신들은 당신들 회사 잡지에는 통보도 하지 않고, NBC에는 잘도 불려나가더구려. 그리고 한 가지 당부할 게 있는데, 떠날 때는 호텔 방에다가 키를 놓고 가요.」

「여보세요, 우린 NBC에 나온 것과는 아무 상관도 없어요.」

데커가 방어에 나섰다.

「농담 아니에요? 투데이 쇼라니?」

「안 나온 데가 있는 줄 아시오?」

그는 일부러 미운 말만 골라 하기로 작심한 것 같았다.

「그래도 그자들은 당신들이 《뉴스월드》에서 일한다는 말이라도 합디다.」

사실 그로써 《뉴스월드》에 대한 선전효과는 막대했고, 애셔는 잡지에 탐과 데커가 겪은 인질 생활에 대한 〈수기〉를 실을 생각이었다.

이스라엘 텔아비브

다음날 아침, 데커는 면도를 하고 이를 닦으면서 자신의 얼굴을 뜯어보았다. 해골 같은 얼굴에 이미 익숙해지긴 했지만, 이젠 엘리자베스를 생각하지 않을 수 없었다. 그녀는 어떤 반응을 보일까? 중요한 것은 그가 돌아왔다는 사실이었다. 몇 달만 지나면 평소의 모습을 되찾게 될 것이다. 〈옛날로 돌아갈 수 없는 것〉이 있다면 그것은 엘리자베스에 대한 그의 감정일 것이다. 달콤하면서도 쓰디쓴 진실은, 떨어져서 지내는 동안, 그런 상황을 겪지 않았다면 결코 가능하지 않았을 방식으로 그녀를 사랑하게 되었다는 사실이었다.

비행기를 타고 오느라고 엘리자베스는 아마도 그를 텔레비전에서 보지 못했을 것이다. 몇 시간 후 그녀가 병원 문으로 걸어 들어올 때, 그녀는 그를 처음으로 보게 되리라. 이를 닦은 다음, 데커는 면봉 박스를 보고는 기발한 생각이 들었다. 그는 입안에 면봉을 한 뭉치 정도 쑤셔 넣고는 얼굴에 살이 더 올랐을 때의 모습이 어떠할지 살펴보았다. 부루퉁한 얼굴을 거울 속으로 들여다보고 있노라니 절로 웃음이 터졌다. 하도 웃는 바람에 면봉 하나를 거의 삼킬 뻔했다.

적어도 한 가지는 확실했다. 엘리자베스에게 병원 가운을 입은 모습을 보이고 싶지 않다는 것이었다. 그는 한 간호사를 붙들고는 너스레를 떨면서 자신을 위해 쇼핑을 좀 해달라고 부탁했으나 성과가 없었다. 다음으로는 한센이 생각났다. 한센은 탐과 자신을 좋은 홍보 기회로 활용한 셈이니 어찌 보면 자신에게 신세를 진 셈이었다. 영국 대사관에 전화를 걸어 부탁을 해보았다. 이번에는 운이 좋았다. 한센은 두 명의 도우미와 함께 양복점 사람을 보내 데커와 탐의 몸 치수를 알아보도록 했다. 두 명의 도우미들은 부근의 신사복 대리점으로 달려가 양복과 함께 재봉사와 미싱 기계를 대동하고 와서는, 그 자리에서 옷을 몸에 맞게 고쳐주었다.

엘리자베스가 도착했을 때, 데커와 탐은 병원 로비에 앉아 차를 홀짝이면서 영문판 《예루살렘 포스트》를 읽고 있었다. 그들은 영국의 신사들 같은 분위기를 그대로 연출하고 있었다. 바로 그런 완벽한 장면 속에서 마침내 엘리자베스와 데커의 두 눈이 허공에서 얽혔다. 그들은 끌어안고 키스를 하고 기쁨의 눈물을 흘렸다. 그렇게 멋진 양복을 빼입었는데도 불구하고, 엘리자베스는 그를 팔로 안으면서 그의 건강 상태가 얼마나 심각한지를 알아차렸다. 그녀는 데커가 자신에게 걱정을 끼치지 않으려고 어떤 식으로 잘 보이려고 애썼는지를 금세 알 수 있었다.

일라나 로젠은 치킨 수프가 든 보온병을 내려놓고는 탐을 끌어안았다. 호프와 루이자도 아빠를 함께 끌어안았다. 데커 가족은 한 덩어리가 되었다. 그러다가 모두가 다 끌어안는 진풍경이 연출되었다. 부모님을 따라온 스콧 로젠조차도 하나가 되었다.

이윽고 그들은 모두 자리에 앉아서 이야기를 나누었다. 엘리자베스는 데커 옆에 앉아서 손을 붙들고는 지난 3년 동안 일어난 일들을 이야기했다. 데커의 다른 편에는 호프와 루이자가 번갈아가며 아빠 옆자리를 차지했다. 데커는 딸들이 자란 모습을 보고는 대견해했다. 호프는 이제 열여섯 살이었고, 루이자는 열한 살이었다. 둘 모두 엄마를 얼마나 빼닮았는지, 데커는 예전엔 미처 모르고 있던 사실이었다. 삶의 많은 부분을 잃어버리고 있었다는 것을 실감하면서도, 후회해보았자 아무 소용이 없다는 것 또한 잘 알고 있었다.

조수아와 일라나는 탐과 데커에게 늠름한 정통파 유대 청년인 자기 아들을 소개했다. 1백 킬로그램이 넘는 거구에 검은 곱슬머리, 덥수룩한 수염이 인상적이었다. 지난 3년 동안 로젠 가족은 결속력이 몰라보게 단단해진 터였다.

포로로 잡혀 있는 동안 탐과 데커가 어떻게 지냈는지, 어떻게 탈출하게 되었는지, 모두가 알고 싶어했다. 하지만 그 꿈에 대해서는 누구도 언급하지 않았다. 잠시 후엔 그들이 처음에 어떻게 해서 레바논에 인질로 붙잡히게 되었는지가 화제로 떠올랐다. 그때까지도 그들은 사실 이스라엘에서 유괴된 것이며 레바논으로 넘겨졌다는 것을 아무도 알아차리지 못했었다. 뭔가 취재할 거리가 있어서 레바논으로 갔다가 거기에서 인질로 붙잡힌 것이라고 짐작했던 것이다. 진실을 알고 나자 스콧 로젠이 그런 세부사항을 이스라엘 당국에 알렸는지 물었다. 그들은 그렇게 하지 않았지만 그날 늦게라도 경찰에게 말해야겠다고 했다. 그러자 스콧은 조금이라도 지체하지 말고 즉각 경찰에게 알려야 한다고 주장했다. 조금 늦어져도 괜찮지 않겠느냐고 하자 스콧은 분개했다.

「제가 당장 전화를 걸고 올게요.」

그러고는 전화를 걸기 위해 밖으로 나가는 것이었다.

당황한 일라나 로젠이 아들을 대신하여 사과했다.

「제가 대신 사죄드릴게요. 용서하세요. 하나님과 이스라엘의 일이라면 물불을 가리지 않는 녀석이랍니다.」

「이스라엘이 먼저고, 하나님은 그 다음 아니었소?」

조수아가 끼어들었다. 일라나는 남편이 화내는 것을 이해했다.

「팔레스타인 사람들이 서쪽 벽을 파괴했을 때, 스콧은 분노로 치를 떨었어요. 그는 모든 팔레스타인 사람들을 이스라엘 재판에 회부해야 한다고 했어요.」

「그 정도가 아니잖아. 그 이상이라는 것을 당신도 다 알면서.」

일라나에게 다리를 꼬집히면서도 조수아가 다시 끼어들었다. 상당한 강도의 꼬집힘에도 불구하고 그는 아랑곳없었다.

「그 당시에 우리와 함께 있지 않았더라면, 아들놈은 〈바위의 돔〉을 공격하는 패들에 끼였을 거요.」

「뭐라고요?」

데커와 탐이 한 목소리로 물었다.

「무슨 일이 일어난 거죠?《뉴스월드》팀이 취재하러 여기 왔었나요?」

데커가 덧붙여 물었다.

「오, 아빠!」

너무도 동떨어진 질문에 놀란 호프가 외쳤다. 조수아가 상황을 설명해주었다.

「통곡의 벽이 무너진 지 일주일 후에 곧바로 40명의 이스라엘인이 〈바위의 돔〉을 공격했소. 그들은 폭발물을 설치하기 이전에 열여섯 명의 이슬람 보초병들을 죽이고, 그 안에 있는 사람들을 모두 몰아냈소. 바위의 돔은 완전히 파괴되었소. 어떤 사람들은 경찰이 그 음모에 개입되었다고 비난했소. 경찰이 도착했을 땐 이스라엘 테러리스트들이 모두 도망친 뒤였으니까.」

〈테러리스트〉라는 말에는 다분히 분노가 배어 있었다. 조수아는 테러리스트라고 하면 어느 쪽이든 다 혐오했다.

「이곳도 여러 달 동안 끔찍했었어요. 차량 폭파와 자살 폭격이 이어졌지요. 집 근처의 슈퍼마켓에 갈 때에도 검문소를 거쳐야 했죠.」

일라나가 말했고, 다시 조수아가 받았다.

「거센 항의가 이어졌고, 아랍 국가들은 전쟁을 불사하겠다고 위협

했소. 적어도 아직까지는 극단에 이르지는 않았지만, 과거 60년의
그 어느 때보다도 아랍은 똘똘 뭉쳐 있다고 할 수 있소. 시리아와 이
라크조차도 대화를 재개했으니까.」

　데커는 조수아의 〈적어도 아직까지는〉이라는 말투가 마음에 걸렸
다.

　「최근에는 징조가 어떤가요?」

　「잠시 소강상태라고 할 수 있소. 아랍은 모스크를, 이스라엘 사람
들 다수는 성전을 재건축하기를 원하고 있었소. 2년 반 동안 그 지
역은 유대인과 아랍인 모두에게 출입이 금지되었지. 그런데 석 달
전 모세 그린스버그가 수상이 된 후…….」

　「수상이라고요! 그렇게 급진적인 인사가?」

　데커가 참지 못하고 반문했다.

　「당신이 그렇게 말하는 걸 스콧이 들으면 안 되는데.」

　조수아가 빙긋 웃고 나서 말했다.

　「사실 그린스버그는 과거의 그와는 좀 달라진 것도 같소. 요즘엔
다소 온건주의자 냄새를 풍긴다는 평판을 듣기까지 한다오. 그가 변
했다기보다는 나라의 분위기가 이웃 아랍 국가들로부터의 위협 때
문에 극우 쪽으로 치닫고 있기 때문일 것이오. 아무튼 석 달 전 그린
스버그가 수상에 선출된 후 즉각 성전 재건축을 시작할 것이라고 공
표했소.」

　「우와, 아랍이 아직 전쟁을 선포하지 않은 것이 이상할 지경이네
요.」

　「아랍이 우리와 교전 상태에 있지 않은 적은 없소.」

　조수아가 계속 말을 이었다.

「하지만 당신 말도 맞소. 그들은 매우 기분이 상해 있소. 하지만 이스라엘과의 전쟁에서는 한 번도 완전한 승리를 거둔 적이 없는 그들이기에, 아랍 국가들은 테러리스트의 활동을 더 선호한다오. 미국이 〈테러와의 전쟁〉을 선포하고 테러리즘을 지원하는 세력들을 발본색원하는 작업에 나서자, 이스라엘도 상대적으로 테러리스트 분자를 색출하고 분쇄하는 데에 많이 자유로워졌소. 그 결과, 아랍이 전면전을 시작할 태세를 갖추지 않는 한 그들이 테러를 수행할 수 있는 입지는 많이 좁아져버렸소. 위험을 축소시키려는 뜻이 아니오. 지금도 시리아는 우리와의 국경 지대에 군대를 집결시켜놓고 있고, 세계 도처에서 이곳에 테러리스트의 공격이 자행될 것이라는 소문이 그치지 않고 있는 것이 현실이오.」

「성전은 어떻게 되어가고 있죠?」

탐이 물었다.

「아, 당신도 짐작하겠지만 사실 그건 굉장한 공사요. 서쪽 벽의 잔재와 파헤쳐졌던 옛 계단의 돌들은 모두 치워졌소. 일부는 박물관에 보관될 것이고 일부는 재활용될 것이오. 터널들을 다 파헤쳤지만 소소한 것들뿐이었고 그럴듯한 유물은 나오지 않았소.」

「템플 기사단이 다 가져갔고 성궤도 프랑스에 있다는 박사님의 이론이 맞을 확률이 높겠군요.」

탐이 흥미롭다는 듯 말했다.

「그런데 성전이 복원되려면 얼마나 걸리지요?」

「지금부터 4년 후에 완성되는 걸로 계획이 잡혀 있소. 우리가 전쟁에 돌입하지 않는다는 가정 아래…….」

그때 일라나 로젠이 남편의 다리를 다시 한 번 꼬집으면서 끼어들었다.

「엘리자베스가 잠시 얘기를 하고 싶어하는데.」

조수아는 자신이 기억해야 할 뭔가를 잊고 있었다는 걸 어렵사리 생각해냈다.

「아, 예, 물론.」

그는 그제야 일라나와 엘리자베스가 꾸민 모종의 계획을 성사시키기 위해 자기가 해야 할 역할이 있음을 기억해냈다.

「엘리자베스에게… 뭔가… 할 이야기가…….」

「이제 말하세요.」

일라나가 그녀를 재촉했다.

데커는 귀를 쫑긋 세웠다.

「여보, 당신이 없는 동안 호프와 루이자와 나는 많은 시간을 조수아와 일라나 부부와 함께 보냈어요. 우리에겐 더없는 지주가 되어주셨지요. 이 분들이 아니었더라면 어떻게 지냈을지 상상할 수도 없어요. 당신에게 말하고 싶은 건, 당신이 안 계시는 동안, 나와 애들은…….」

한참 분위기가 무르익어가는데, 스콧 로젠이 두 명의 평상복을 입은 형사를 대동하고 돌아왔다. 그들은 탐과 데커가 인질로 잡혀 있던 집의 주소를 알고 싶어했다. 또 그자들의 인상착의를 물었고, 그 밖의 기억나는 것들을 모두 말해달라고 했다. 그 바람에 엘리자베스의 고백은 뒤로 미루어질 수밖에 없게 되었다.

*

　두 시간 후 경찰이 떠나자, 데커와 엘리자베스는 마침내 둘이만 있을 수 있게 되었다. 스콧 로젠은 형사들과 함께 택시를 타고 파출소로 갔고, 조수아와 일라나는 호프와 루이자에게 뭘 좀 먹이려고 데리고 나갔고, 탐은 잠이 들었다.

「당신이 너무도 보고 싶었소.」

데커가 아내를 가까이 끌어안으며 속삭였다.

「저두요.」

그녀가 화답했다.

「사실 난 당신이 나에게 얼마나 소중한 존재인지 예전엔 미처 몰랐었소. 한시도 당신을 잊은 적이 없소. 돌아오고 난 뒤에 행크 애셔에게 말했소. 앞으로는 사흘 이상 집을 떠나 있어야 하는 일은 맡지 않겠노라고.」

　땅거미가 내리자, 두 사람은 밖으로 나가서 별빛 아래에 앉았다. 엘리자베스는 남편의 여윈 몸을 끌어안고는 지난 3년 동안 그녀를 위해 지었다는 시를 낭송하는 남편의 목소리에 조용히 귀를 기울였다.

*

　이틀 뒤, 데커는 다음날 아침 병원에서 나가도 좋다는 통보를 받았다. 유대의 신년 축제인 로쉬 하사나가 가까이 다가와 있었고, 병원은 신년 휴가가 시작되기 전에 병실이 많이 비기를 바랐다. 하지만 탐은 허리와 신장에 문제가 있어서 더 많은 검사와 진찰을 위해 남아 있어야 한다고 했다. 그날 밤 데커는 엘리자베스와 함께 구

(舊) 자파 거리로 나가 촛불을 켜놓고 낭만적인 저녁식사를 했다. 데커가 무드를 잡고 말했다.

「엘리자베스, 내가 전에 말하곤 했던 것을 기억할 거요. 나에게는 진정한 고향이라고 부를 만한 곳이 존재하지 않는다고 말이오. 그만큼 난 여러 곳을 떠돌아다니며 살았소.」

엘리자베스는 고개를 끄덕이며 잠자코 듣고 있었다. 데커는 둥근 탁자 너머로 왼손을 뻗어 그녀의 손을 붙잡고, 오른손으로는 그녀의 얼굴을 부드럽게 쓰다듬었다.

「지난 3년 동안 죽 생각했었소. 당신이 있는 곳으로 돌아갈 수만 있다면 그곳을 내 고향으로 삼을 거라고 말이오. 엘리자베스, 고향이라는 것은 마음의 상태라는 것을 난 알아차리게 된 거요.」

그의 목소리에는 교수 같은 끼가 풍겼지만 그렇다고 해서 훈계조는 결코 아니었다. 그는 비싼 값을 치르고 얻게 된 지혜의 보석을 나누고 싶었던 것이다.

「고향이라는 것은 우리들 마음의 방향인 거요. 워싱턴으로 돌아가면 그곳을 진짜 고향처럼 생각하고 아낄 거요.」

엘리자베스의 눈에서 눈물이 흘러내렸다. 데커가 또다시 그녀를 울린 것이다. 그녀는 울지 않으려고 애썼지만, 데커가 그녀의 누선을 슬그머니 건드리자마자 울음보가 터져버렸다.

데커와 엘리자베스는 식사를 마치고 다시 이야기를 이어갔다. 그들은 그동안 떨어져 지냈으면서도 마음은 함께했던 시간들을 이야기했다. 엘리자베스가 말할 때면 데커는 테이블 너머로 아내의 사랑스러운 얼굴을 찬탄하며 지켜보았다. 그녀의 움직거림 하나도 놓치지 않았다. 엘리자베스 역시 아무리 작은 즐거움도 놓치지 않았다.

마침내 그녀가 그에게 말했다.

「데커, 당신은 마치 눈으로 절 벗기고 있는 것 같아요.」

그녀가 당황한 척하며 속삭였다. 그는 미소를 지으며 눈을 빛냈다.

「내 생각엔 그 이상인 것 같은데.」

메릴랜드 더우드

이른 아침 워싱턴 외곽의 덜레스 공항에 도착한 호손 가족은, 리무진이 대기하고 있는 것을 보고는 놀라지 않을 수 없었다. 행크 애셔가 그들을 특별대접 하도록 배려한 것이다. 다음 사흘 동안, 데커와 엘리자베스, 호프와 루이자는 함께 시간을 보냈다. 그들은 씨푸드 음식점에서 엄청나게 큰 게를 사서는 공원으로 가서 그릴에 구워 먹었다. 또 함께 쇼핑을 하고, 도시 여기저기를 드라이브했다.

사흘째 되는 날 한밤중에 전화벨이 울려서 데커가 받아보니 굿맨 교수였다.

「데커, 우리에겐 할 이야기가 좀 있는 것 같은데.」

굿맨 교수가 특유의 자존심을 내비치며 말했다.

「물론이죠, 교수님. 예전에 교수님과 했던 이야기를 계속하고 싶습니다. 한 달 안에 찾아봬도 될까요?」

〈콜럼버스가 신대륙을 발견 한 이래 가장 큰 사건〉이란 게 무엇인지, 인질로 잡혀 있었던 3년 동안도 기다렸는데, 몇 주일쯤은 더 기다릴 수도 있지 않겠나 싶었다.

「너무 느긋하군 그래.」

데커가 납치된 사실을 모르는 사람처럼 굿맨이 말했다.

「어찌 됐든 전 레바논의 작은 방구석에 3년 동안이나 처박혀 있다가 이제 막 돌아왔다구요. 잠시 동안이라도 좀 편히 쉬고 싶어요.」

「그 점은 잘 알겠네. 나도 신문은 읽고 살거든. 자넨 대단한 유명 인사가 되었더군. 자네더러 어디로 와달라는 이야기가 아닐세. 마르타와 난 워싱턴에 있거든. 사실 우린 여기 더우드에 와 있다네. 자네 집에서 두 블록 떨어진 독일 레스토랑에 앉아 있는 중일세.」

「여기엔 웬일이시죠?」

데커가 놀라서 물었다.

「과학자들의 모임이 있어서 왔다네. 마르타는 워싱턴에 와본 적이 없다면서 따라오겠다고 고집을 부렸어. 크리스토퍼는 친구와 함께 학교에 있고. 우리에게 올 수 있는 건가, 없는 건가?」

데커는 얼른 전화기를 막고는 엘리자베스와 이야기한 다음, 굿맨 부부에게 집으로 오시라고 초대했다. 엘리자베스에게는 그 교수님 은 한 시간도 못 되어 돌아가실 것이 틀림없다고 장담했다.

해리와 마르타 굿맨은 몇 분도 안 되어 도착했다. 엘리자베스는 마르타 굿맨을 만난 적이 없어서 다소 어려워했다. 하지만 굿맨 교 수가 데커하고만 할 이야기가 있다는 것을 분명히 했기 때문에, 엘 리자베스는 굿맨 부인에게 두 딸들과 함께 산책을 하자고 제안했다.

그들이 떠나자마자 굿맨이 입을 열었다.

「쉬고 있는데 방해해서 미안하네. 하지만 내가 여기에 온 건 내 이 익을 위해서가 아니란 걸 알아주기 바라네. 내가 지금 자네에게 이 야기하려는 것을 독점하고 싶어할 기자는 수천 명도 더 될 테니까 말이야.」

「가족과 함께 지내고 싶어하는 제 심정도 이해하시겠죠?」

「물론이지. 하지만 내가 자네에게 이야기하고자 하는 것은, 세계를 영원히 바꿀 만한 일이라네. 날 용서하게, 난 자네가 흥미를 가질 거라고만 생각했어.」

굿맨이 약간 비꼬는 투로 덧붙였다.

데커도 한때 강하게 호기심을 느꼈던 것이 사실이었다. 하지만 그 후로 거의 3년 동안이나 동면 상태에 빠져 있었다. 이제 다시 데커의 깊은 곳에서 호기심이 꿈틀거리며 살아나기 시작했다.

「필요 이상으로 중언부언하고 싶진 않네. 나중에 자네가 살펴볼 수 있도록 내 노트를 한 부 넘겨줄 걸세. 지금은 그 요약본을 자네에게 줌세.」

데커가 산뜻한 노란색 노트를 받아들자, 굿맨이 설명하기 시작했다.

「무엇보다 먼저, 자네도 우리가 지난번에 이야기한 내용을 기억하겠지만, 바이러스성 항암제를 만들어내기 위해 사용했던 방법론을 말하면서, 나는 그것이 에이즈뿐만 아니라 다른 변종 바이러스에도 통할 거라고 말한 바 있네. 그 작업을 계속하던 중 몇 가지 괄목할 만한 성과를 얻었네. 그러한 연구가 중요한 것이긴 했지만, 내가 정작 진짜로 성취하기를 기대했던 것은 C-세포를 항암제를 생산하는 주체로서 사용하는 것이었네. 그것이 나에게는 〈알약 공장〉을 운영하는 것보다는 더 의미가 있었지. 〈알약〉만 찍어내고 싶진 않았던 거야. 그것들이 설령 암이나 에이즈를 치료할 수 있다고 할지라도, C-세포가 갖고 있는 엄청난 잠재력에 비하면 〈새 발의 피〉에 불과할 테니까. 내가 진짜로 하고 싶어했던 것이 뭔 줄 아나? 살아 있는 사람들의 세포를 바꾸는 것이었네. 면역 시스템이 엄청나게 강화된 쪽으로 말일세.」

굿맨은 잠깐 말을 멈췄다가 다시 이었다.

「오랫동안 시간만 잡아먹었네. 인간 세포의 모든 유전자 구조를 바꾸겠다는 희망을 품다니, 그게 과연 가능한 일이기나 할까 회의도 많이 품었지. 실험실에서 몇 개의 세포에 변화를 주는 것은 어렵지 않네. C-세포를 활용한다면, 자네나 내가 알다시피, 크리스토퍼처럼 완전한 면역 체계를 갖춘 개인을 창조하는 것 또한 가능한 일이 되지 않겠나? 하지만 그 면역성을 자네나 나 같은 다른 누군가에게 어떻게 부여할 수 있을까가 문제일세. 내가 전전긍긍했던 것은 그 문제 때문이었네.」

데커는 가끔씩 고개를 끄덕여가며 조용히 듣고 있었다. 굿맨은 자기가 원하는 방식에 따라 이야기를 풀어가고자 했고, 데커로서는 그저 들어주는 것이 최선이었다.

「그런데 한 가지 아이디어가 떠올랐네. 데커, 자네 에이즈 바이러스가 어떻게 활동하는지 알고 있나?」

데커는 그것이 매우 좋은 생각임을 이미 알아차렸지만 그 질문에는 대답하지 않았다. 굿맨이 계속했다.

「에이즈 바이러스의 바깥쪽 주변은 당단백으로 이루어진 작고 날카로운 못 같은 것으로 둘러싸인다네. 그 날카로운 못들이 그 바이러스의 바깥 껍질을 형성하는 지방질의 외피 안에 박혀 있네. 이 외피 안쪽에 RNA 가닥이 있고, 각각의 가닥은 DNA를 합성하는 역전사 효소를 갖고 있지. 그 못들은 에이즈 세포들을 소위 T-세포라 불리는 면역체계를 갖는 건강한 세포들과 결합시킨다네. 건강한 T-세포라면 당연히 일어나게 마련인 어떤 수용체 미분자들을 끌어당기는 고리를 형성함으로써 말이야. 그 바이러스가 건강한 세포의 내부로 흡수됨으로써 감염이 일어나게 되지. T-세포 내부에서 그 바이러스 안에 있는 각각의 RNA 가닥들이 역전사 효소에 의해 DNA의 보충적인 가닥으로 전환되지. 그 세포 안에 자연적으로 형성된 효소들은 DNA 가닥을 복제하고, 그 세포의 핵 안으로 진입하지. 그런 다음에 그 가닥은 그 세포의 영구적인 유전 형질 중 일부가 되는 거라네.」

굿맨은 데커의 반응을 기다리느라 잠시 말을 멈추었다.

「알아들었어요. 그런데 그 다음에는요?」

데커는 굿맨이 하는 말의 대부분을 이해했지만, 그 의미의 중차대함은 알아차리지 못했다.

「아직도 모르겠어? 그 에이즈 바이러스는 살아 있는 세포의 유전적인 구조로 변형될 수 있단 말일세. 그 몸 안에서 말이야!」

굿맨이 말하고자 하는 바가 무엇인지 그제야 데커는 알아차릴 수 있었다.

「그러니까 교수님은, 에이즈 바이러스의 핵에서 해로운 유전적 물질을 제거할 수가 있단 말씀이시…….」

「C-세포에서 비롯된, 특별한 면역성을 제공하는 DNA 가닥들로 대체되는 거지.」

굿맨이 데커의 말을 이어받아 마무리했다.

「물론 바이러스 세포들은 하나의 세포핵을 갖는 것이 아니라 단순히 하나의 중심 역할만 하게 되는 거지.」

만년 교수인 굿맨은 아무리 주제에서 벗어난 사소한 것이라도 실수를 용납할 수 없다는 듯이 잘못된 것을 그냥 지나치지 않았다.

「몸의 세포들 하나하나를 다 바꿔야 할 필요가 없는 것은 바로 그 때문이야. 우리는 T-세포들을 바꾸는 것만으로 거의 동일한 결과를 얻을 수가 있는 거야!」

「그러니까 그 결과는…….」

데커가 재촉했다.

「완전한 면역성! 심지어는 노화의 과정조차 역전시킬 수가 있게 되는 거지! 인간은 그로써 2백 살, 3백 살, 4백 살, 아니 그 이상까지도 살 수 있게 돼!」

굿맨의 목소리는 어쩔 수 없는 흥분으로 떨려 나왔다.

「그러면 그런 것들이 언제부터 이론만이 아니게 될 수 있는 거죠?」

「이미 시작되었네. 2년 반 전부터 작업을 시작했지. 처음 6개월 동안은 독감 바이러스에 집중했었네. 에이즈 바이러스를 사용하는 데에는 문제가 너무 막대하다고 느꼈어. 예전의 에이즈 연구로 인해 부딪혔던 문제점들 때문에 그것과는 더 이상 씨름하고 싶지 않다는 것도 솔직한 심경이었어.」

「독감 바이러스도 에이즈 바이러스와 비슷하게 작용하나요?」

데커가 물었다.

「비슷하지. 하지만 에이즈 바이러스는 RNA 가닥을 DNA 가닥으로 바꾸는 역전사 효소의 존재로 인해 실제로는 〈거꾸로〉 바이러스라고 해야 할 거야. 물론 그밖에도 수많은 다른 차이점들이 있지. 그런데 연구 초기에는 그런 차이점들이 그다지 중요하게 생각되지 않았어. 내가 필요로 한 것은, 원하는 유전 정보를 면역성을 가진 개별적인 T-세포들에 전해주는 모종의 수단이었을 뿐이었지. 그로 인해 극단적으로 활동성이 넘치는 제2세대의 시험적인 변종을 창조할 수가 있었어. 물론 그 당시 나는 매체가 될 바이러스에 이식할 필요가 있었던 C-세포들 안의 특정한 DNA 가닥들을 독자적으로 다루는 실험을 계속하고 있었지.」

굿맨은 잠시 한숨을 쉰 후 말을 이었다.

「그런데 내 실험실이 파괴되어 버렸어. 그자들은 수천 달러나 나가는 장비들을 부수고, 연구 자체를 황폐화시키고 말았어. 다행히도 값비싼 많은 장비들이 안전장치가 되어 있었네. 또 대여한 것들도 꽤 있었고.」

「시험적인 변종은 어떻게 되었죠?」

데커가 걱정스러운 듯 물었다.

「내가 말하려고 하는 것이 바로 그것일세. 그자들은 모든 것을 다 부셔버리고, 그것을 연구실 주변에 내던져버렸어.」

「잠깐만요. 그러니까, 변종 독감 바이러스를 퍼뜨리게 되었단 말씀인가요?」

「그래, …하지만 아무도 독감 바이러스에 감염되지 않았어. 그러니 안심해도 돼.」

굿맨은 걱정스러워하는 데커의 표정을 바라보며 말했다.

「정말로 확신하시는 건가요?」

「데커, 벌써 2년의 세월이 흘렀어. 어떤 일이 일어날 거라면 벌써 일어났어야지. 그래서 다시 본론으로 돌아가면, 그 야만인들이 내 연구실을 파괴한 이후, 나는 노트를 모두 다시 정리하지 않으면 안 되었네. 그러고 나니 더욱 확신이 생기더군. 에이즈 바이러스는 더할 나위 없이 좋은 매체일 수 있다는 것 말이야. 사실 그 파괴자들이 아니었다면, 여러 달 동안 비생산적인 연구에다 시간을 쏟았을지도 모르지. 생각해보게, 15년 전 에이즈 바이러스는 페스트만큼이나 악질적인 것이라고 여겨졌었어. 그런데 앞으로 10년 안에, C-세포와 결합함으로써, 불멸의 근원이 될 수도 있단 말일세!」

데커와 굿맨의 대화가 끝나갈 무렵, 엘리자베스와 굿맨 부인, 호프와 루이자가 돌아왔다. 모두 파티오에 앉아 아이스티를 마시는 시간을 가졌다. 그들은 이야기를 나누면서 서로에게 호감을 갖게 되었다. 굿맨 부부가 떠나자 엘리자베스는 마르타와의 이야기가 아주 즐거웠으며, 그녀가 다음번에 로스앤젤레스로 오라고 초대했다고 했다. 아내가 즐겁다니 데커 또한 기분이 좋았다.

「둘이 마음이 잘 맞는다니 나도 좋구려. 그런데 무슨 이야기를 한 거요?」

「당신이 돌아온 것이 얼마나 놀라운 일인지 이야기하느라 많은 시간을 보냈어요. 그런데 당신 알아요? 굿맨 교수님이 오는 12월에 노벨의학상을 받는다는 걸?」

「뭐라고? 교수님은 거기에 대해서는 한마디도 안 했는데?」

「그것 때문에 워싱턴에 오시게 됐대요. 1년마다 열리는 미국 암협회의 모임에서 연설을 해 달라는 초대를 받았대요.」

「세상 돌아가는 걸 까맣게 모르고 있었네. 그밖에 또 다른 얘기도 있소?」

「굿맨 교수님 형님의 손자라는 크리스토퍼라는 애 말이에요. 그 애에 대한 자부심이 대단하더군요. 보통 조숙한 아이가 아닌 것 같

아요. 아 참, 이건 정말 흥미로운 사실인데요, 마르타는 굿맨 교수님
과 2주일 전에 당신에 관한 이야기를 했대요, 글쎄. 그분은 매우 중
요한 기사거리가 있다고 하면서도, 내 생각엔 오늘 당신에게 말하기
위해 온 그 용건 같은데, 다른 기자들에게는 알리고 싶어하질 않았
다는군요. 그 당시엔 당신이 아직 인질로 잡혀 있을 땐데 말이에요.
여기가 조금 이상한 대목인데요, 그 이야기를 하고 있는데 크리스토
퍼가 와서는 굿맨 교수에게 당신이 곧 자유의 몸이 될 테니 기다려
야 한다는 뜻의 말을 했다는 거예요. 나중에 그녀가 그걸 어떻게 알
았느냐고 그 애에게 묻자, 자신도 그걸 어떻게 알았는지는 모르겠다
고 말했다는 거예요. 그냥 느낌이 그랬다는 거죠.」

10

대재난

메릴랜드 더우드

가랑비가 내리기 시작했다. 데커는 키 큰 들풀을 헤치며 어렵사리 길을 헤쳐 나아가고 있었다. 엉겅퀴와 야생 딸기나무에 긁히곤 하여 여간 신경이 쓰이는 게 아니었다. 노아의 홍수 때와도 같은 재난을 예기하는 것처럼, 멀리서 갑작스러운 천둥소리가 천지를 울렸다.

데커는 달리면서도 마침내 올 것이 오고야 말았다는 두려움으로 신경이 곤두섰다. 마치…, 마치 이 모든 것을 예전에 이미 겪었던 것 같은 느낌이었다. 길을 막아서는 무엇인가가 있었다. 공포스러운 무엇인가. 하지만 무엇? 그때 갑자기 그의 발밑에서 땅이 사라져버렸다.

데커는 머리 위로 손을 올리고 습기 찬 대기 속을 허우적거렸다. 절망적으로, 본능적으로, 하강의 속도를 조금이라도 늦추기 위해. 갑자기 땅이 다시 느껴지면서 배와 가슴이 진흙의 벽에 털썩 하고 떨어졌다. 그는 자기 자신을 삼킬 것 같은 급격한 경사지를 미끄러져 내려갔다. 쉬익 하는 바람 소리가 났고, 숨을 제대로 몰아쉴 수도 없었다. 기이한 모양의 뽀족 튀어나온 부분들에 몸을 부딪치는 바람에 날카로운 고통이 엄습했다. 경사지에 미끄러질 때 셔츠가 어딘가에 걸려 찢겨지고 머리 위로 절반쯤 벗겨져나갔다. 두 손은 닥치는 대로 풀뿌리를 거머쥐었지만, 곧 미끄러져버렸다. 충격 속에서 그는 꿈쩍도 못한 채 그렇게 늘어져 있었다.

어느 정도 시간이 지나가고, 데커는 자기 자신을 조심스럽게 끌어올리기 시작했다. 움켜쥔 것을 놓치지 않으려고 애쓰면서. 조금씩 위로 몸을 끌어올리자 머리와 어깨 위로 셔츠가 다시 입혀졌다. 그제야 자신에게 닥친 상황을 알 수 있었다. 그는 직경이 3센티미터 가량인 나무뿌리에 매달려 있었다. 그는 천천히 고개를 돌려 아래를 내려다보았다. 그는 공포가 아가리를 벌리고 있다는 표현을 실감했다. 아래로는 10미터 가량 구멍이 계속되다가 더 좁아져서는 방향이 바뀌었다.

그는 눈을 감고는 그런 구덩이에 대해 처음으로 들었던 지난 여름의 일을 생각했다. 그와 사촌인 바비는 그의 외삼촌의 목장 북쪽에 있는 들판에서 노새를 타곤 했다. 바비는 해묵은 건초가 담긴 수레가 버려져 있는 들판으로 그를 데려갔다. 주변에는 들풀과 엉겅퀴가 무성하게 자라나 있었다. 노새 등에 올라탄 바비는 다리를 들어올려 노새의 옆구리를 차며 질주했다. 데커가 꽤 깊어 보이는 구덩이를 발견하고 물었다.

「어이, 깊은데 그래. 이게 뭐지?」

「하수구야.」

「뭐라구?」

「하수구. 끝도 없이 이어져.」

바비가 젠체하며 말했다.

「말도 안 돼. 바닥이 보이는데 뭘 그래?」

「그건 바닥이 아냐. 거기에서 방향이 바뀌는 것뿐이라구.」

바비는 데커의 셔츠를 잡아당겨 구멍의 다른 쪽으로 데려갔다.

「여기서 아래를 내려다봐.」

바비가 그 구덩이의 밑바닥처럼 보이는 부분을 손가락질하며 말했다.

데커는 그것이 얼마나 멀리 뻗어 있는지 알 수 없었지만, 다른 쪽으로 계속해서 이어진다는 것만은 알 수 있었다. 그는 더 잘 들여다보려고 그 자리에 털썩 주저앉았지만, 아주 조금밖에 더 보이지가 않았다. 데커가 이리저리 기웃거리며 물었다.

「어디에서부터 뚫린 거야?」

「어디서부터 뚫려 있냐구? 넌 우리가 이런 걸 팠다고 생각하니?」

우쭐대는 바비에게 데커가 험상궂은 표정을 지어 보이자, 바비는 여기가 싸울 만한 장소가 아니라고 결정하고는 말을 이었다.

「불쑥 나타났어. 평평한 땅이었는데, 어느 날 갑자기 배수 구멍이 생겼어.」

데커는 다시 한 번 더 잘 들여다보려고 하다가 불쑥 생각이 났다.

「밧줄을 걸어놓고 내려가 보자. 탐사를 해보는 거야!」

「너, 정신 나갔어?」

「이리 와! 긴 밧줄도 구할 수 있고, 회중전등도 있잖아. 헛간에 가면 노끈을 감은 롤도 있어. 노새 한 마리에게 노끈을 묶어놓으면 쉽게 내려갈 수 있을 거야. 텔레비전에서 그런 식으로 하는 것을 봤어.」

「너 정말 돌았구나! 아빠가 그러시는데, 무어 군 전체에서 배수구에 내려가 본 사람이 딱 셋인데 아무도 다시 올라온 사람이 없대. 두 달 후에 강에서 시체가 발견되었다는 거야!」 데커는 바비가 이야기를 꾸민 것인지를 알아내려고 바비의 얼굴 표정을 살펴보았다. 바비가 계속 말했다.

「난 너한테 분명히 말했어. 여기에는 바닥이 없다고 말야!」

바로 그때 바비의 아버지가 억새풀을 헤치고 그들을 향해 다가오는 것이 보였다. 그는 화를 버럭 내며 소리를 질렀다.

「바비! 거기에서 뭘 하고 있는 거냐? 거기 빠져 죽고 싶어? 당장 거기서 떨어지지 않으면 너희들 둘 다 몽둥이찜질 당할 줄 알아!」

소년들은 죽어라 하고 노새를 향해 달려갔다. 그런 걸 종합해보면 아무래도 바비가 거짓말을 늘어놓은 것만은 아님이 확실한 것 같았다.

*

비가 더욱 거세어졌다. 데커가 얼굴을 박고 있는 흙더미는 이제 진창으로 변해버렸다. 두 손으로는 뿌리 주위를 움켜쥐고 있었다. 옷은 완전히 축축했고, 위장이 할퀴듯이 쓰라렸다. 추위로 몸이 떨리기 시작했다. 그는 도와달라고 외치려고 했지만 목이 쉬어서 소리가 되어 나오지 않았다. 겨우 지표면 아래 1~2미터 정도였지만, 그에게는 더 이상 몸을 위로 끌어올릴 힘이 남아 있지 않았다. 어찌 됐든 이건 모험의 일종이야 하고 그는 애써 생각했다. 어떻게든지 여기에서 빠져나가기만 하면 친구들에게 거기에 대해서 떠들어댈 수 있을 것이다. 그는 허리띠를 끌러서 밧줄로 쓰는 방법을 생각해보았다. 바로 그거야! 그렇게만 되면 대단한 이야기감이 되겠는데 그래. 하지만 그것을 붙들어 맬 데가 없었다. 그는 한 손으로 허리띠를 풀려고 했던 손길을 멈추지 않을 수가 없었다.

그는 한 시간 남짓 진흙탕의 경사진 곳에 누워 있었다. 비는 어느덧 거의 멎었지만, 밤이 되어 하늘은 점점 어두워졌다. 바로 그때 엄마와 나단 형의 목소리가 들려왔다. 그들은 그를 부르며 점점 가까이 다가오고 있었다. 그는 소리를 질렀다. 도와달라는 외침이 아니라 다가오지 말라는 외침이었다.

「이리로 오지 마, 엄마! 배수구가 있어.」

하지만 엄마는 물론 물러서지 않았다. 구멍 가장자리를 내려다보고 있는 엄마의 공포에 질린 얼굴이 그의 눈에 들어왔다. 그녀는 갈라진 가지에 의지한 채 손과 무릎을 옆으로 뻗어 표면에서 1미터 가량 아래에서 뿌리에 매달려 있는 아들을 내려다보았다. 그녀는 정신을 차리려고 애쓰며, 아들이 손가락으로 뿌리 주위를 움켜쥐고 있는 것을 보았다. 손가락들이 너무 작은 것 같았다. 너무나 오랫동안 움켜쥐고 있어서 손가락은 핏기가 없이 새하얗게 되어 있었고, 비에 젖어 부르터 있었다. 배를 깔고 납작 엎드린 채 그녀는 아래로 조금씩 조금씩 미끄러져 내려갔다. 그녀 아래의 땅이 조금이라도 꺼지는 순간에는 아들과 함께 진흙더미에 묻힐 것이고, 그것이 곧 그들의 무덤이 될 것이었다. 이제 아주 조금만 손을 뻗으면 되었다. 그는 숨을 멈추고 지면에 바짝 몸을 밀착시킨 채, 미끄러지지 않도록 신발 끄트머리로 진흙을 파 들어갔다.

「애야, 꽉 붙들고 있어. 이제 조금만 있으면 엄마가 널 구해 줄 수 있을 거야.」

그녀가 한껏 용기를 내어 말했다.

데커는 엄마의 손가락이 자신의 오른쪽 허리를 감아쥐는 것을 보았다. 너무나 오랜 동안 마비되어 있어서 그녀의 손가락이 와 닿는 감촉조차 느낄 수가 없었다. 그녀는 아들을 위로 끌어올리기 시작했다. 데커가 발끝으로 진흙탕을 밀어대는 동안, 그녀는 아들을 조금씩 위로 올릴 수가 있었다.

「이제 뿌리에서 손을 놔버려, 애야. 내가 널 붙들었으니까 말이야.」

하지만 데커는 놔버릴 수가 없었다. 손을 놔버리면 죽음의 아귀 속으로 빠져 들어간다는 생각이 너무나 거세었던 나머지 손을 놓을 수가 없었다. 더구나 그의 손은 그러쥔 채 마비되어 있었다. 그는 손가락을 움직일 수조차 없었다. 엄마가 더 세게 끌어당겼다.

「엄마, 놔둘 수가 없어요! 손을 풀어버릴 수가 없어요.」

이제야 겨우 입에서 조금 소리가 나왔다.

「괜찮아, 엄마가 널 붙들고 있어. 엄마가 그냥 놔두지 않을 거야.」

그녀는 끌어당겼다. 온갖 힘을 다하고 사랑을 다하여 끌어당겼다. 그리고 갑자기, 그녀는 멈추었다.

*

데커는 침대에서 벌떡 몸을 일으켰다. 꿈이었다.

바로 그런 식으로 실제로 일어난 일이었지만, 그것은 여러 해 전의 일이었다. 하지만 웬일인지 자신의 오른쪽 팔뚝을 단단히 움켜쥐고 있는 엄마의 손길이 고스란히 느껴졌다. 그는 움직이려고 해보았지만 묵직하고 아파서 움직일 수가 없었다. 희미한 새벽의 여명 속에서 그는 그제야 어떻게 된 건지를 알아차렸다.

「엘리자베스, 일어나요. 일어나서 내 팔을 좀 풀어줘요. 얼른, 여보. 무서운 꿈을 꾸었소.」아무 반응이 없자 어쩌면 엘리자베스 역시 〈무서운〉꿈을 꾸고 있을지도 모른다는 생각이 들었다.

「엘리자베스, 어서. 당신 때문에 아프단 말이오. 일어나, 일어나서 내 팔 좀 빼게 해줘야겠소!」

데커는 자기 손을 잡아당겨 자신의 어깨를 두르고 있는 그녀의 손가락들을 떼어냈다. 마침내 자유로워진 그는 어깨를 움직거려 피가 흐르도록 하고는 다시 자리에 누워 잠을 청했다. 하지만 뭔가가 잘못되었다. 평상시의 엘리자베스는 잠귀가 밝았다. 그런 그녀가 왜 아직도 깨어나지 않는 것일까?

「엘리자베스!」

데커의 목소리가 날카로워졌다. 하지만 아무런 대꾸가 없었다. 그는 그녀를 흔들고 굴려보았다. 하지만 그녀는 깨어나지 않았다. 그녀를 다시 흔들어 보았지만 아무런 반응이 없었다. 갑자기 무서운 생각이 덮쳐왔다. 그는 그녀의 허리를 부둥켜안았다. 숨이 느껴지지 않았다. 팔목을 잡고 맥박을 느껴보려 했지만 아무것도 느껴지지 않았다. 심장에 귀를 대고 들어보아도 아무 소리도 들리지 않았다. 그의 가슴이 방망이질 쳤다. 그는 이를 악다물었다. 머리가 아파오기 시작했다. 도대체 무슨 일이 일어난 것일까?

갑자기 인공호흡을 해보아야겠다는 생각이 떠올랐다. 〈그녀의 몸이 아직 따뜻한 걸 보면 이제 막 벌어진 일임에 틀림없어. 인공호흡을 해보아야지.〉 그는 생기 없는 그녀의 몸에서 이불을 잡아당겨 벗겨 내렸다. 인공호흡법을 배운 것도 여러 해 전의 일이어서, 그는 제발 생각나주기를 기도했다.

〈한 손을 가슴 위에, 한 손을 가슴 아래에 놓으라고 했었지. 오, 제길! 갈빗대가 한데 모이는 바로 위인 거야, 아니면 바로 아래인 거야? 그래 바로 위가 맞아!〉 그는 압력을 주기 시작했다. 하지만 그녀의 몸은 매트리스와 함께 가라앉아버렸다. 뭔가 딱딱한 것 위에 누이지 않으면 안 되었다. 그는 그녀의 팔을 붙들고는 바닥으로 끌어내렸다.

그는 다시 한 번 시도했다.

「오, 하나님!」

그는 소리를 질렀다.

「입안을 살펴보아야 하는데 잊어버렸어.」

데커는 아내의 입을 열고는 공기의 흐름을 가로막는 이물질은 없는지 살펴보았다. 하지만 너무 어두워서 아무것도 보이지 않았다. 황급히 전등을 찾아 비추었지만 이번에는 갑작스러운 불빛에 그 자신이 적응하느라 시간을 잡아먹었다. 잠시 후 그녀의 입 안을 다시 들여다보았지만 아무것도 볼 수가 없었다. 그는 손가락을 그녀의 입 안에 집어넣었다. 아무것도 만져지지 않았다.

「하나님, 제발 좀 도와주세요!」

그는 절망에 빠져 눈물을 흘리며 소리쳤다.

〈진즉에 빨리 할걸.〉 그것 때문에 귀중한 몇 초를 흘려보낸 것이다. 그는 재빨리 그녀의 폐 속으로 두 번 숨을 불어넣고는 그녀의 위

로 올라가서는 손바닥으로 그녀의 아래쪽 늑골 한가운데에 압력을
주었다. 하나, 둘, 셋, 넷, 다섯 하고 그는 호흡을 세고는 그녀의 폐
에 다시 공기를 불어넣었다. 하나, 둘, 셋, 넷, 다섯. 그는 그 과정을
되풀이했다. 다시, 또다시.

「제발 죽지 마…, 엘리자베스. 죽지 마.」

그는 흐느꼈다. 다시, 또다시. 5분이 지나갔다.

「제발, 여보. 제발 깨어나! 하나님, 제발 그녀를 깨어나게 해주세
요.」

하지만 엘리자베스는 여전히 아무런 기척이 없었다. 〈앰뷸런스를
불러야 해. 하지만 조금만 더 해보고.〉

「하나, 둘, 셋, 넷, 다섯.」

그는 침대 머리맡의 스탠드에서 전화기를 집어 들었다. 엘리자베
스가 누워 있는 위로 전화선을 잡아당겨 911을 누르는 그의 손가락
이 떨리고 있었다. 그는 어깨와 귀 사이에 전화기를 얹은 채로 다시
인공호흡을 했다. 전화는 통화 중이었다. 멈췄다가 다시 다이얼을
눌렀다. 여전히 통화 중이었다. 도대체 왜 통화 중이란 말인가?

「하나님, 절 좀 도와주세요!」

그는 다시 외쳤다.

교환수와 통화를 하기 위해 〈0〉 버튼을 눌렀다. 역시 통화 중이었
다. 다시 걸어보았지만, 여전히 통화 중이었다. 데커는 전화기를 떨
어뜨렸다. 30분 동안 계속 인공호흡을 실시하면서, 5분마다 한 번씩
전화 통화를 시도했다. 마침내 신호가 갔다. 하지만 계속해서 신호
만 갈 뿐 받는 사람이 없었다. 그는 어깨와 귀 사이에 전화기를 얹은
채 인공호흡을 실시하면서 전화벨이 울리는 소리를 계속 듣고 있었

다. 몇 분이 지났지만 여전히 벨만 울렸다. 다이얼을 잘못 눌렀단 말인가? 끊었다가 다시 걸어봐? 아, 안 돼! 안 돼! 어떻게 911조차 잘못 누를 수가 있단 말인가? 다이얼을 잘못 눌렀다면 벨이 울릴 리도 없지 않은가? 잘못해서 전화번호를 안내하는 411를 누르지 않았다면. 그럴 것 같진 않았다. 하지만 정신이 나갈 지경인 이런 상황에서는 그런 일이 일어날 수도 있으리라.

그는 전화기를 놓았다가 다시 다이얼을 눌렀다. 통화 중이었다.

잠시 사이를 두었다가 다시 다이얼을 누르는 한편, 또다시 인공호흡을 실시하면서 그는 사실을 인정하지 않으면 안 됨을 알았다. 어느덧 거의 한 시간이 흘렀고 엘리자베스의 몸은 차가워져 있었다. 그녀는 죽은 것이다. 그가 할 수 있는 것은 이제 아무것도 없었다. 그녀는 죽은 것이다.

데커는 그녀 옆에 주저앉아 울기 시작했다. 이젠 그녀를 영원히 잃었다는 생각을 하니 가슴이 찢어질 듯이 아파왔다. 인공호흡을 하느라 근육들도 몹시 쑤시고 아팠다. 창문 밖으로는 어느덧 날이 환하게 밝아왔다. 다른 날과 조금도 다를 것이 없었다. 엘리자베스는 언제나 일출을 사랑했었다. 라디오 시계가 켜지고 아나운서가 무언가를 말하기 시작했지만, 곧 문장 도중에 끊기고 말았다. 잡음이 찌지직거렸다. 눈물이 볼을 타고 흘러 내렸지만, 그는 눈물을 닦지도 않았다. 그녀를 위해서 울어주어야 한다면, 그들이 함께 누웠던 자리에다 흘려야 할 것 같았다.

이제 곧 호프와 루이자가 일어날 것이다. 그들에겐 뭐라고 해야 하나? 그들을 위해서 그는 강해져야 했다. 그는 그것을 알고 있었다. 그는 울면서 엘리자베스의 시신을 들어올려 침대 위로 다시 올려놓았다. 이불을 잡아당겨 덮어주었다. 그를 둘러싸고 있는 슬픔의 물결을 뚫고, 이제 겨우 아나운서의 목소리가 들리기 시작했다.

「세계 곳곳에서 보도가 계속 들어오고 있습니다.」

아나운서의 목소리는 고통스러운 듯 쉬어 있었다.

「수천, 수백만, 아니 그 이상의 사람들이 죽었다는 이 소식은, 인류 역사상 가장 최악의 대재난임에 틀림없습니다. 세계의 모든 곳에서 사람들이 거의 동시에 죽은 것 같습니다. 더 나아가, 도대체 왜 이런 일이 발생한 것인지 의견을 내놓는 사람조차 없습니다.」

뭐라고? 도대체 뭐라고 말하고 있는 거야?

무서운 생각이 천둥처럼 데커의 머리를 쳤다. 수천의 사망자? 그렇다면 엘리자베스도 그런 죽음 중의 하나란 말인가? 도대체 어떻게 이런 일이 일어날 수 있단 말인가? 방사능? 독가스? 테러리스트의 공격? 하지만 도대체 왜 어떤 사람들은 죽고, 어떤 사람들은 그렇지 않았단 말인가?

마치 거기에 대한 대답인 양 아나운서의 목소리가 이어졌다.

「죽음은 동서남북 위아래를 구분하지 않았습니다. 흑인, 백인, 인디언, 일본인, 중국인, 남자, 여자, 아이들…….」

「아이들?」

데커는 자기도 모르게 비명을 질렀다.

「오, 안 돼!」

데커는 침실에서 달려 나와 헐떡거리며 계단을 달려 올라갔다. 아침 햇살에 부옇게 일어나는 먼지가 보였다. 그리고 지상의 것이 아닌 듯한 비명 소리가 온 집안에 울려 퍼졌다. 하지만 비명 소리조차 아무도 듣는 사람이 없었다. 모두가 다 죽은 것이다. 데커 혼자뿐이었다.

　정신이 거의 나가서 떠돌던 데커는 거실에 이르는 계단의 층계참에 넘어졌다가 의자를 향해 간신히 기어갔다. 2층 침실에서부터 라디오 아나운서의 목소리가 계속 들려왔다.

　「어디에나 공포가 만연해 있고, 어디에서나 비탄의 소리가 들립니다. 세계는 일찍이 이런 참혹한 상실의 아픔을 겪은 적이 없습니다. 역사상 어떠한 전쟁도, 어떠한 전염병도, 어떠한 사건도 이 정도의 재난은 아니었습니다. 그리고 어느 누구도 이제 더 이상 죽음의 행렬이 끝났다고 확신할 수가 없습니다. 살아서 숨쉬었던 그렇게도 많은 목숨들이 어찌하여 그렇게 빨리 죽음의 일격을 당할 수가 있는 것인지, 그렇게도 빨리 사라질 수가 있는 것인지, 알 길이 없습니다.

　우리의 스튜디오에서는 세 명의 동료들이 비명에 갔습니다. 한 분은 한 시간쯤 전에 나와 함께 서서 이야기를 나누던 중이었습니다. 아무런 경고도 없었습니다. 내 동료이자 친구가 갑자기 문장 도중에 말을 끊고 바닥으로 무너지는 장면은 내가 살아 있는 한 뇌리 속에 각인되어 있을 것입니다. 죽음이 이곳뿐만 아니라 세계의 모든 곳을 덮친 이 순간을 회상할 때마다 저는 자신에게 묻지 않을 수 없을 것입니다. 이제 다 끝난 것인가? 또다시 그런 습격이 일어나는 건 아닌가? 이 문장으로, 이 말로써, 이번의 숨이 나의 최후는 아닌가? 그렇게도 많은 사람들에게 일어났던 그 일이, 다른 이들에게, 나에게, 다시 일어나지 말란 법은 없지 않은가?

　이것이 세계의 종말인가? 그러한 질문에 답변하는 것은 이치에 합당하지 않습니다. 외계인들이 지구를 식민지로 만들기 위한 사전 공작으로 침략군을 투입하기에 앞서서 치명적인 세균을 퍼뜨린 결과일까요? 아니면, 그보다 더한 어떤 음모가 개입되어 있을까요? 인류에 대한 외계의 공격이 아니라, 우리 내부의 종족들 사이에 벌어진 공격일까요? 어처구니없는 테러, 혹은 만행일까요? 인간의 인간에 대한 끝없는 가혹 행위 중의 극치인 걸까요?

수천만의 인간들이 아무런 뚜렷한 이유 없이 세계 도처에서 죽어 길거리에 나자빠져 있습니다. 최소한 30대의 비행기가 언덕에, 들판에, 도시에, 추락한 것으로 보고가 되고 있습니다. 아침나절이었던 브라질과 아르헨티나에서는 재난의 희생자가 몰던 차량이 제멋대로 달리는 바람에 다른 차량이나 행인들을 치여 수많은 시신이 도로를 뒤덮었습니다. 대재난을 맞은 핵발전소에서는 살아남은 기술자들이 죽은 사람들을 대신하느라 발전소로 달려가고 있다는 보고가 있습니다. 초기의 재난에서 살아남은 사람들 중에는, 전복된 열차 차량에서 화약 약품이 흘러나오는 바람에 자기 가족의 시신조차 내버려둔 채 이웃들을 대피시켜야 했던 사람들도 있었다고 합니다.

세계의 정부들은 침착하게 대처할 것을 호소하고 있습니다. 남은 사람들은 될수록 자신의 집에 머무는 것이 좋을 것 같습니다. 모든 형태의 대중교통 수단은 완전히 막을 내렸습니다. 비행기는 가장 가까운 공항을 찾아 착륙하지 않으면 안 되었습니다. 죽음이 범세계적인 현상인데도, 많은 나라의 정부는 그것이 마치 국가 주권에 대한 침략인 양 국가 비상사태를 선포함으로써 재난에 대처하고 있습니다. 자기 나라의 무장한 군대만이 자기네 나라 상공을 통과할 수 있도록 제한하고 있습니다. 나토 역시 비상사태에 들어갔습니다.

무슨 일이 일어났는지에 대해서는 아무도 알지 못합니다. 우리는 질문을 던질 수 있을 따름입니다. 여러 해 동안 계속된 〈테러와의 전쟁〉이 문명 세계에 충격을 주기 위해 다시 돌아온 것인가? 이 공격은 수십 년 동안 은밀하게 진행되어왔던 것인지도 모릅니다. 혹은 이슬람 과격분자들의 소행일지도 모릅니다. 모스크가 서 있던 자리에 이스라엘이 예루살렘의 새로운 성전을 건축한 데 대한 반발로 그런 소행을 저질렀을 수도 있습니다. 분명한 것은, 이 재난이 테러리스트의 소행이라면, 이것은 단지 몇몇 건물의 파괴나 몇몇 도시의 사람들을 살해하는 것을 훨씬 넘어서 있다는 점입니다. 우리는 지금 일종의 세계대전을 겪고 있는 것입니다.」

아나운서는 목이 메는지 잠시 말을 중단했다.

「이 순간 미국과 캐나다의 동부 해안은, 사랑하는 사람의 시신을 찾기 위한 남자들과 여자들의 행렬로 뒤덮여 있습니다. 상상하기도 어려운, 이해할 수 없는 상황이 벌어지고 있습니다. 아직 동이 트지 않은 서부 쪽의 시간대에서는 대부분의 사람들이 우리의 행성에 무슨 일이 일어났는지도 모른 채 까맣게 깊은 잠에 빠져 있습니다. 사랑하는 사람이 바로 자기 옆자리에 죽어 있는 것을 몇 시간이 지난 뒤에야 발견할 사람들도 적지 않을 것입니다.」

베트남

레 티 다오는 자전거 뒤에 짐을 가득 싣고 송코이 강 삼각주 상부의 북부 도로 위를 달리고 있었다. 북쪽으로 18킬로미터 떨어진 하노이 시장으로 가는 길이었다. 자전거 양쪽에 매단 짐받이에는 손으로 만든 대광주리가 단단히 묶여 있었다. 서부 지역 사람들에게는 두 개의 거대한 롤빵을 싣고 가고 있다고 보일 수도 있었다. 그녀는 사방을 이리저리 살피다가 페달을 밟기를 멈추고는 자전거가 가는 대로 몸을 맡겼다. 한 마리의 소가 풀을 뜯어먹고 있는 길가의 앞쪽 에는 붉고 푸른 휘장이 눈에 띄었다. 뉴욕 양키스 팀의 야구 모자였 다. 그녀의 학교 때 친구인 뷰 레 탄 호아가 거기 그렇게 누워 있었 다. 손에는 아직도 소의 고삐를 움켜쥔 채로.

수단

아메드 무프티는 가슴 앞에 총을 꼭 움켜쥐고는 신호가 오기를 조 용히, 그러나 열렬하게 기다리고 있었다. 이제 겨우 열네 살인 소년 은 침략 군대에 처음으로 발을 들여놓으려 하고 있었다. 아버지는 새벽에 남쪽으로 20킬로미터 떨어져 있는 아케크 로트 마을을 습격 하여 불을 지를 때 부대의 주둔지 뒤쪽에 남아 있으라고 했다. 그러 면 습격이 진행되어도 별 탈이 없을 것이었다. 약탈자들은 딩카 마 을을 포위하고는 새벽에 습격을 단행했다. 말을 타고 억새로 지붕을 인 집들 사이를 누비고 다니면서 남자들은 죽이고, 여자들과 아이들 은 노예로 팔기 위해 끌고 갔다. 수단 북부의 마타랙에는 그런 노예 시장이 형성되어 있었다. 하르툼에 있는 수단 정부는 수단 남부의 딩카와 누바 부족들을 약탈하여 노예를 파는 것을 공식적으로는 금 하고 있었지만, 실제로는 이슬람화 정책의 일환으로서 오히려 부추 기고 있었다.

소, 양, 염소, 노예 등 어제의 전리품들을 몰아대며 북쪽으로 행진

하는 길은 고통스럽고 더뎠다. 약탈에 참가하지 못한 아메드는 실망감이 컸다. 딩카 족으로 이루어진 수단의 자유인민해방군과 부딪칠 가능성이 아직 남아 있긴 했지만, 그들은 무장이 빈약하여 아메드가 속한 대규모 부대를 공격하기란 쉽지 않을 것이었다. 아메드는 전투에 참가하고 싶어서 좀이 쑤셨지만, 이번에도 무위로 끝난 것을 보면 내년까지는 기다려야 할 것 같았다. 그때 자유인민해방군의 동태를 살피기 위해 앞장섰던 정찰병들에게서 전갈이 왔다.

그들은 최근에 자주 다니게 된 길을 따라, 거대한 마호가니 나무 근처에 2백 명 가량의 노예들이 있다고 전해왔다. 거기에는 몸값을 치르고 풀려나게 된 어린이들과 여인들이 10여 명 가량의 무장한 남자들에 의해 호위되고 있을 뿐이라는 것이었다.

아메드는 기지로 집결하라는 신호를 기다리면서, 땅에 납작 엎드린 채 2백 명의 노예를 판다면 자기 몫은 얼마나 될 것인지를 헤아려보았다. 마침내 신호가 왔다. 하지만 그것은 그의 기대에 못 미치는 것이었다. 다른 남자들의 통솔을 따를 줄만 알던 아메드는 천천히 앞으로 나아갔다. 그러다가 한 순간, 그의 삼촌과 다른 세 명의 남자들이 멈춰 서서 두 명의 인민해방군 병사들의 시체를 내려다보고 있는 지점에 이르렀다. 총소리도 없었고, 서로 싸우는 소리도 듣지 못한 터였다. 피를 흘린 사람도 없었다. 그가 무얼 묻기도 전에, 노예들이 진을 치고 있는 쪽에서 외치는 소리가 들렸다. 아메드는 자기도 모르게 아드레날린이 샘솟는 것과 함께 야영지 쪽으로 진군해가는 다른 사람들을 따라잡기 위해 달려가기 시작했다.

개활지에 이르자 그들은 모두 멈춰 섰다. 전투의 흔적은 어디에도 없었다. 무엇을 해야 할지 알지 못한 채 아메드는 아버지와 삼촌 사이에 엉거주춤 서 있었다. 그는 자신이 본 것을 도대체 이해할 수 없어 두 사람을 올려다보았다. 하지만 아버지나 삼촌 또한 어리둥절하기는 마찬가지였다. 방금 정찰병들이 말했던, 거대한 마호가니 나무 그늘 아래에 있는 2백 명의 노예들은 거의 모두가 죽어 있었다.

프랑스 라바우르 툴루즈 서쪽

알베르 포레는 허리에 진동이 오자 말을 멈춰 세우고는 휴대폰을 들었다.
「포레입니다.」
메마른 목소리로 그가 대꾸했다.
안달루시아 계통의 말은 하얀 갈기를 흔들고는 잠시 쉬는 틈을 이용하여 발밑의 클로버를 뜯기 시작했다.
「뭔가 일이 벌어졌습니다.」
전화선 저쪽의 목소리가 말했다.
중부 피레네 지방의회에 있는 그의 사무실 비서로부터 걸려온 전화였다. 포레는 그 지방의회의 가장 나이 어린 의원이었다. 많은 이들은 그를 대단히 야심적인 인물로 평가했다.
비서인 제라르 푸파르댕은 일어난 일을 도대체 어떻게 설명해야 할지 헤맸다.
「무슨 말이오, 제라르? 대체 무슨 일이오?」
「의원님, 뭐라고 말씀드려야 할지… 그러니까 90분도 더 전에, 세계 도처에서 수백만의 사람들이 갑자기 죽었습니다. 아무런 경고도 없었고, 원인도 알 수가 없습니다.」

포레는 무슨 말인지 이해하려고 애썼지만, 그럴 수가 없었다. 뭘 잘못 들은 모양이라고 믿고 싶은 마음뿐이었다.

「프랑스는?」

마침내 그가 물었지만, 어디에서부터 물어야 할지 막막해서 그냥 물어본 질문에 지나지 않았다.

「지금까지는 그럴듯한 정보가 사실상 거의 없습니다. 25만 정도의 사람들이 죽었다고 들었지만, 어떻게 산정된 숫자인지는 알 길이 없습니다.」

포레는 놀라움에 숨을 씩씩거렸다. 푸파르댕이 힘없는 목소리로 계속했다.

「프랑스와 서부 유럽 대부분은 세계의 다른 지역보다는 훨씬 더 희생자가 적은 듯싶습니다. 영국은 추정치에 따르면 1백만이 훨씬 더 넘는다고 합니다.」

「미국은?」

「거긴 아직 이른 시간이에요. 우리가 알고 있는 바에 따르면, 동부 해안에서는 우리보다 훨씬 더 심하게 일을 당한 것 같아요.」

「생물학 전쟁 같은 거요? 아랍 테러리스트들?」

포레가 물었다.

그건 명백한 질문이었지만, 푸파르댕이 대답할 수 있는 성질의 것이 아니었다.

「확실한 건 알려진 게 없습니다. 우리의 국경뿐만 아니라 많은 나라의 국경이 봉쇄되었습니다. 예비군들이 소집되고 있고요.」

「내가 그리로 돌아가는 데에는 이상이 없겠소?」

포레가 물었다.

「모르겠습니다, 의원님. 확신 있게 답할 수 있는 거라곤 아무것도 없습니다. 도대체 뭐가 어떻게 돌아가는지 아무도 모릅니다.」

포레는 잠시 생각에 잠겼다.

「한 가지 더 말씀드릴 게 있습니다, 의원님.」

포레가 잠시 사이를 두었다가 말을 이었다.

「보고된 사망자 명단 속에 시 의회 의장님이 들어 있습니다.」

포레는 잠시 멈칫하면서도 이것이 과연 자기에게 유리하게 작용할 것인지의 여부를 잽싸게 저울질해보았다. 그는 말의 목덜미를 툭툭 두들기면서 스페인과 프랑스의 남쪽 국경선인 피레네 산맥 쪽을 바라보았다.

「사무실로 가겠소.」

그는 마침내 그렇게 말하고는 전화를 끊었다.

한국 부산

부산 자갈치 시장의 김대식은 두 다리가 잘린 채 완전히 부서진 자신의 포장마차에서 간신히 기어 나왔다. 자신의 가게 안에 있던 남자들과 여자들의 절반 가량이 갑자기 눈앞에서 쓰러져 죽어 자빠지는 통에 정신이 나간 바람에, 커브를 돌아든 한 대의 버스가 속력을 늦추지 않은 채 자신의 포장마차를 향해 돌진해오는 것을 미처 알아차리지 못한 것이다. 그가 그걸 알았을 때는 이미 늦은 뒤였고, 거의 두 시간 동안이나 자갈더미 아래에 깔린 채 도와달라고 외쳤지

만 아무도 오지 않았다. 스스로 기어 나오면서 경찰이나 앰뷸런스가
눈에 띄기를 바랐지만, 그의 눈을 사로잡은 것은 도저히 이해할 수
없는 파괴의 현장일 뿐이었다. 도처에 주검이 널려 있었다. 살아 있
는 자들은 죽은 자들 사이에서 넋이 빠져 흐느끼거나 혼동에 휩싸여
쏘다니고 있었다. 몇 시간 전만 해도 온갖 종류의 차량이 흘러 다니
던 거리는 참혹한 광경으로 얼어붙어 있었다.

오스트레일리아 브리즈번

　패트릭 맥컬러는 대재난이 엄습했을 때 역사적인 브리즈번 아케
이드 안에 있는 서점에서 가게 문을 닫을 준비하고 있었다. 갑자기
쇄도하는 구원을 요청하는 비명과 외침 속에서 그의 사장은 경찰과
병원에 전화를 걸었지만 모두가 통화 중이었다. 재난이 휩쓸고 지나
가는 것을 목격하면서 패트릭은 즉각 집에 계시는 부모에게 전화를
걸었다. 가족이 괜찮다는 것을 확인한 그는 남을 위해서 무엇이든
도울 수 있는 일을 찾기 시작했다. 퀸 스트리트 몰과 아들레이드 거
리를 따라 나 있는 긴 아케이드 가게에는 수십 명이 여기저기에 쓰
러져 있었다. 희생자 중에는 친구나 가족이 옆에 있는 경우도 있었
지만 대부분의 희생자는 혼자였다. 쇼핑을 함께했던 동료들 여럿이
모두 죽은 경우도 있었다. 도대체 무얼 어떻게 손을 써야 할지 알 수
가 없었다. 경찰이나 앰뷸런스는 눈에 띄지 않았다. 생존자들도 어
디론가 모습을 감춰버린 뒤였고, 쓰러져 죽은 자들을 도울 길 또한
막연했다. 패트릭은 시신들 사이를 걸으면서 뻗어 있는 시신들을 그

래도 적절한 위치에다가 끌어다놓는 일을 했다. 그러다가 몇몇 남아 있는 생존자에게 아케이드의 간이음식점에서 먹을 것과 마실 것을 가져다주었다. 두 시간이 훌쩍 지나갔다. 망연하게 앉아 있는 한 노파를 위해 옷가게에서 몇 점의 옷을 가져다주면서, 패트릭은 한 남자와 여자가 쇼핑백을 들고서 죽은 자들 사이를 걸어 다니면서 지갑과 보석을 닥치는 대로 훔치고 있는 광경을 목격했다.

인도 케랄라

의사인 조시 샤마는 자신의 메르세데스 후드 위에 앉아 무릎 위에 노트북을 올려놓고 기사를 작성하고 있었다. 인도의 안과의사들을 위한 신문에 나올 것이었다. 이곳 타테카두 새 사원에 자주 오는 것은 정신집중이 잘 되기 때문이었다. 몇몇 희귀종을 포함한 토박이 새와 철새에게 정겨운 둥지가 되어주고 있는 이곳 성소는, 그에게 있어서도 성 요셉 병원의 복잡한 근무처에서 18킬로미터만 달려오면 되는 고요한 도피처였다. 몇 시간 동안 평화로운 시간을 즐기다 보니 기사에도 꽤나 진척이 있었다. 만족한 샤마는 이젠 집에 가서 저녁을 먹어야겠다고 생각했다.

차 안으로 들어가 보니 그의 호출기에 병원으로부터 긴급 메시지가 와 있었다. 당장 와달라는 내용이었다. 메시지는 벌써 세 시간 전의 것이었으므로, 다시 전화를 걸어보았지만 누구와도 연결이 되지 않았다. 사원을 벗어나 병원 쪽으로 차를 몰았다. 하지만 1킬로미터도 못 가서 무수한 교통사고의 현장 중 첫번째 것을 목격해야 했다.

운전자들과 거기에 탄 사람들을 돕기 위해 도로가로 차를 갖다대다가 기이한 장면과 맞닥뜨렸다. 각각의 차에는 남자 운전자가 있고, 세 명의 여자 어른들과 다섯 명의 아이들이 타고 있었다. 두 차에 타고 있는 모두가 안전벨트를 하고 있었고, 에어백도 명백히 작동했음에도 불구하고 그들은 모두가 죽었고, 적어도 몇 시간째 그런 상태로 방치된 것 같았다. 차량은 꽤 부서져 있었지만 승객들의 좌석은 기본적으로는 부서진 데가 거의 없었다. 그렇다면 이 정도의 인명 사고가 날 만한 사고는 아닌 것이다. 게다가 이들을 돕기 위해 멈춰 선 사람이 아무도 없었다니, 이건 도대체 어이된 일일까? 바로 그때 그는 한 가지 사실을 발견했다. 희생자들에게는 찢긴 상처가 있지만, 피는 거의 흘리지 않았다는 사실이었다. 그렇다면 사고가 일어났을 당시에 그들은 이미 죽어 있었단 말이 된다.

　다시 한 번 병원에 전화를 걸어보았지만, 역시 마찬가지였다. 두 번이나 사고 현장을 목격한 뒤에야 겨우 살아 있는 한 사람을 만날 수 있었다. 재난에서 살아남긴 했지만 곧이어 충돌사고를 당한 중년의 한 여성이 자기 남편을 차에서 끌어내서는 도로가에 누인 채, 자신은 그 옆에 쪼그리고 앉아 있었다. 그녀는 거의 멀쩡한 상태였다.

　여섯 번의 사고를 더 지나치다가 닥터 샤마는 언덕 꼭대기를 향해 차를 몰았다. 하지만 예상했던 것보다 훨씬 더 많은 차량이 부서진 채로 누워 있는 통에 차를 버리지 않으면 안 되었다. 그는 이제 걷기 시작했다. 죽은 채로 누워 있는 사람들 옆을 지나쳐갔다. 몇몇은 그가 아는 사람이었다. 병원에 도착해보니, 42명의 의사 중 36명이 죽어 있었다.

나흘 뒤   메릴랜드 더우드

행크 애셔는 젊은 인턴 기자가 집 안으로 발을 들여놓을 수 있도록 붙들어주었다. 셔릴 스탠포드는 두 사람이 함께 이제 막 넘겨다보았던 부엌 창문을 성큼 넘어갔다. 그녀는 앞문 쪽으로 가면서 거실의 한 의자에 맥없이 주저앉은 데커의 기운 없는 몸짓에 눈길이 멎었다. 행크 애셔는 이제는 너무나 익숙해져버린 시체 썩는 냄새를 맡으며 집의 안쪽으로 들어갔다. 그는 데커를 보고 〈대재난〉으로 알려진 나흘 전의 사건을 당하여 죽은 불운한 한 사람으로 치부한 것이다. 하지만 셔릴은 곧 그가 아직 살아 있다는 것을 알아차렸다.

「쇼크 상태에 빠진 것 같아요.」

그녀는 데커에게 물 한 컵을 내밀면서 애셔를 향해 말했다.

데커는 멍한 눈으로 바라보다가 그녀가 물컵을 입에 대어주자 열심히 들이켰다. 애셔는 상황을 살펴보고는 그녀에게 맡기는 게 좋겠다고 생각했다.

「당신은 호손 씨와 함께 여기 있어요. 난 다른 살아 있는 사람은 없는지 집 안을 둘러보아야겠소.」

그들은 그럴 희망이 거의 없다는 것을 이미 알고 있었다. 집 안에서 풍기는 지독한 냄새가 이미 모든 것을 말해주고 있었다. 행크는 전에 엘리자베스나 아이들의 존재를 알고 있진 않았지만, 친한 동료가 당한 일을 생각하니 가슴이 저려왔다.

잠시 후 침실들을 둘러보고 돌아온 그는 셔릴에게 집 안의 다른 곳을 둘러보고, 창문을 모두 열어젖히라고 주문했다.

「집 안에서 시신을 치워야 해요. 난 시신을 묻을 만한 삽이 있는지 찾아볼게요.」

 애셔는 데커의 정신을 차리게 해주려고 전혀 애쓰지 않았다. 정신을 차리게 해줄 수 있을지도 몰랐지만, 우선은 〈잠을 자도록〉 해주는 것이 가장 인간적인 도리일 것 같았다. 셔릴은 창문이란 창문은 모두 열어젖히고 거실로 돌아왔다. 데커와 함께 앉아 있을 필요성도 있었지만 텔레비전 뉴스를 볼 수 있기 때문이기도 했다.

 텔레비전에서 재난의 원인에 대한 아무런 설명도, 뚜렷한 보증도 없이, 근심 걱정이 거의 사라져가고 있다고 반복하고 있을 리만은 없었다. 희생자들의 집이나 사무실을 털어가는 기회주의자들이나 강도들만이 재난에 아무런 영향을 받지 않은 사람들 같았다.

 셔릴이 밖으로 나온 유일한 이유는 애셔가 그녀의 집으로 데리러 왔기 때문이었다. 대부분의 직장은 여전히 폐쇄된 상태였지만, 애셔는 그녀에게 뉴스 산업은 거기에 해당이 되지 않는다고 딱 잘라 말했다. 어떤 점에서는 삶을 계속하고자 하는 그의 태도가 존경스러울 정도였다. 그녀 자신은 거기에 연관되고 싶지 않았지만. 워싱턴 지사에 소속된 《뉴스월드》 직원들은 대부분 살아남았다. 애셔는 일일이 전화를 걸어 확인했다. 데커만은 소식이 닿지 않았고, 생사가 불분명하여 자신이 직접 찾아 나선 것이었다.

 재난에 대한 모든 가능한 설명과 불가능한 설명이 제시되어왔다. 아랍권 밖에서 가장 먼저 입밖에 나온 말은 〈아랍 테러리스트들〉이었지만, 아직까지는 그렇게 믿는 사람들을 반박할 만한 합리적인 설명이 나오지 않고 있었다. 공통된 것이 있다면, 테러리스트들에 의해 발전된, 더 그럴듯하게는 미국이나 러시아, 중국에 의해 발전된, 혹은 테러리스트들에게 팔렸거나 테러리스트들이 훔친 모종의 신종 바이러스 변종이 퍼진 것이 아니냐는 의견이었다.

모든 형태의 가스 마스크가, 심지어는 종이 필터 호흡기마저도 모조리 팔려나갔고, 그런 물건이 구비되어 있던 폐쇄된 상점들은 깡그리 도둑맞았다. 군용 물품을 파는 가게에서도 마스크가 동이 났고, 인터넷 쇼핑몰에서는 수십만 건의 주문이 밀렸다. 어떤 가게에서는 종이 마스크를 사려는 고객들 사이에 격렬한 싸움이 벌어지기도 했다. 그것들을 써보았자 죽음의 원인이 되는 것들을 걸러내기가 불가능하다는 것을 이성적으로는 모두가 잘 알고 있는데도 그랬다.

여러 가지 것들이 공포의 원인이 되기 일쑤였다. 치명적인 무엇인가가 공기 중에 퍼져 있을지도 모른다는 이유에서 숨쉬기조차 두려워하는 이들이 있는가 하면, 물을 마시는 것을 겁내는 이들도 있었고, 유전자 식품을 꺼려하는 이들도 있었다. 대다수는 무엇을 조심해야 할 것인지조차 확신하지 못했고, 그래서 무엇이나 다 두려움의 대상이 되었다.

원인이 무엇이든, 그것이 공기 중에 있었든 물 속에 있었든, 아니면 다른 무엇에 포함되어 있었든, 그것은 시한폭탄이 폭파될 때처럼, 몇 주일, 혹은 몇 달, 혹은 몇 년을 거기에 잠복해 있었음에 틀림없었다. 선박과 잠수함은 주검을 실은 채 몇 주일 동안이나 가라앉은 채로 있는 경우가 적지 않았다. 6개월 동안 우주 정거장에서 머물렀던 두 명의 우주비행사 역시 죽었다.

*

정원 삽을 찾아든 애셔는 커다란 구덩이를 파기 시작했다. 엘리자베스, 호프, 루이자 호손을 모두 함께 묻을 생각이었다. 재난 이전에는 결코 상상할 수 없는 무덤이었지만, 시 외곽의 공동묘지에 묻히는 것보다는 나을 것이다.

애셔는 자신이 전선이나 수도를 건드릴 염려는 없는지 뜰을 둘러보고는 다시 작업에 임했다. 그때 뒤쪽에서 인기척이 느껴져서 돌아보았더니, 십대 초반의 소년이 이웃집 뜰에서 그를 지켜보고 있었다.

「누군가를 파묻으려고 하시나 봐요?」

소년이 울타리를 넘어 애셔 쪽으로 오면서 말을 붙였다. 소년의 옷은 새것이었지만 더러웠다. 여러 날 동안 바꿔 입지 않았거나 세탁을 하지 않은 것 같았다.

「맞아.」

애셔가 다시 삽을 잡으며 대답했다.

「저도 그 사람들을 알아요. 루이자와는 함께 자전거를 타곤 했어요. 그 애에게 자전거가 더 이상 필요 없게 되리라고는 상상도 못했어요.」

소년은 잠시 생각에 잠겼다가 말을 이었다.

「여자애가 탈 만한 자전거는 아니었어요.」

애셔는 잠자코 땅을 팠다.

「제가 좀 도와드릴까요?」

소년이 물었다.

애셔는 이미 땀으로 흠뻑 젖은 뒤라 소년의 제안이 더없이 고마웠다.

「파는 걸 도와 드릴 테니 제게 10달러를 주세요.」

소년이 덧붙였다.

갑작스런 소년의 제안에 애셔는 순간적으로 기분이 상했다. 루이자에 대한 우정이나 어떤 자비심에서 도움을 제공하겠다는 것이 아니라, 죽음까지도 돈을 벌려는 기회로 바라보는 것 같아서였다. 하지만 애셔는 그런 동기 따위는 잊어먹고 단순히 도움을 제공받는 것으로 만족해야겠다고 결정을 내렸다.

「삽은 여기에 하나 더 있고, 저쪽 헛간에 가면 네게 맞는 작업 장갑도 몇 켤레 있을 거다.」

애셔가 몇 삽을 더 뜨는 동안 소년이 삽과 장갑을 가지고 합세했다.

「모두 죽었어요?」

「호손 씨만 빼곤 모두.」

소년의 물음에 애셔는 삽에서 흙을 털어내며 대답했다.

「그분을 잘 알진 못해요. 내가 아주 꼬마였을 적의 그분이 생각나긴 해요. 하지만 그분은 아랍 사람들에게 납치를 당했지요. 자유의 몸이 되신 것이 겨우 일주일 전일 걸요.」

애셔는 대꾸하지 않고 잠자코 땅만 파다가 멈추고는 소년을 바라보았다.

「넌 땅을 팔 셈이냐, 아니면 삽만 붙들고 있을 작정이냐?」

소년은 상기시켜주어 감사하다는 듯이 금방 구덩이 파기에 열중했다. 몇 분 동안 땅파기에 열중하던 소년이 다시 말을 꺼냈다.

「아빠는 아랍 테러리스트들 소행일 거라고 말씀하셨어요.」

「대다수의 사람들이 그렇게 생각하는 것 같아.」

애셔가 대답했다.

「그래요, 뉴스에서 들었는데, 아랍 사람들은 겨우 수천 명이 죽었을 뿐이래요.」

「그건 이미 낡은 정보야. 내가 본 통계는 수치가 훨씬 높아. 사우디아라비아와 이라크가 50만, 요르단과 이란이 20만, 리비아가 10만, 파키스탄이 3백만, 이집트가 8백만이래.」

소년은 잠시 넋을 놓고 애셔의 통계 인용을 듣고 있다가 곧 정신을 차렸다.

「그것은 자신들의 소행이라는 것을 알지 못하게 하려는 속임수에 불과할걸요.」

애셔는 계속해서 땅을 팠고, 소년은 계속 지껄여댔다. 그렇게 말을 하면서 소년은 건성으로 먼지만 가득한 삽을 퍼 올리고 있었다.

*

안에서는 셔릴 스탠포드가 폭스 뉴스 네트워크를 보고 있었다.

「오늘 아침 워싱턴에서 있었던 기자회견에서는, 보건성 장관인 스펜서 콜린스가 이 위기를 극복하기 위해 취해야 할 조처들에 대해서 담화를 발표하고, 기자들과 질의응답 시간을 가졌습니다.」

텔레비전은 보건성 장관이 준비된 담화문을 읽는 장면으로 넘어갔다.

「우리는 이 비극의 원인을 알아내기 위해 샅샅이 조사를 했습니다. 앞으로도 위험이 남아 있는지, 만약 그렇다면 그러한 위험에 대처하기 위해 할 수 있는 일이 무엇인지 결정짓기 위해, 이 비극의 원인을 밝혀내기 위해서라면 돌멩이 하나라도 다 뒤집어보았다고 할 정도라는 것을 여러분들도 알아주시기 바랍니다. 모든 것을, 아무리 사소하고 그럴 것 같지 않은 사항이라 할지라도 샅샅이 조사하고 있는 중입니다. 이러한 일을 위해 소요될 비상자금이 대통령과 국회에 의해 승인되었고, 우리는 이러한 사명을 위해서라면 어떠한 조처든지 가리지 않을 것입니다. 우리는 24시간 내내 일하고 있습니다. 상상 가능한 모든 환경시험이 행해지고 있습니다. 대기, 음용수, 토양, 화학적·생물학적 요인, 핵무기… 범세계적인 사건이기 때문에, 우리는 이 재난 이전에 수집된 태양 활동 같은 우주 데이터 역시 면밀히 검토하고 있습니다.

동시에, 질병 억제 센터와 메릴랜드 주 포트 데트릭에 있는 미군 전염병 연구소는 자연적으로 발생하는 전염병과 생물학적인 위협 요인의 연구 조사에 사용될 표준적인 명제에 동의한 바 있으며, 이번 사건의 독특한 상황에 그것들을 채택해왔습니다. 보건성의 협조하에 두 기관은 수만 명에 달하는 희생자의 가족과 친척들을 인터뷰하고 있습니다. 그들은 또한 세계 도처의 유사한 기관들과 세계보건기구와 함께, 희생자들에게는 어떤 유사성이 있는지의 여부를 조사하고 있습니다. 그들의 활동 반경, 그들이 먹었던 것, 마셨던 것, 그들의 개인적인 습성, 그들이 공통적으로 어떤 우편물을 받았는지의 여부…. 제가 이미 말했듯이, 뒤집어 보지 않은 돌멩이 하나도 없을 정도입니다. 그들은 동시에, 위협 요인을 제거한 어떤 것이 있었는지의 여부를 알기 위해 생존자들의 활동의 유사성 또한 조사하고 있습니다. 이것은 방대한 과업입니다. 우리는 수천에 달하는 대학 연구소와 사설 연구소에 협조를 요청해왔습니다.

우리는 또한 친척과 가까운 친구들을 잃은 개인들에게 우리의 웹

사이트에 들어와 설문조사에 응해주실 것을 요청 드리는 바입니다. 이는 생존자와 사망자를 가르는 어떤 차이점이 있는지, 상대적인 데이터를 작성하기 위해서입니다. 이런 과업을 위해서 우리는 세계 도처에서, 또 미국 전역에서 필요한 사람들을 인터넷을 통해 모집하고 있는 중입니다. 이번 사건의 광범위성 때문에, 우리는 수백만의 사람들이 참여해줄 것으로 기대하고 있습니다. 이 모든 데이터를 분석하게 되면 유용한 정보가 산출될 것이라고 믿어집니다. 사실 이러한 노력이 성공하느냐 실패하느냐는 전적으로 시민 여러분의 참여에 달려 있습니다.

국립보건연구소는 막대한 숫자의 희생자들과 생존자들을 대상으로 DNA 연구 조사에 들어갔습니다. 두 그룹 사이에 어떤 유전적인 차이점이 있는지의 여부를 알아내기 위해서입니다. 희생자들과 그들의 가까운 친족들의 DNA 샘플을 수집해달라는 E메일 요청이 전국의 병원과 건강관리 전문가들에게 발송되고 있습니다. 거듭 말씀드리는 바이지만, 우리가 이것을 성공시키는 데에는 시민의 참여가 절대적입니다.

질병억제센터는 부검 자료를 모으고 있는 중입니다. 지금까지, 우리는 1천 명 이상의 희생자들에 대한 부검 자료를 가지고 있고, 그 이상의 보고가 1분마다 들어오고 있습니다. 이러한 절차는 세계 전역의 의료 검사관과 병리학자들에 의해 수행되고 있습니다. 우리는 기민한 의료 검사관들에 의해 그 재난이 일어난 지 한 시간 이내에 수행된 자료를 상당량 확보하고 있습니다. 검사관들은 비극의 원인을 밝히는 데 있어서 이 자료가 중요한 역할을 하게 될 것이라고 보고 있습니다.」

콜린스 장관은 담화를 마치고 기자들로부터 질문을 받았다.

첫번째 질문은 재난이 반복되지 않으리라는 것을 보장할 수 있느냐는 것에 대해서였다. 장관은 낙관적인 답변을 하려고 했지만 중언부언만 할 뿐 아무런 보장도 하지 못했다. 결국 그의 답변은 상황 개선에 아무런 보탬이 되지 못했고, 사람들을 안심시켜주지도 못했다.

기자 한 사람이 더욱 노골적인 질문을 했다.

「검시한 자료에 근거하여, 희생자들의 죽음에 대해 실제적인 원인을 말해줄 수 있나요?」

콜린스 장관은 안경을 벗었다 다시 꼈다. 보나마나 그에 대한 답변을 해보았자 대답할 수 없는 더 많은 질문만 야기하게 될 게 뻔했다. 그는 신중하게 단어를 고르면서 입을 열었다.

「죽음의 원인이 무엇이든, 우리는 검시의 과정을 통해서 죽음의 인자들이 어떻게 활성화되었는지를 밝혀낼 수 있게 되리라 믿습니다. 예를 들자면, 우리가 밝혀내고자 하는 그것은 심장과 폐, 간장, 혈액 등의 정상적인 기능을 방해하는 원인일 수 있습니다. 또 그것이 무엇이었든 간에 확실한 것은 그것이 전적으로 아무런 자각 증상을 나타내지 않았단 것입니다. 유일한 증상이 있었다고 한다면 그것은 죽음뿐이었습니다. 정상적인 죽음의 과정을 거친 사람들에게 나타나는 공통되는 징후들을 이들 희생자들에게서는 거의 찾아볼 수가 없었습니다. 죽음은 순식간에 엄습해왔고, 거의 즉각적으로 신체의 모든 기능이 정지되었다는 강력한 증거들이 있습니다. 바로 이 때문에 최소한 지금까지는 그러한 죽음의 인자가 어떻게 작용한 것인지, 심지어는 희생자들이 왜 죽었는지에 대해 정확하게 말하기가 불가능합니다.」

이 진술은 예상했던 대로 더 많은 질문을 야기했다. 하지만 콜린스는 자신이 이미 밝힌 정보 이상은 제공할 수가 없었다.

결국은 한 여자 기자가 다른 성격의 질문을 꺼냈다.

「미국에서는 도시보다는 시골에서 죽음의 수치가 백분율로 보아 더 높은 것으로 나타나고 있습니다. 이는 상식적 이해와는 상반되는 것 같습니다. 여기에 대해서는 어떻게 설명할 수 있을까요?」

「우리는 그것을 이례적이라고 인식하고 있습니다. 우리의 조사에서는 그 점을 진지하게 고려하고 있습니다. 여러 해 동안 토양 속에서 동면한 채 수많은 병원체가 남아 있었을 수 있고, 시골에서 죽음의 퍼센트가 더 높았다는 것은 그 토양과의 접촉이 영향을 끼쳤다는 점을 나타낼 수도 있습니다. 우리는 그 가능성을 조사 중에 있습니다. 하지만 이러한 가설은, 우주 정거장에 있던 두 명의 우주비행사의 죽음을 설명해줄 수가 없습니다. 그렇다고는 해도, 수많은 다른 변칙적인 패턴들 역시 존재한다는 것을 지적하고 싶습니다. 이러한 분석이란 희생자들의 숫자라는 매우 기초적인 통계를 기초로 한 것임을 염두에 두어야 할 것입니다. 하지만 분명한 것은 이러한 죽음의 희생자들이 세계 전역에 고르게 분배되어 있지는 않다는 점입니다. 이러한 정보가 어떤 단서가 되어주길 기대하지만, 현재로서는 데이터를 모으고 있는 데에 불과합니다.」

콜린스가 대답했다.

「다른 변칙적인 패턴들에는 어떤 것들이 있나요?」

앞서의 기자가 다시 물었다.

「예를 들자면, 미국에서의 죽음은 현재 15~20퍼센트 정도인 것으로 추정됩니다. 반면 몇몇 유럽 국가에서는 인구 1천 명당 한두 사람에 불과합니다. 그 결과, 그런 나라들에서는 재난의 충격이 거의 미미한 수준입니다. 그런 나라의 정부에서는 희생자의 숫자를 이미 파악한 것으로 알고 있습니다. 이중에서 가장 큰 나라인 그리스에서는 1천만 명 이상의 인구 중에서 1만 명 정도가 희생된 것으로 보입니다. 알바니아, 모나코, 안도라, 룩셈부르크, 마케도니아, 몰타 공화국이 이 그룹에 속합니다. 희생자가 1퍼센트 미만인 다른 유럽 국가로는 프랑스, 오스트리아, 벨기에가 있습니다. 또 다른 예로는 2천 5백만이 희생된 인도의 경우를 들 수 있습니다. 이는 인구의 2퍼센트에 해당하는 수치로서 높은 퍼센티지는 아니지만, 이례적인 것은 그 희생자의 90퍼센트 정도가 아라비아 해와 접하고 있는 인도의 남서부 해안에 집중되었다는 점입니다.」

「아랍 국가에서의 희생자는 어느 정도인지, 정보가 있습니까?」

다른 기자가 물었다.

「아시다시피 몇몇 이슬람 국가에 대해서는 정확한 정보를 얻어내기가 쉽지 않습니다. 게다가 대부분의 경우, 자료 수집 능력이 서구에 비하면 많이 뒤떨어진다고 할 수 있습니다. 그럼에도 이들 나라들에서 우리가 수집할 수 있었던 자료에 따르면, 현재로서는 매우 놀랍다고 하지 않을 수 없는 정보가 있습니다.」

장관은 잠시 사이를 두었다가 자신의 발언이 오해될 가능성을 무마하는 얘기를 했다.

「의학적인 견지에서 볼 때 특별히 놀랄 만한 정보라는 뜻이 아닙니다. 아랍 테러리스트들에 의해 재난이 야기되었다는 이론을 심각하게 반박하고 있는 정보이기 때문에 그렇습니다. 이제 방금 나열한 유럽 국가들보다도 이슬람 국가들에서 훨씬 많은 희생자가 있었던 것 같습니다. 사우디아라비아, 오만, 이라크, 요르단이 특히 심각했고, 이집트는 여기에서 상당한 예외에 속합니다. 이 나라들은 인구의 10퍼센트 가량을 잃은 것으로 추정됩니다. 아랍권은 아니지만 회교 국가인 인도네시아 역시 희생자가 많았습니다. 이집트는 예외로서, 다른 많은 국가들에 비하면 희생자의 비율이 낮은 편입니다. 이슬람 테러리스트들이 무기를 발전시켰기 때문에 유럽연합의 많은 국가들에서보다 자국 인구의 희생이 더 컸던 것이 아닌가 의문을 제기할 수도 있습니다. 하지만 그것 역시 이스라엘에서의 죽음이 막대하지 않았다는 점을 설명해주진 못합니다.」

장관의 기자회견 방송은 거기에서 끝나고 카메라는 다시 앵커에게로 돌아갔다.

「방금 콜린스 보건성 장관이 말한 것처럼, 이번 재난에서는 서구 유럽 국가들보다도 아랍권의 피해가 더 심각하다는 증거가 있습니다. 그럼에도 불구하고 회교도들에 대한 자경단의 공격은 계속되고 있습니다.」

장면은 파괴된 건물의 잔해더미 외곽에 서 있는 한 기자에게로 옮겨졌다. 기자는 〈길버트 애리조나 이슬람 아카데미〉라는 글씨가 새겨진 부분적으로 파괴된 천막 앞에 서 있었다.

「비이슬람 세계 전역에서는 회교도들이 생존에 대한 두려움에 떨고 있고, 거기에는 충분한 이유가 있는 것 같습니다. 이슬람이 사는 집은 불에 타고, 사무실은 약탈되고, 거주민들은 폭도에 의해 뭇매를 맞거나 심지어는 살해되는 경우까지 있습니다. 제 뒤쪽으로 보이듯이, 이슬람 학교들은 지역 주민들에 의해 파괴되고 있습니다. 다행스럽게도 이 학교는 비어 있었기에 부상을 입은 사람은 없습니다.

대재난이 일어나고, 세 명의 남자들이 신시내티에 있는 이슬람 학교에 진입하여 16명의 학생들과 네 명의 교사를 쏘아 죽인 사건 이후로, 이슬람 학교들은 모두 문을 닫아건 상태에 있습니다.

대통령이 진정할 것을 호소하고, FBI와 법의 엄한 집행으로 그러한 행위를 엄단하겠다고 선언했음에도 불구하고, 경찰과 당국은 그러한 행위를 근절하기는커녕 억제하지도 못하고 있는 실정입니다. 그 문제와 관련하여 당국은 폭스 뉴스에 말하기를, 9.11테러 사건 이후 미국인들 스스로 무장을 하는 경향이 나타났으며, 불법적인 무기 구입 또한 증가해왔다고 밝히고 있습니다.」

뒤이어 뉴스는 불법적인 무기 판매에 관한 토막 뉴스로 옮겨졌다.

*

구덩이의 깊이가 1미터를 넘어서자 행크 애셔는 그만하면 되겠다고 판단했다. 표준적인 깊이인 〈1미터 80〉은 그로서는 아무래도 해내기가 무리였다. 그는 지갑에서 10달러를 꺼내려다가 소년을 한번 쳐다보고는 도로 집어넣었다. 먼지와 땀에 대한 대가라고 친다면 소년은 자기 몫을 다하지 않았기 때문이었다. 애셔는 다시 한 번 생각한 다음, 자신의 원칙에 입각하여 소년에게 8달러만 주어야겠다고 결정했다.

「여봐요, 나머지 2달러는 어떻게 된 거죠?」

「8달러도 많아. 넌 조금밖에 일을 하지 않았잖아.」

「그건 사기예요! 아빠에게 가서 이를 거예요. 아저씨는 지불하지 않으면 안 될걸요!」

소년은 삽을 내팽개치고는 가버렸다.

애셔는 잠깐 숨을 돌리고 있다가 시신을 밖으로 운반해야 한다는
데 생각이 미쳤다.

「이런, 어리석은 사람 같으니라구!」

소년을 너무 빨리 보내버린 자신을 탓하는 말이었다.

*

집 안에서는 셔릴 스탠포드가 데커에게 자꾸 말을 시켜보고 있었
다. 하지만 그가 그녀의 말을 알아듣는 낌새는 전혀 보이지 않았다.
그는 멍하니 허공을 바라보고 있을 뿐이었다. 그녀가 부엌에서 음식
을 좀 가져다가 입 안에 넣어주자 그것을 씹고 삼켰지만, 여전히 멀
뚱하게 먼 곳을 응시할 뿐 말이 없었다. 그녀는 음식을 먹여주면서
귀로는 뉴스를 계속 들었다.

부패한 시신 때문에 질병 발생 가능성에 대한 염려와 걱정이 점증
되고 있었다. 재난의 희생자들에 더하여 세계 여기저기에서 자살자
가 속출하고 있다는 보도도 있었다. 자살의 대부분은 희생자의 가정
에서 일어났는데, 빌딩이나 다리에서 뛰어내리거나, 절벽 너머로 차
를 돌진시키는 경우도 적지 않았다. 자기 자신에게 총구를 들이대기
이전에 다른 사람들을 살해하는 경우도 있었다. 기치를 내걸고 모임
을 갖는 경우도 많았다. 함께 모여 가정예배를 갖는 곳에서는 재난
으로 인해 사망한 목회자들이 많아서 공백으로 남아 있는 경우가 적
지 않았다.

미국의 주식시장은 폐쇄된 상태였고, 분석가들은 세계적인 재정

적 혼란과 심각한 경제 침체를 예고했다. 보험회사들은 재난에 기인하는 죽음에 대해서는 지불을 하지 않기 위한 법적인 구제 요건을 찾느라 야단이었다. 보험업자들은 그러한 법적인 구제가 없다면 미국의 모든 생명보험사들이 파산을 선언하지 않으면 안 될 것이라고 했고, 분석가들은 국회와 대통령이 법률을 제정하기 이전에 시장이 다시 열린다면 보험회사 주식은 거래가 시작되자마자 한 시간도 못되어 휴지 조각이 될 것이라는 데에 동의했다.

이러한 방식에 반대하는 자들과 다른 비판자들은 위험에 처한 것은 보험회사뿐만이 아니라고 반박했다. 모든 산업이 타격을 받았고, 시장이 다시 열릴 때 무슨 일이 일어날지는 아무도 알 수 없다는 논리였다. 정부가 그 모두를 다 구제할 수는 없는 노릇이었다.

*

애셔는 매장을 마치고 들어와서는 데커가 앉아 있는 소파 건너편에 털썩 주저앉았다.

「뭐라고 말을 좀 하던가요?」

애셔가 물었다.

「한마디도 하지 않았어요. 멍하니 바라볼 뿐이에요.」

텔레비전의 소리를 줄이면서 셔릴 스탠포드가 대답했다.

「우린 이제 그를 어떻게 해야 하죠?」

「누군가가 좀 돌봐주어야겠는데 병원은 이미 만원이니… 당신이 그를 좀 집으로 데려가면 안 될까?」

셔릴은 데커를 한 번 보고는 애셔에게로 다시 눈길을 돌렸다. 곤혹스러운 표정이 역력했다. 하지만 안 된다고 딱 잘라 거절하기도 민망해서 어쩔 줄 모르고 있었다. 애셔도 그것이 통상적인 요청이 아님을 너무도 잘 알았지만, 정상만을 노래하기엔 지금은 시절이 너무도 하수상하지 않은가.

바로 그때 노크 소리가 들렸다.

「제가 나가 볼게요.」

셔릴이 의자에서 튕기듯 일어났다. 그녀로서는 때마침 잘된 일이 아닐 수 없었다. 애셔는 너무 피곤해서 더 이상 물고 늘어지지 않았다.

잠시 후 그녀가 돌아왔다.

「웬 꼬마예요. 호손 씨를 만나고 싶다는데요?」

「고얀 녀석 같으니라구. 썩 꺼지라고 그래요. 난 녀석에게 동전 한 닢도 더 줄 수가 없다고 하시오! 아냐, 기다려요! 내가 직접 말하겠소.」

화가 치밀어 오른 애셔는 소파에서 벌떡 몸을 일으키고는 문 쪽으로 갔다.

「이봐, 난 너에게…….」

애셔는 중간에서 자기 말을 잘라먹지 않을 수 없었다. 뒤뜰에서의 그 소년이 아니었던 것이다.

「아이고, 미안하군 그래. 난 다른 아이인 줄 알았어. 그런데 호손 씨는 지금 상태가 좋지 않아. 나중에 다시 오면 안 될까?」

누가 됐든 얼른 벗어나고 싶은 생각뿐이었다.

「죄송하군요. 하지만 호손 아저씨께 드릴 말씀이 있어서요.」

소년은 얼른 물러나지 않았다.

「이미 말했듯이, 호손 씨는 지금 상태가 안 좋아. 내일 다시 오너라.」

그래도 소년은 꿈쩍도 하지 않았다.

「좋아. 내가 널 도와줄 수 있을지도 몰라. 호손 씨에게 할 말이라는 게 뭐지?」

애셔가 물었다.

그때 거실 쪽에서 셔릴 스탠포드가 애셔를 소리쳐 불렀다.

「국장님, 호손 씨가 눈동자를 조금 움직였어요!」

애셔가 얼른 뛰어가 들여다보았지만, 그가 정신을 차렸다는 징후는 찾아볼 수가 없었다.

「호손 아저씨, 저예요, 크리스토퍼 굿맨이에요.」

애셔가 돌아보니 소년이 어느 새 거실에까지 그를 따라 들어와 있었다.

「호손 씨, 이분들에게 제발 좀 말씀해주세요. 나를 알고 계시다고요. 전 먼 길을 왔고, 갈 데가 아무 데도 없단 말이에요. 해리 할아버지와 마르타 할머니는 비행기 사고로 두 분 다 돌아가셨어요. 제게는 다른 가족이 아무도 없어요. 할아버지는 무슨 일이 일어나면 꼭 당신에게 전화를 해야 한다고 하셨어요. 하지만 전화를 해도 무슨 소용이에요. 받질 않으시니 말이에요.」

애셔는 데커의 기사에서 몇 차례 해리 굿맨 박사에 대해 읽은 적이 있었다. 그래서 이리저리 꿰어 맞출 수가 있었다.

「그러니까 네 할아버지란 분이 로스앤젤레스의 굿맨 교수님이시구나?」

「맞아요. 할아버지를 아시나 보죠?」

크리스토퍼가 되물었다.

「그분이 이루어낸 업적을 알고 있는 셈이지. 넌 워싱턴에서 무얼 하고 있는 거지?」

「할아버지는 자신과 할머니에게 무슨 일이 일어나면, 저더러 호손 씨를 찾아가라고 하셨어요.」

그러면서 소년은 아까 한 말을 다시 반복했다.

「제겐 아무 친척도 없어요. 호손 씨는 제 할아버지의 친구셨어요.」

「그래서 로스앤젤레스에서부터 그 먼 길을 온 거야? 어떻게 온 거지?」

크리스토퍼는 잠시 아무 말도 하지 않았다. 분명 답변하기가 괴로운 질문 같았다. 하지만 진실을 말할 수밖에 없다는 듯이 불쑥 내뱉었다.

「할아버지의 차를 몰고 왔어요.」

「로스앤젤레스에서부터 네가 운전을 하고 왔다고? 너, 몇 살이지?」

애셔는 놀라워하며 물었다. 많아야 열다섯을 넘어 보이지 않았던 것이다.

「열네 살이요. 하지만 여기까지 오려면 다른 방법이 없잖아요.」

애셔는 믿을 수 없다는 듯 고개를 절레절레 흔들었다.

「경찰에게 걸리지도 않았어? 경찰들은 두 눈 멀쩡히 뜨고 도대체 뭘 하고 있는 거지?」

「약탈자들 때문에 너무 바쁜가보죠 뭐.」

「음, 물론 그렇겠지. 꼬마야, 여기까지 정말 먼 길을 달려왔는데 아무런 소득이 없어서 미안하구나. 하지만 호손 씨는 꽤 오랫동안 아무도 돌봐줄 형편이 못 될 것 같구나.」

크리스토퍼는 잠자코 데커를 바라보았다.

「사실 난 그 사람을 돌봐줄 누군가를 찾아내시 않으면 안 되게 생겼구나.」

「하지만 난 갈 데가 아무 데도 없어요. 마르타 할머니의 친구분들도 거의 돌아가셨고, 호손 씨는…….」

크리스토퍼는 잠시 멈추었다가 말을 이었다.

「내가 그냥 여기 좀 있으면 안 될까요? 당신이 그분을 돌볼 수 있도록 내가 일손이 되어드릴 수도 있을 것 같은데요.」

「멋진 아이디어인데!」

셔릴이 끼어들었다. 그녀는 데커를 돌보는 문제로 아까부터 심란했던 것이다.

「걔를 여기 머물게 해요.」

겨우 쥐어짠 듯한 목소리가 희미하게 들려왔다.

「걔를 여기 머물게 해요.」

애셔와 셔릴, 크리스토퍼는 모두 소리가 나는 쪽으로 고개를 돌렸다.

「걔를 여기 머물게 하라구요.」

데커가 말하고 있었다.

11
약속의 실현

3주일 후

데커는 아침의 차디찬 습기가 바지에 배어오는 것을 느꼈다. 그는 가족 무덤 옆 풀밭에 앉아 있었다. 그의 시선은 초점 없이 붉은 무덤 쪽을 헤매고 있었다. 상실의 충격에서 아직도 벗어나지 못한 상태였다. 주변의 풀들이 벌거벗은 무덤을 조금씩 잠식해 들어오는 것으로 보아, 확실히 봄은 봄이었다.

데커는 세 개의 비석을 주문했지만, 이름자를 다 새기려면 1년 반을 기다려야 한다는 말을 들어야 했다. 〈사랑하는 아내〉 〈사랑하는 아빠〉 〈사랑하는 딸〉 같은 일반 명칭으로 하고 태어난 날짜도 기록하지 않으면 시간이 절반으로 줄어들고, 비용도 절반의 절반밖에 들지 않는다고 했다. 〈대리석 모양〉을 한 강화 플라스틱 제품은 이름까지 다 새기고도 4주일밖에 걸리지 않는다고 했지만, 데커는 아무래도 내키지 않아서 진짜 대리석으로 하기로 결정했다.

알고 보니 아내와 아이들만 잃은 것이 아니었다. 크리스토퍼가 오고 난 후 얼마 지나지 않아 데커는 어머니와 큰형의 부고를 들어야 했다. 두 분은 외삼촌이 테네시 주의 자기 농장에다 다른 이들과 함께 묻었다고 했다.

하기야 상황이 그보다 훨씬 못한 사람들도 적지 않았다. 묻어줄 사람조차 남아 있지 않은 시신들은 수천 명이 한꺼번에 집단 묘지 속으로 들어가야 했으니까. 워싱턴 시에서는 하층민들이 시 중심지에서 링컨 기념관까지 이어지는 허리띠처럼 긴 공원에다가 친지의 시신을 묻으려고 하는 통에 경찰과 공원 경비원들이 애를 먹는다고 했다. 어떤 이들은 시신을 거리에다가 쓰레기와 함께 방치함으로써 자신들의 좌절감을 노골적으로 드러내기도 했다.

죽은 이들 가운데에는 이런저런 유명인사들도 적지 않았다. 정치가, 종교 지도자, 고위 공무원, 몇몇 배우들이 유명을 달리했다. 미국에서는 열두 명의 상원의원과 60여 명의 하원의원, 세 명의 각료, 그리고 부통령을 잃었다. 모두가 다 아내나 남편, 아이들, 부모 중의 누군가를 잃은 경험을 한 것 같았다.

데커의 오른쪽 울타리 너머에서 해가 떠오르자 풀잎을 적셨던 습기가 안개가 되어 대기 속을 떠돌았다. 데커는 유리문이 열리는 소리를 들었지만 눈을 돌리지도 않은 채 땅바닥만 바라보고 있었다.

크리스토퍼가 다가와서 몇 발자국 앞에 멈춰 섰다. 그는 자기 자신이 먼저 말을 하지 않으면 안 되리라는 것을 알았다.

「아침식사가 준비되었어요.」

나직하지만 밝은 목소리였다. 데커가 좋아하는 베이컨을 듬뿍 넣은 와플에다가 뜨거운 시럽을 준비했노라고 덧붙였다.

데커는 잠깐 올려다보고는 고마움의 미소를 지으며 크리스토퍼를 향해 손을 내밀었다.

「손을 좀 붙잡아줘.」

그가 말했다.

크리스토퍼는 데커가 몇 시간이고 무덤가에 넋을 놓고 앉아 있어도 상관하지 않았다. 상황을 이해하고 데커에게 혼자서 생각할 시간을 주는 것 같았다.

「네 가족은 어떻게 된 거지?」

한참이나 이야기를 계속했던 사람들처럼 데커가 불쑥 말문을 열었다.

크리스토퍼는 때를 놓치지 않고, 데커가 생각하고 있는 것을 다 아는 듯이 대답했다.

「그분들이 오시지도 않고 전화도 없자, 제가 항공사에 전화를 걸어보았어요. 재난이 닥쳤을 때 추락한 비행기 승객 명단에 해리 할아버지와 마르타 할머니의 이름이 들어 있다고 했어요. 그들은 일손이 너무 부족해서 추락 지점에서 시신을 거두는 일조차 제대로 하지 못하고 있다고 했어요. 가까운 친족에게 통보조차 못하고 있대요.」

크리스토퍼는 잠시 멈췄다가 말을 이었다.

「그 사람들이 비행기 추락 지점을 말해주더군요.」

크리스토퍼는 다시 머뭇거렸다.

「이리로 오는 길에 그리로 가보려고 했지만, 도로에서 너무 멀리 떨어져 있더군요.」

비행기가 추락한 들판에 할아버지와 할머니의 시신을 그냥 내버려두기로 결정하지 않으면 안 되었던 괴로운 기억으로 인해 크리스토퍼는 다소 심란해진 것 같았다.

크리스토퍼의 고통이 데커의 가슴에 와 닿았다. 지난 3주 동안 크리스토퍼는 데커에게 의지처가 되어주면서도 자기 자신의 아픔에 대해서는 한마디도 한 적이 없었다. 데커는 생각했다. 어쩌면 이제야 비로소 크리스토퍼가 자기 옆에 누군가가 있다는 것을 의식하게 된 것인지도 모른다고. 데커는 깊이 생각해보지도 않고 말했다.

「그분들의 시신을 찾으러 나랑 같이 갈까? 로스앤젤레스의 집으로 가서 거기에다 묻을 수도 있고, 아니면 이리로 와서 엘리자베스와 호프와 루이자 옆에 묻어드릴 수도 있잖아.」

크리스토퍼는 감사해하는 것 같았지만 탐탁치는 않은 것 같았다.

「그건, 어…, 너무 멀고…….」

「괜찮아. 네가 운전하는 걸 내가 도와줄 수도 있어.」

열네 살치고는 너무나 조숙한 애어른에게 데커가 농담인 척하며 말했다. 그는 크리스토퍼가 거기에 관해서는 말하고 싶어하지 않는다는 것을 알아채지 못하고 있었다. 크리스토퍼가 하는 수 없다는 듯이 말했다.

「아저씨, 그분들의 시신은 산꼭대기에 있어요. 한 달 가량이나 방치되어 있었으니…, 내 생각엔…….」

데커는 그제야 자신의 어리석음을 깨닫고는 충격을 받았다. 생각이 모자라도 어쩌면 그 정도까지 이를 수가 있었단 말인가.

「크리스토퍼, 미안하다. 거기까진 생각을 못했어.」

「괜찮아요, 아저씨.」

크리스토퍼가 말했다.

데커는 그의 얼굴 표정을 보고는 진심으로 하는 말이라는 것을 알 수 있었다. 크리스토퍼는 단호한 의지로써 가혹한 현실을 받아들이고 있었다.

「가요, 식사가 다 식겠어요.」

데커는 해리 굿맨이 왜 그토록 크리스토퍼의 출신을 드러내길 꺼렸는지 이해하기 시작하고 있었다. 지난 몇 주 동안에 데커는 자기도 모르는 사이에 크리스토퍼를 자기 아들처럼 생각하게 되었다. 그것은 아마도 엘리자베스와 호프, 루이자를 잃었기 때문일 것이었다. 하지만 그런 기분은 많은 부분이 크리스토퍼의 사심 없는 태도 때문이기도 했다. 그는 사심 없이 자기 자신을 내어주었고, 먹고 자는 것 이외의 어떠한 것도 요구한 적이 없었다. 데커는 크리스토퍼의 출신을 밝히지 않는 쪽으로 마음을 굳혔다. 밝히지 않는다고 해도 세상이 어떻게 될 리는 만무하니까.

*

사흘 후, 데커는 행크 애셔가 보내준 《뉴스월드》의 최근치를 읽으면서 오후를 보냈다. 애셔는 데커로 하여금 세상 돌아가는 것을 알게 함과 동시에, 삶에 대한 흥미를 북돋워주고 회복에도 보탬이 될 것이라고 생각하여 그런 배려를 한 것이다. 그는 재난의 원인에 대해 가능한 이론들을 다룬 기사를 훑어보면서 마음이 찢어질 듯이 아파왔다.

「원인에 대한 탐색이 거의 뜬구름 잡는 격이어서, 공상과학 소설의 모든 개념이 동원되고 있는 듯한 감마저 준다. 〈안드로메다〉라 불리는 그런 이론 중의 하나는, 마이클 크라이튼의 《안드로메다 변종(The Andromeda Strain)》과 닮은꼴로서, 광범위하게 일반적으로 발생한, 그래서 무해한 것으로 여겨져 연구자들이 간과하기 쉬운 바이러스나 박테리아가 진화적인 변화에 극단적인 해를 끼치면서 작용한다는 설이다.」

그것이 무엇을 의미하는지를 상상하자 데커는 속이 다 뒤틀릴 지경이었다.

「만약 그렇다면, 그 가설에 따른다면, 유사한 죽음이 더 이상 부가적으로 발생하지 않은 것은 살아남은 사람들이 자연적으로 갖추고 있는 면역성 때문이거나, 킬러 병원균이 어느새 해롭지 않은 것으로 제2의 진화적인 변화를 통과했기 때문일 것이다.」

분노와 공포와 두려움이 엄습했다. 만약 그렇다면, 2년 전 굿맨 교수의 실험실에서 풀려나온 유전자 조작된 독감 바이러스에 의해 대재난이 야기되었을 수도 있다는 이야기가 아닌가!

「하지만 광범위한 문화권에 그렇게 동시적으로 퍼져나가려면, 지금까지 알려진 그 어떤 것보다도 훨씬 앞선 유전공학 기술이 적용되었어야 하며, 사실상 자연적인 요인으로는 그렇게 될 수가 없다고 보아야 할 것이다.」

데커는 숨이 막혀왔다. 자신이 알고 있는 것을 누군가에게 털어놓아야만 살 것 같았다.

「하지만 다른 많은 이론들과 마찬가지로 안드로메다 이론은 부검 결과와는 상충된다. 만약 그게 맞으려면 바이러스나 박테리아가 활동했다는 뚜렷한 증거가 남아 있어야 마땅한데, 희생자들의 부검 결과 어디에서도 그런 것은 발견되지 않았다.」

데커는 그제야 숨을 돌릴 수 있었다. 잠깐 동안이었지만 스트레스가 워낙 컸는지 머리가 다 지끈지끈 아파왔다. 그는 숨을 깊이 몰아

쉬고는 몸과 마음을 편안히 하려고 애썼다. 자신이 읽은 것을 다시 한 번 돌이켜보고는 보건 당국에 전화를 걸어야 하지 않을까 하고 생각했지만, 〈아냐, 그 기사가 옳아〉라고 생각을 고쳐먹었다. 부검으로 인해 모종의 증거가 나왔을 것이다. 그 이론은 심의 대상이 되었지만 결함이 발견된 것이다. 게다가 이건 그가 갖고 있는 사고력의 범위를 넘어서는 문제였다.

데커는 머리에 아이스 팩을 얹고 머리를 식히기 위해 누웠다. 잠깐 눈을 붙였지만 금방 깨어나 다시 《뉴스월드》를 읽기 시작했다. 모든 기사가 전적으로 재난에 초점이 맞춰진 것은 아니더라도 적어도 거기에 대해서 몇 마디씩 언급은 하고 있었다. 가장 최근 판에는 행크 애셔가 쓴 사설이 실려 있었다.

대참사가 휩쓸고 지나간 뒤, 살아남은 사람들은 자신들의 삶이 예전과 똑같을 수가 없다는 것을 절감하는 시기를 맞게 된다고 한다. 이것은 아마도 카타르시스적인 진술일 것이다. 아니 어쩌면, 우리 모두가 이젠 삶을 향해서 나아가야 할 시점임을, 일터로 돌아가야 할 시점임을 일깨워주는 말일지도 모른다. 삶을 다시 찾는다는 것, 그것은 결코 쉽지 않은 일이다. 하지만 우리에겐 지금 그것이 절실하게 필요하다.

이미 일어난 일을 잊어버리자는 것이 아니다. 우리에게 삶의 의미가 되어주었던 많은 이들을 잊어버리는 편이 나을 거라고 말하려는 것도 아니다. 왜 그런 일이 일어난 것인지 원인을 찾는 일이나 재발을 방지하기 위한 방법의 추구를 그만 멈추자는 이야기도 결코 아니다.

한 세대가 지나가야 대체적인 해결책이 강구될 것이라고 말한다면, 그것은 이 참사에 대해 어느 누구도 그럴듯한 설명을 제공하지 못한 데

대한 공포를 더해줄 따름일 것이다. 장례식이란 살아남은 자들을 위한 것이라고들 한다. 사랑하는 사람의 상실이라는 사건에 종지부를 찍어주는 역할을 한다는 것이다. 하지만 그 종지부라는 것은 원인에 대한 미스터리가 남아 있는 한 결코 제대로 찍혀질 수가 없다. 과학자들은 원인을 밝히고 재발을 방지하기 위해서 할 수 있는 모든 방법을 다 동원하고 있다. 하지만 우리 중의 대다수는 희망을 갖고 기다리는 것 외엔 할 수 있는 일이 아무것도 없다는 것을 너무도 잘 알고 있다.

삶을 계속 영위해 나아가는 것 외에 다른 선택의 길은 없다. 한 심리학자 친구가 나에게 말한 적이 있다. 이러한 재난을 극복하는 것은 사실 우리의 유한한 생명을 병들게 하는 개인적인 비극에서 회복하는 것보다 더 쉬울 것이라고. 이번 재난을 통해서 우리는 모두가 누군가를, 친족이나 친구나 이웃을 잃는 경험을 했다. 아무리 줄여서 이야기하더라도 그런 상실을 경험한 누군가를 알고 있다고 할 수 있다. 그런 점에서, 이번 비극은 무시무시한 전투를 향해 나아간 병사들과 닮은 점이 적지 않다. 각자는 다른 이들에게서 힘을 끌어내고, 자기들이 혼자가 아니라는 사실에서 위안을 얻는다.

이 글을 쓰면서 나는 지금은 없는 동료들과 친족들, 친구들 하나하나를 떠올리지 않을 수 없었다. 그들의 얼굴을 떠올리고 우리의 삶이 교차되었던 사건들을 기억하면서, 나는 그들 중 대부분이 미소를 짓고 있다는 것을 알아차렸다. 살아 있을 당시의 모습들이지만, 그것은 또한 내가 그들을 기억하기 위해 선택한 장면들이기도 하다. 왜 그들에게 좀더 친절하지 못했는지, 그들과 왜 더 친하게 지내지 못했는지, 기회가 있었는데도 왜 더 가까이 접근하지 못했는지, 그런 후회들이 지금의 나를 쏠아먹고 있는 중이다.

이 글을 읽는 많은 분들이 나의 그런 심정을 충분히 이해하고 공감하리라 믿는다. 어느 누가, 그 무엇이, 우리가 잃어버린 사람들과 단 하루만이라도 더 지내도록 해줄 수 있겠는가? 재난이 일어나기 전의 어느 날로 돌아갈 수만 있다면, 정말로 달리 살 수가 있을 텐데. 정말로 달리 행동할 수가 있을 텐데. 훨씬 더 친절하게 대할 수 있을 텐데. 하지만 그날 이전으로 되돌리기 위해 우리가 할 수 있는 일은 없다. 죽은 사람들을 우리의 삶 속으로 다시 불러들이기 위해 우리가 할 수 있는 일은 아무것도 없다.

아이들이 걱정스럽다. 그들이 어찌 영향을 받지 않을 수가 있겠는가? 대공황을 겪은 아이들의 대부분은 성장한 뒤에도 갑작스러운 가난과 궁핍에 몰린 그들의 부모들을 기억에 떠올리면서, 재정적인 불안과 위협을 떨쳐버리지 못한 채 돈에 집착하여 진정으로 원하는 삶을 살지 못하는 경향이 있다고 한다. 우리 세대의 아이들은 우리가 이 비극을 어떻게 극복했는지를 회상하면서 무엇을 기억하게 될까? 이 사건을 경험한 그들에게는 무엇이 흔적으로 남게 될까?

살아가노라면 후회할 일도 있게 마련이다. 하지만 늘 후회만 하면서 그것이 우리 삶을 지배하도록 놓아둔다면 우리의 삶은 어디에서 제 목소리를 찾을 수 있을 것인가? 후회하는 일에 시간을 점령당한 나머지 놓치게 될 기회는 어찌한단 말인가? 우리에게 주어진 기회를 놓친다면, 우리는 더 많은 후회를 하지 않을 수 없게 될 것이다. 어느 날엔가는 또다시 더 친절하게 대했더라면, 더 잘 알 수 있는 기회를 가졌더라면, 더 친해질 수 있었더라면 하고 후회하게 될 것이다. 그러니 더 이상 후회 속에서 허우적대지 말 일이다. 우리에게 주어진 나날의 삶을 더욱 소중하게 여기는 기회로 삼을 일이다.

비극의 상처를 핥으면서, 우리 모두는 〈어느 누구도 예전과 똑같을 수
없다〉는 말에 공감할지도 모른다. 하지만 우리는 또한 잘 알고 있다.
경험은 우리에게 망각을 이길 수 있는 장사는 없다고 말해주고 있는
것이다. 모든 일들은 그렇게도 빨리 잊혀져버린다. 매번 〈이번 일은 다
를 것〉이라고 되뇌지만, 우리 모두는 사실 엄청난 회복력을 지니고 있
는 운명의 주인공들인 것이다. 〈우리는 결코 잊지 않을 것이다〉라는
말을 화강암 속에 새겨놓을 수 있을지는 몰라도, 우리의 영혼 안에 새
기는 것은 그리 쉬운 일이 아닐 것이다. 우리의 영혼은 엄청나게 유연
한 소재로 만들어져 있어서, 쉽게 새겨지기도 하지만 재빨리 본래의
상태로 돌아가는 탄성을 발휘하기도 한다. 시간과 함께 공모하여 죽은
이들에 대해 우리에게 남겨진 유일한 것, 즉 우리의 고통을 앗아가버
리는 영혼의 그 유연성을 저주할지도 모른다. 하지만 그러한 탄성이
없었다면, 우리 인간 종족은 수백만 년 전에 이미 멸종되었을 것이다.
몇 년이 지나면 우리의 삶은 과연 우리가 재난이라고 부르는 사건 이
전과 똑같은 면모를 회복할 수 있을까? 마치 그런 일이 없었던 것처럼
태연스레 살아갈 수 있을까? 이것이 어쩌면 우리의 마지막이 될지도
모른다는 생각을 하지 않고도 우리에게 다가오는 날들을 태평스레 대
할 수가 있을까? 아이들이 뛰노는 것을, 꽃들이 피어나는 것을, 친구
들이 서로 이야기하는 것을 지켜보면서, 우리 중의 어느 누가, 우리가
아직 살아 있어서 그것을 볼 수 있게 해준 행운의 여신에게 감사하지
않을 수 있겠는가? 누가 감히?

아마도, 이번 사건만은 다를 것이다. 뚜렷한 각인을 남길 만큼 충분한
강도를 지니고 우리의 삶을 강타했음을 인정할 수밖에 없다. 시간만이
말할 수 있으리라. 지금의 입장에서 우리가 말할 수 있는 것은, 우리

중의 어느 누구도 예전과 같지 않을 거라는 점이다.

데커가 늘 보아왔던 행크 애셔 특유의 톡 쏘는 듯한 사설이 아니었다. 데커는 몇 분 동안 가만히 앉아서 애셔의 말들을 곱씹었다. 그때 전화벨이 울렸다.

「호손 씨 댁입니다.」

열네 살 소년이라기보다는 집사 같은 어투로 크리스토퍼가 대꾸했다.

「예, 잠시만 기다려주세요. 바꿔드리겠습니다.」

데커가 일어나서 전화기 쪽으로 가자, 크리스토퍼가 《뉴스월드》의 애셔 씨라고 말해주었다.

「행크, 잘 지내요?」

데커가 따뜻함을 담아 물었다.

「난 괜찮소. 당신은 어때요?」

그의 목소리에 담긴 진지함이 상투적인 물음이 아니라는 걸 알려주었다.

「훨씬 좋아졌어요. 진짜예요. 전 뭐든지 다 잘 하고 있어요.」

데커가 다짐하듯이 답했다.

애셔는 데커의 목소리 속에서 의지를 읽을 수 있었다. 그는 아마도 모든 것이 〈잘 되는〉 상황에서 너무나 멀어져 있었을 것이다. 하지만 이제는 그쪽으로, 모든 것이 〈잘 되는〉 쪽으로 향하고 있는 것이다. 그것은 큰 걸음의 도약이 아닐 수 없었다.

「듣기 좋군요. 그래, 그 소년은 어떻소?」

「대단한 아이지요. 여러 모로 많은 도움을 주고 있어요.」

「당신이 업무에 복귀하는 문제에 대해 이야기를 꺼낸 적은 없지만, 난 사실 도와줄 사람이 필요해요. 월요일에 뉴욕에서 당신이 취재를 한 건 맡아주었으면 하는데?」

「월요일이라구요?」

데커가 불쑥 내뱉었다.

「뉴욕에서 취재를 해야 한다면, 뉴욕 지사에도 담당해줄 사람이 있을 텐데요?」

「재난 이후로 뉴욕 지사는 인원이 달려요. 그리고 사실을 말하자면, 이번 건은 그리 큰 건이 아니라서 그렇소. 당신에게 딱 적당해. 하루 안에 갔다 올 수도 있소. 다른 사람을 보낼 수도 있지만, 이건 존 한센과의 인터뷰이고, 그와 이야기하도록 내가 보낼 수 있는 인물로는 당신밖에 없거든.」

「영국의 UN 대사 말인가요?」

확인을 위해서라기보다는 너무나 놀라웠기 때문에 반문하지 않을 수 없었다.

「월요일 오후로 이미 인터뷰 약속을 해두었고, 당신 비행기표도 구입했소.」

「난 모르겠어요, 행크.」

마지못해 대꾸하면서도, 데커는 한편으로는 자신이 많은 빚을 진 그에게 조금쯤은 양보하고 싶은 마음이었다.

「이번 건은 어떤 문제죠? 무엇을 취재해야 하죠?」

「중동의 상황에 대한 한센의 보고서에 관한 것이오. UN은 이번 재난 중에 그 지역에 배정된 2천여 명을 잃었소. 병력을 보강해야 할 입장에 있지만, UN에 병력을 제공해주고 있는 나라들의 대부분이 심하게 타격을 입은 상태요. 미국, 영국, 독일, 스위스 모두가 큰 손실을 입었소. 〈바위의 돔〉 자리에 성전을 세우려는 유대인들 때문에 중동에서의 전쟁 위험 수위가 높아져 있는 마당에, UN군이 과연 평화를 유지할 수 있을지 심각한 도전을 받고 있는 상태지요. 우리가 입수한 비밀 정보에 따르면, 한센은 이스라엘이 성전의 건설을 멈추는 데에 동의하지 않는다면 UN은 이스라엘 국경 부근에 남아 있는 1만3천 명의 병력을 즉각 철수시켜야 한다고 권고할 작정이라고 해요. UN이 군대를 철수시키면 전쟁은 거의 확실시되는 거고.」

「그런 사실을 알고 있는 사람들이 얼마나 되지요?」

그렇게 물으면서, 데커는 자신이 이미 빠져들고 말았다는 것을 실감했다.

「소문도 많고 혐의점들도 많소. 하지만 그 사실을 아는 사람은 거의 없어요. 한센는 언론과의 인터뷰를 한사코 거부해왔소. 하지만 당신과는 말을 하겠다고 합디다. 이미 동의를 얻어놓았소. 그러니 가시오, 데커. 이것이야말로 〈적시적소에〉 필요한 사람이 나타나게 되어 있다는 멋진 시나리오가 아닐 수 없소.」

그 말을 들으니 데커는 슬그머니 웃음이 나왔다. 하지만 그가 잠자코 있자 애써서는 더 밀어붙여야 할 필요가 있다고 생각한 모양이었다.

「그러니까… 갈 거요, 말 거요?」

「아, 예, 가고말고요.」

데커는 조용히 귀를 기울이고 있는 크리스토퍼 쪽을 넘겨다보았다.

「하지만 티켓이 한 장이 아닌 두 장이 필요해요.」

크리스토퍼는 금방 이해하고는 기쁜 나머지 고개를 크게 주억거렸다.

「크리스토퍼를 위해서 UN을 돌아보는 여행 일정을 좀 세워주실 수 있나요?」

「멋진 생각이오. 그 꼬마는 지금까지 너무나 답답해서 미칠 것 같았을 거요. 델리기트 다이닝 룸에 점심 예약도 해두겠소. 한센과의 약속은 월요일 오후 2시로 잡혀 있소.」

뉴욕

「어디로 모시죠?」

「UN 빌딩.」

택시 운전사의 물음에 데커가 행선지를 댔다.

크리스토퍼가 먼저 택시에 올라타 자리를 잡았다. 나중에 택시에 오른 데커는 소년의 얼굴 표정이 매우 이상하다는 것을 알아차렸다. 뭔가가 단단히 잘못되었다는 표시였다. 데커는 곧 무엇 때문인지 알아차렸다. 택시 안에 갇혀 있자니 낯설면서도 친숙한 냄새가 폐 속으로 들어왔다. 아주 심한 편은 아니었지만 분명 유쾌한 냄새는 아니었다. 데커는 내려서 다른 택시를 부를까 생각했지만 이미 너무 늦었다. 운전사는 액셀러레이터를 힘차게 밟고는 두 차선이나 가로질러 냅다 내달렸다.

데커와 크리스토퍼는 서로 시선을 마주쳤다. 크리스토퍼는 소리를 내지 않고 입 모양으로만 말을 했다.

「창문을 좀 내리면 안 될까요?」

데커는 손을 들어 엄지와 집게 사이를 3센티미터 정도 벌려 보였다. 바깥은 꽤 추운 날씨여서, 그 정도가 좋은 타협책인 것 같았다.

잠시 후 데커도 창문을 아주 조금 내렸다. 바로 그때 운전사가 백미러로 그 모양을 보았다. 운전사는 그들을 눈여겨 살펴보는 것 같았다. 데커는 혼자 생각했다. 창문을 닫아달라고 하면 멈춰달라고 해서 내려버려야지. 바로 그 순간 거울 속에서 두 사람의 눈이 마주쳤다. 운전사는 자신이 두 사람을 지켜보고 있다는 것을 데커가 눈치 챘다는 것을 알아차리고는, 잽싸게 거울을 약간 위쪽으로 움직여 그것을 조절하고 있던 척했다.

「UN에 가신다고요?」

민망했던지 운전사가 말을 걸었다.

「단순한 방문이오.」

「아, 그래요? 최근 이 근방에는 여행자들이 그리 많지 않은데요.」

데커는 아무런 반응도 보이지 않기로 했다. 잠시 후, 운전사가 덧붙였다.

「거기 가시면 조심하시는 게 좋을 거예요.」

「어째서 그런 말씀을 하시는 거죠?」

「과대망상증이라고 해도 좋아요. 하지만 나라면 가스 마스크를 쓰지 않고는 그 안에 들어가지 않을 거요.」

이쯤 되면 데커도 맞장구만 칠 수는 없는 노릇이었다.

「난 그런 걸 쓰지는 않을 거요.」

우선은 그렇게만 대답해두었다.

「누가 뭐래든 상관없어요. 내가 보기엔, 재난을 일으킨 것은 아랍 테러리스트들의 소행이 분명해요. 그게 아니면 러시아인들이거나. 그러니 나에게, 그 모든 사람들이 어느 날 갑자기 아무런 이유도 없이 뻗어버렸다고 말할 생각은 하지 마시라구요. 봐요, 난 당신이 예전에 UN에 와봤는지 어쨌는지 몰라요. 하지만 거기는 사방천지가 외국인들뿐이잖아요. 물론 뉴욕 모두가 그렇긴 해요. 하지만 UN은 특히 더 그렇잖아요.」

「만약 아랍인들이나 러시아인들에게 재난의 책임이 있다면, 왜 그 사람들은 자기네 나라 사람들도 죽게 했을까요?」

「그자들이 바로 그렇게 말하죠. 하지만 그자들이 얼마나 많이 죽었는지 우리가 도대체 어떻게 압니까? 그자들은 지독한 거짓말을 하고 있을 수도 있어요. 게다가 사고들이 일어나고 있잖아요.」

데커는 운전사와 이것저것 따지는 것은 아무 의미도 없다는 것을 깨달았다. 그래서 의자 깊숙이 몸을 묻고는 침묵을 지켰다. 하지만 운전사는 함께 장단을 맞출 상대를 필요로 하지도 않았다.

「물론, 난 누구 못지않게 그자들을 미워하고 혐오해요. 하지만… 잔인해져야 한다거나 미쳐 날뛰어야 한다는 뜻은 아니에요. 하지만 나에게 말할 기회를 준다면, 그렇게 많은 사람들이 없어졌어도 우린 잘 지낼 수 있을 거라고 말씀드리고 싶네요. 물론 요즘엔 예전만큼 승객이 많지 않지요. 하지만 나 같은 사업가에게는, 〈어떠한 구름이라도 그 뒤쪽은 은빛으로 빛난다〉는 비유가 제격이죠. 난 나 자신에게 물었죠. 승객이 이렇게 줄었으니 어떻게 돈을 벌어 먹고살까? 하지만 거기에 대한 해답이 떠오르기까지는 1초도 걸리지 않았답니다. 살아 있는 자들이 많지 않다면 죽은 자들을 태우고 다니지 뭐! 그래서 저지 섬의 한 쓰레기 매립지에서 일하는 한 친구에게 전화를 걸어 불러냈지요. 그 다음은 이미 눈치 채셨겠지만 승승장구였지요.」

데커는 그 냄새가 무엇인지를 알아내려고 했었지만 이젠 그럴 필요가 없어졌다. 운전사는 일장연설을 계속했다.

「정말 대단한 아이디어였지요. 아내는 그것 때문에 차에서 고약한 냄새가 난다고 난리더군요. 그래서 이 방향제를 샀지요.」

운전사는 백미러에 매달아놓은 소나무 형태의 판지를 가리켜보였다.

「그리고 나니깐 걱정 끝이었어요. 물론 처음에는 기분이 좀 오싹오싹했지요. 하지만 시신을 치우는 일을 하니까 두당 2백 달러를 벌 수 있었어요. 부패 정도에 따라 가격차이가 나지요. 물론 이젠 재난으로 인해 생긴 시체는 거의 대부분 치워졌어요. 하지만 지금도 하루에 두세 건은 전화를 받아요. 대부분은 자살한 시체들이지요. 재난 당시에 가족을 모두 잃어버린 사람들이 고인들과 합류하는 거죠. 그걸로 잠시 동안이긴 했지만 떼돈을 벌었어요. 한 번은 열두 구의 시체를 한꺼번에 치우기도 했으니까요.」

운전사는 데커가 격려의 말이라도 한마디 해주기를 바라는 듯 한참 동안 말이 없었다. 하지만 데커는 결코 입을 열 기세가 아니었다.

「이건 다른 문제지만요. 요즈음 이 부근에서는 아파트를 얻기가 훨씬 쉬워졌어요. 물론 들어가 보면 대부분은 시체 냄새가 아직도 나는 것들이지요. 하지만 몇 시간 동안만 환기를 시키면 일 없어요.」

운전사는 계속 지껄여댔다. 그러다 지나치고 있던 길가에 전당포가 보이자 턱짓을 해 보였다.

「시체 때문에 돈을 좀 만지게 된 친구가 또 있어요. 전당포를 하는 친구죠. 이 반지를 좀 보세요.」

그는 자신의 오른손을 들어올려 보였다.

「멋지죠? 안 그래요? 지난주에 한 전당포에서 엄청 헐값에 건진 거예요. 하지만 내 장담컨대, 전당포 업자는 내가 산 가격의 반의 반 값도 주지 않았을 게 뻔해요. 그걸 팔아넘긴 작자는 시체에서 공짜로 뽑았을 거구요. 사자가 쓰던 것이라면 꺼림칙해하는 사람이 적지 않잖아요.」

「약탈이 많이 행해졌었나요?」

크리스토퍼가 운전사에게 물었다. 크리스토퍼는 운전사가 입 다물고 운전이나 해주기를 바라는 데커의 마음을 모르는 것 같았다.

「아, 물론이지요. 약탈자들은 어느 상점이나 닥치는 대로 창문을 부수고 들어갔어요. 약탈자들이 상점 주인들에게 총을 맞기도 했지만, 나중에는 주인들이 오히려 약탈자들에게 총을 맞곤 했지요. 하지만 그건 처음 며칠의 일이었을 뿐이에요. 시장이 야간 통행금지 이후엔 거리를 어슬렁거리는 자는 누구라도 총을 쏘아도 된다고 선포했거든요. 내가 듣기로는 지금까지 경찰에게 사살된 사람이 30명 이상이라더군요.」

택시 운전사의 이야기를 듣는 사이에 그들은 어느새 UN 총회 건물에 다다랐다.

「자, 이제 다 왔습니다.」

운전사의 말과 함께 데커는 잽싸게 요금을 지불했다. 한 순간도 지체하고 싶지 않았다. 운전사는 감사하다고 말하고는 그들을 향해 다시 한 번 〈조심하라〉고 경고했다.

「그 운전사는 자신이 구덩이를 파고 누구의 시체를 묻었는지를 모르는 것 같더구나. 넌 알겠지?」

UN 입구 쪽으로 걸어가면서 데커가 크리스토퍼에게 물었다.

「러시아인들과 아랍인들이라는 거예요?」

크리스토퍼가 말했다.

「음, 그래. 하지만 정확하게 맞힌 건 아니다.」

「저도 그건 알아요, 아저씨. 하지만 그래도 흥미로운 경험이었어요.」

데커는 저절로 미소가 떠올랐다.

「넌 훌륭한 기자가 되겠구나.」

*

데커와 크리스토퍼는 북쪽 뜰을 가로질러 UN 총회 건물을 향해 걸어갔다. 보안 검사대를 통과한 그들은 안내 데스크로 가서 방문객 표찰을 달고는 식당으로 갔다. 두 사람은 뷔페 식사를 했다. 어느 때보다 많은 양을 먹었고, 어느 것이나 다 맛이 있었다.

식사를 마치고 로비로 돌아와 배지를 반납하고 있는데, 누군가가 데커를 불렀다. 목소리가 나는 곳을 향해 돌아보니, 여러 가지 색깔로 차려입은 일단의 사람들 사이에서 키가 큰 빨강머리 남자가 그들을 향해 웃어 보이며 고개를 끄덕였다. 존 한센이었다.

데커도 웃음으로 화답하고는 로비를 가로질러 그에게로 갔다. 데커는 악수부터 청했다.

「대사님, 다시 만나서 반갑습니다. 이렇게 직접 나와주실 줄은 몰랐는데요.」

「아무렴 어떻소.」

한센이 친근한 미소로 답한 후 말했다.

「솔직하게 말하면 일이 좀 바빠요. 당신은 어떻게 지냈소? 처음 만났을 때보다는 몰라보게 좋아진 것 같소만.」

한센은 호기심이 담긴 눈빛으로 크리스토퍼를 바라보았다. 크리스토퍼는 두 사람의 대화를 열심히 듣고 있었다.

「한센 대사님, 이 아이는 크리스토퍼 굿맨입니다.」

데커가 한센의 눈빛에 화답하듯 크리스토퍼를 소개시켰다.

「대재난 이후로 저와 함께 살고 있어요. 이 아이 할아버지의 형제분이 UCLA의 해리 굿맨 교수님이셨습니다. 노벨 의학상을 타시기로 되어 있었는데 그만 돌아가시고 말았지요.」

「그래요? 반갑구나, 크리스토퍼.」

한센이 크리스토퍼의 손을 잡고 흔들었다.

「나도 네 할아버지의 암에 관한 연구에 대해서는 잘 알고 있다. 대단한 과학자셨지. 세계는 그분을 잃고 말았지만 장차 네가 그분의 업적을 이을 것 같구나.」

「전 굿맨 교수님을 대학 시절에 알았습니다. 그런데 그만…….」

데커는 감정이 격해져서 아랫입술을 깨물었다. 잠시 감정을 추스른 후 다시 입을 열려고 했지만 목소리가 떨려나왔다.

「전 두 딸과 아내를 잃었습니다. 그래서 크리스토퍼가 우리 집 문 앞에 나타났을 때, 우리 집에서 함께 살자고 했어요. 교수님 부부가 돌아가시자 크리스토퍼는 그만 갈 데가 없어졌거든요.」

「뭐라고 할말이 없군요.」

한센이 위로했다. 데커는 고개를 끄덕여 감사를 표시했다.

「대사님,」

크리스토퍼가 말할 기회를 허락받기 위해 잠시 기다렸다.

「그래, 말해봐라, 크리스토퍼.」

「세계보건기구가 재난의 원인을 밝혀내기 위해 어떤 일을 하고 있는지 궁금해요. 조금이라도 진척이 있나요?」

한센은 소년의 그런 관심을 기뻐하면서 말했다.

「그들은 지금까지 재난의 원인이라고 할 수 없는 수백 가지의 것들을 결정지었노라고 하더라. 내 생각엔 그것이 진척사항인 것 같다. 그들은 그 원인이 무엇인지는 아직 모르고 있어. 하지만 난 그들을 신뢰하고 있고, 조만간 밝혀내리라고 믿는다.」

크리스토퍼는 그 대답에 만족해하는 것 같았다.

「넌 UN에 처음 와보는 거니?」

「예, 대사님. 이 건물 안에 대사님의 사무실이 있나요?」

「아, 아니란다. 대다수의 사람들이 UN 회원국의 사무실이 이 안에 있으리라고 생각해. 그런데 실제로는 도시의 여기저기에 각 나라의 사무실이 흩어져 있어. 영국 사무실은 여기서 네 블록 떨어져 있지.」

「크리스토퍼는 UN을 퍽 아끼고 좋아해요. 그래서 함께 왔지요. 그 앤 1시 30분에 시작되는 여행단에 끼여 있어요.」

데커가 끼어들어 설명했다. 한센은 시계를 보더니 그들을 데리고 이동하기 시작했다.

「그러면 우린 크리스토퍼를 여행이 시작되는 지점으로 데려다줍시다. 그런 다음에 내 사무실로 가도록 하지요.」

*

　데커와 한센이 햄마르스크욜드 플라자 28층에 있는 영국 대사관에 도착하자, 20대 후반의 매력적인 빨강머리 여성이 문 앞에서 맞아주었다. 한센보다 5센티미터 정도 작았지만, 여성치고는 굉장히 큰 키인 1백90센티미터 정도였다. 데커가 놀란 것은 그녀의 훌쩍 큰 키 때문만이 아니라 대사와 너무나도 닮은 용모 때문이기도 했다. 전체적인 느낌이 더 부드럽고, 피부가 더 곱고 팽팽하다는 차이뿐, 같은 혈통임이 너무도 분명했다.
　「대사님.」
　한센과 데커가 로비로 들어서서 보안 검색대를 지나치는데 그녀가 다급하게 불렀다.
　「파드 대사님으로부터 전화가 왔었습니다. 급히 전하실 말씀이 있다고 합니다. 전화번호를 남기시면서, 빨리 전화를 주시지 않으면 연결이 안 될 거라고 하시더군요. 제가 곧 전화를 연결해보겠습니다.」
　자신의 책상 쪽으로 급히 걸어가면서 그녀가 말했다.
　「데커, 이리 와서 앉아요.」
　한센이 자신의 사무실로 들어서며 돌아보지도 않고 말했다.
　한센의 드넓은 사무실은 고풍스런 느낌의 튼튼한 목재 가구들로 꾸며져 있었다. 데커가 한센의 책상이 마주 보이는 안락한 가죽의자에 자리를 잡고 앉는데, 한센이 전화기 앞의 책상을 톡톡 두드렸다.
　「신호가 가고 있는 중입니다.」
　바깥쪽 사무실에서 그 여자의 목소리가 들려왔다. 한센은 수화기를 들고 거의 1분 동안이나 기다렸다.

「아무 응답이 없어, 잭키. 다시 한 번 연결해봐.」

이번에는 잭키가 신호음을 듣고 기다렸다. 한센은 초조하게 기다리고 있었다. 여전히 아무 반응이 없었다.

「됐어, 그가 다시 전화를 걸어올 때까지 기다릴 수밖엔 없군. 그동안엔 아무 일도 일어나지 않기를 바라야겠군.」

한센은 시선을 데커에게로 돌렸다. 데커가 먼저 질문을 던졌다.

「파드 대사님이라구요? 요르단 대사님이 아닌가요?」

「그렇소. 우린 오랜 친구 사이요. 실제로 학교 때 단짝이었소. 옥스퍼드 72클래스. 우리는 UN의 수많은 프로젝트를 함께 수행해왔소.」

「당신의 위원회가 리포트를 준비하고 있는 중동 프로젝트 같은 것 말입니까?」

「아, 글쎄. …그보단 내가 뭘 어떻게 도울 수 있는지 말해봐요.」

데커는 한센이 왜 중동 프로젝트 이야기에서 얼른 화제를 돌려버리는지 알 수 없었다. 바로 그것 때문에 이 만남이 주선되었지 않았는가? 한센은 이 인터뷰의 목적을 잊어버리기라도 했단 말인가?

「그 위원회의 리포트에 관해서 몇 가지 질문을 드리고 싶은데요.」

데커는 결국 그렇게 묻지 않을 수 없었다.

「하지만 데커, 거기에 관한 정보는 엄격한 기밀사항에 속한 거라서 말이오.」

「아, 잠깐만요. 그 리포트에 관해 저와 대화를 나누는 데에 동의하지 않으셨나요?」

데커의 목소리에는 혼돈이 드러나 있었다.

「천만에!」

한센이 펄쩍 뛰었다. 하지만 그 목소리에 분노의 기색 같은 것은 담겨 있지 않았다. 그는 단순히 놀랐을 뿐이었다.

「편집 주간님이 이번 인터뷰 주제에 관해 무어라고 말씀하셨나요?」

「편집 주간 말이오?」

한센이 되묻자 데커는 고개를 끄덕여 보였다. 만남이 어떤 식으로 주선되었는지 그제야 의혹이 생겼고 적잖이 당혹스러웠다.

「그 사람은 당신이 잡지에 나에 관한 인물 단평을 싣고 싶어한다고 했소.」

데커는 이마를 떨어뜨리고 손바닥으로 감싸 쥐었다. 저절로 한숨이 나왔다.

「대사님, 행크 애셔는 저에게, 그 위원회의 리포트에 관해 당신과 인터뷰를 하기로 되어 있다고 하더군요. 다른 기자들에게는 거기에 관해 말씀하시길 거절하면서도 저에게만큼은 대화를 허락하셨다고요.」

「그건 분명 공정하지 못한 일이요, 안 그래요?」

「죄송합니다, 대사님.」

데커는 자기도 모르게 얼굴을 붉혔다.

「당신이 허락하셨다는 말을 들었을 당시에 의문을 제기했어야 했는데. 그만 어리석게도…, 이제야 알겠군요. 난 당신이…, 아, 됐어요, 신경 쓰지 마세요.」

한센 대사는 이런 상황을 전혀 예기치 못했던 것 같았다. 그는 웃음을 터뜨렸다. 거기에는 따뜻한 우정이 담겨 있었다.

「전 이해 못하겠어요. 뭐가 우습죠?」

「애셔 씨가 어떤 사람인지 만나고 싶어졌소. 그는 인간의 성격을 아주 잘 판단하는 사람임에 틀림없소. 내 직원들 중에도 그와 같은 사람들이 몇 명 있는데, 유용하게 써먹고 있소.」

데커는 아직도 잘 이해할 수가 없다는 표정이었다.

「아, 아직 이해가 안 가요, 데커? 그 사람은 우리 두 사람 모두에게 동일한 트릭을 사용했던 거요. 당신이 나에 관해서 인물 단평 기사를 쓰길 원한다는 말을 듣고는, 나도 그 동기를 물을 생각은 추호도 하지 않았소. 나 또한 나 자신의 허영심에 속아 넘어갔던 거요.」

이 말을 듣고 데커도 미소를 짓지 않을 수 없었다. 그렇게까지 대단히 우스꽝스러운 일이라고는 생각되지 않았지만, 껄껄대고 웃는 대사를 만류하고 싶지도 않았다. 더구나 화내는 것보다는 웃는 편이 훨씬 낫지 않는가. 잠시 후 데커가 말했다.

「그렇다면 우리가 인물 단평을 계속해서 진행시키지 말아야 할 이유는 없는 거군요. 행크 애셔를 보기 좋게 곯려줄 수도 있겠는데요? 말씀하실 내용은 대사님이 정하세요. 그러면 내가 취재를 하지 못했다고도 말할 수 없을 거예요.」

「그 방법이 좋겠군. 당신은 역시 고단수야.」

데커는 한센의 말을 칭찬으로 받아들였다.

*

크리스토퍼 굿맨은 가이드를 꼭 붙어 다녔다. 첫번째로는 경제사회이사회를, 두번째로는 안전보장이사회를 방문했다. 그런 다음엔 총회의 홀로 갔다. 총회를 떠나면서 크리스토퍼는 발코니에서 네 개 층의 방문객용 로비를 내려다보았다. 두 개 층 아래에 첫 인공위성 인 러시아의 스푸트니크 복제품이 걸려 있었다.

그때 일단의 남자들과 여자들이 뒷문 쪽에서 총회 홀로 다가왔다. 70대 초반의 남자가 일행을 이끌고 있었다. 일행은 모두가 점잖았지 만, 자신들을 이끄는 그 노신사의 말을 잘 듣고 또 그에게 질문을 하 기 위해 은근히 앞자리를 놓고 다투고 있었다. 옷차림으로 보아 여 러 다양한 문화권에서 온 것이 확실했다. 노신사가 일행에게 설명을 하기 시작했다.

「우 탄트 사무총장은 저의 정치적인 스승일 뿐 아니라 영적인 스 승이기도 했습니다. 부총장으로서 그를 보필하면서 제가 처음 터득 했던 것은……」

갑작스레 노신사는 말을 중단하고, 자신을 뚫어지게 바라보고 있 는 시선의 주인공이 누구인지를 확인하기 위해 즉시 몸을 돌렸다.

「총장님, 왜 그러시죠?」

누군가가 물었다. 하지만 그는 소년에게 시선이 팔려 대답할 생각 조차 하지 못했다.

그때 크리스토퍼는 자신이 속한 여행 그룹이 엘리베이터 쪽으로 이동하여 대기하고 있는 것을 보곤, 그룹에서 떨어지기 않기 위해 뛰어가느라 노신사와 그 일행의 시선이 모두 자기에게 꽂혀 있는 것 도 몰랐다. 그는 노신사를 아주 가까이에서 지나쳐, 엘리베이터 문 이 닫히기 전에 자신의 일행과 합류하기 위해 내달렸다.

「저 소년!」

노 신사가 떨리는 음성으로 말했다.

크리스토퍼는 이제 일단의 일본인 실업가들을 헤치고 나아가고 있었다.

「바로 저 소년이오. 난 알고 있어요.」

정신을 추스르려고 애쓰면서 그가 외쳤다.

「저 소년을 좀 붙잡아줘요. 누가 저 소년을 좀 붙들어줘요!」

하지만 무슨 일이 벌어진 것인지 돌아보는 사람들뿐 아무도 나서지는 않았다. 전직 유엔 부총장은 다른 사람들에게 이를 설명할 여유가 없었다. 그는 일행을 놔두고는 자신이 직접 소년을 뒤쫓기 시작했다. 나이에 어울리지 않게 필사의 노력을 다했지만, 게임은 싱겁게 끝나 버렸다. 크리스토퍼는 엘리베이터에 올랐고, 문이 닫혀버린 것이다.

한순간을 머뭇거렸을 뿐인데, 그 한순간이 모든 것을 바꿔버렸다. 크리스토퍼는 가 버렸다.

「안 돼! 이럴 순 없어.」

아무런 설명도 없이 노신사가 외쳤다. 그는 다른 사람들이 주변에 몰려든 것도 의식하지 못했다. 그들은 그를 빤히 쳐다보고는, 자기들끼리 서로 눈을 맞추며 영문을 알 수 없다는 뜻을 표시했다.

「안 돼! 이런 식으로 될 리가 없어. 이럴 순 없어! 나는 그에게 말도 붙여보지 못했어.」

그는 중얼중얼 혼잣말을 했다. 도대체 무슨 일이 일어난 것인지 그 의미를 아는 사람은 아무도 없었다. 노신사가 무슨 말을 하고 있는지에 대해서도 마찬가지로 오리무중이었다. 더구나 그는 모두가 알아듣기 쉽게 사태를 설명하는 일에는 관심조차 없는 것 같았다. 불현듯 그가 말했다.

「앨리스, 그래, 앨리스를 만나야 해.」

*

관광이 끝나자 크리스토퍼는 데커를 찾았다. 한센 대사가 보낸 젊은 조수가 데커 대신 맞아주었다. 한센의 사무실에 도착하자, 데커는 이제 막 떠날 태세였다. 한센이 물었다.

「크리스토퍼, 여행은 어땠어?」

크리스토퍼가 막 대답을 하려는데, 적갈색의 콧수염에 대머리가 벗겨진 사내가 사무실로 달려 들어왔다. 바깥쪽 사무실에 있는 모든 사람의 눈이 그 남자에게 쏠렸다. 모두가 다 경악의 표정을 하고 있었다. 그들은 모두 그가 누구인지를 알고 있는 것 같았다. 아무도 그 남자를 제지하지 않았고, 그 남자가 이렇게 뛰어 들어온 데에는 경악할 만한 무엇이 있다는 것을 모두들 알고 있는 것 같았다.

「존, 그자들이 일을 저질렀어. 파드에게 방금 들었는데, 확실하대. 시리아, 요르단, 이라크, 리비아가 한데 뭉쳐 이스라엘을 공격하기 시작했어.」

독일식 악센트가 짙은 목소리로 그 남자가 말했다.

「제기랄! 언제 그랬대?」

「방금 전에 파드에게서 전화를 받았어. 시리아가 이스라엘 북쪽 국경을 넘어 레바논을 지나 이스라엘을 공격해왔대. 요르단과 이라크는 합세해서 동쪽에서 공격해오고. 시리아, 리비아, 이라크의 공군기들이 이스라엘 비행장을 폭격하기 위해 떴고. 피해상황에 대해서는 아직 나온 말이 없어. 이스라엘이 공군기를 발진시킬 수 있었는지의 여부도 몰라.」

「제길!」

한센이 다시 소리쳤다.

데커와 크리스토퍼는 한쪽으로 물러나 있었지만 대화 내용은 다 듣고 있었다. 순식간에 퍼져나갈 뉴스임에 틀림없었다.

한센이 그 남자와 이야기를 나누고 있는데, 빨강머리 여인이 끼어들었다.

「아빠, 로저스 대사님으로부터 전화예요. 시급히 하실 말씀이 있으시다고.」

그녀는 교육을 잘 받은 집 자제답게 깍듯했지만, 데커는 그녀의 목소리에서 일말의 불안감을 떨칠 수가 없었다. 게다가 그녀는 웬일인지 〈대사님〉이라고 부르지 않고 〈아빠〉라고 부르고 있었다.

데커는 로저스 대사가 누구인지 알지 못했지만, 한센과 그 독일인이 그와 한시라도 빨리 이야기를 나누고 싶어한다는 것은 알 수 있었다.

「프랭크, 나 존이오. 리히만 대사가 지금 여기에 와 있소. 그쪽 소식이 뜨겁던데, 상황이 어떻소?」

한센은 잠자코 듣고 있었지만, 그의 표정은 로저스의 대답이 전혀 뜻밖이라는 것을 말해주고 있었다.

「텔아비브! 그 도시가? 그게 군사 기지가 아니란 걸 확신할 수 있소?」

한센은 역력히 당황하고 있었다.

데커는 귀를 곤두세우고 듣지 않을 수 없었다. 한센은 다시 듣고 있다가 손으로 송화기를 막고는 리히만에게 말했다.

「텔아비브의 민간인 지역이 폭격당하고 있다는 거요. 로저스 말로는 이미 수십 발의 폭탄이 투하되었대요.」

지금까지 데커는 대사들의 대화 내용을 듣는 것으로 만족했지만 이제는 아니었다. 사태가 어떻게 돌아가는지 자기도 모르게 발을 깊이 들여놓게 되었다. 그는 예의도 무시한 채 두 사람에게 더 가까이 다가섰다. 한센은 그런 것도 의식하지 않고 로저스 대사와의 전화 통화에만 매달리고 있었다.

「프랭크, 당신은 괜찮소? 대사관은 위험하지 않아요?」

대사관은 지금 당장은 안전하다는 대답이 돌아온 것 같았다.

「좋소, 프랭크. 끊지 말고 기다려요. 내가 즉각 처리할 테니까. 잭키!」

한센이 눈으로 자기 딸을 찾았다.

「시리아 대사, 러시아 대사, 이라크 대사를 즉각 전화로 불러줘. 그 순서대로!」

잠시 전화 통화가 중단된 사이에 한센의 눈길이 데커에게로 돌아갔다. 데커가 그 기회를 틈타 말했다.

「탐 도나핀이 아직 거기 병원에 있어요!」

한센의 눈이 1초 동안 허공을 헤매다가 다시 데커의 눈과 마주쳤다. 한센은 진짜 걱정하는 표정이었지만 무어라고 묻지는 않았다. 그는 더 큰, 더 즉각적으로 처리해야 할 일거리들을 갖고 있었다. 그는 다시 전화통화로 돌아갔다.

「프랭크, 그들이 민간인을 목표로 폭격하지 않도록 내가 할 수 있는 한 모든 압력을 다 행사할 것이오. 하지만 얼마나 잘 될지는 알 수 없는 일이오. 당신이 나에게 그 도시의 어느 부분이 얼마나 폭격당했고 피해상황이 어느 정도 발생했는지 정보를 준다면 도움이 될 거요.」

한센은 펜을 들어 뭔가를 종이에다 메모했다. 얼마 동안은 「어, 허」 하는 소리뿐이었다.

데커는 자신의 걱정이 얼마나 사소한 것인가를 깨닫고는, 돌아가는 사태의 추의를 관심 있게 지켜보았다.

「대사님, 시리아 대사관과 전화 연결이 되었습니다. 대사님이 준비만 되면 즉각 통화를 하시겠답니다.」

한센의 딸이 이젠 아버지를 정식 명칭으로 부르면서 말했다. 한센은 딸을 쳐다보면서도 여전히 뭔가를 적으면서 전화기에 귀를 대고 있었다.

「프랭크, 무라비 대사와 방금 다른 전화로 연결되었소. 그와 통화를 한 다음에 다시 전화하겠소. 15분 안에 내가 다시 전화를 하지 않으면 당신이 내게 전화를 해주시오.」

한센은 전화를 끊으려다가 뭔가가 생각난 듯 다시 다급하게 전화기를 귀에 갖다댔다.

「프랭크,」

로저스 대사가 아직 전화를 끊지 않았기를 바라면서 그가 크게 외쳤다. 잠시 안타까운 침묵이 흐른 후 그가 말을 이었다.

「프랭크, 이건 또 다른 사안이오만, 레바논에서 인질로 잡혀 있다가 돌아온 두 미국인 생각나요? …그래요, 그 중 한 사람이 여기 이 사무실에 나와 함께 있소. 그 사람 말로는 다른 한 명이 아직 거기 텔아비브의 병원에 있다는 거요.」

한센이 잠시 말을 멈추고 상대방의 말을 들었다. 데커는 귀를 쫑

굿 세운 채 바라보고 있었다.

「그렇소. 맞아요.」

한센 대사는 데커를 향해 더 자세한 것을 알고 있느냐는 표정을 지어 보였다.

「텔아비브의 텔 하쇼머 병원이에요.」

데커가 대꾸했다.

「텔 하쇼머 병원. 이름은 탐 도나퓐이오. 거기에 어느 정도 입원할 예정이었냐고요?」

한센이 다시 데커에게 눈짓을 보냈다.

「언제고 나오기로 되어 있었어요. 지난주에 최종 수술이 끝나서, 그냥 경과를 지켜보기 위해 있는 상태였거든요.」

데커의 대답을 듣고 한센이 다시 전화기에 대고 전했다.

「프랭크, 언제든지 퇴원할 수 있는 상태였소. 그에 대해서 알아볼 수 있는 사람이 있거든, 여행을 할 수 있는 상태인지를 체크해서 거기를 빠져나오는 비행기에 태워주시오.」

한센은 전화를 끊고는 데커에게 눈을 돌렸다. 데커는 그가 너무도 고마웠다.

「로저스는 좋은 사람이오. 자신이 할 수 있는 바를 다할 거요.」

한센은 데커가 대꾸할 기회도 주지 않은 채 불빛이 깜박거리는 전화기 위로 손을 가져가며 말을 이었다.

「대단히 미안하지만 이제 그만……..」

데커는 문 쪽으로 걸어 나왔다.

「잭키에게 당신의 전화번호를 남겨주시오. 탐에 관한 소식이 오면 알려드리도록 하겠소.」

*

전 UN 부총장 로버트 마일너는 나이와는 딴판인 왕성한 열정을 갖고 루시어스 트러스트의 문을 밀치고 들어갔다.

「앨리스를 만나서 말씀드릴 게 있소. 그녀는 어디 있소?」

그는 빠른 말씨로 안내원에게 물었다. 그러곤 대답을 기다릴 새도 없이 재빨리 앨리스 번레이의 사무실 쪽으로 걸음을 옮겼다.

「미안합니다, 총장님, 번레이 씨는 안 계십니다.」

안내원이 말했지만, 마일너는 이미 번레이의 사무실 문 앞에 가 있었다.

「어디 있소? 지금 당장 그녀에게 할말이 있어서 그래요!」

그는 돌아서서는 안내원을 향해 뚜벅뚜벅 걸어갔다.

「말씀이 없으셨어요. 하지만 제 생각에는 몇 분 안에 돌아오실 것 같은데요.」

마일너의 왕성한 에너지는 갑자기 방향을 잃어버렸다. 그는 정문 앞을 왔다갔다 서성거렸다. 안내원이 허브 차를 가져다주었다. 그는 그것을 받아들었지만 한 모금도 마시지 않았다.

20분이 지나자 빨강머리의 앨리스 번레이가 UN 플라자를 가로질러 자신의 사무실 쪽으로 오고 있는 것이 보였다. 그녀는 뭔가에 흥분한 듯 걸음을 재게 놀리고 있었지만 마일너를 만족시킬 정도는 아니었다. 마일너는 그녀를 맞으러 달려나갔다. 그녀는 자기를 향해 다가오는 그를 보자 발걸음을 더 빨리했다. 거의 동시에 두 사람은 서로의 이름을 불렀다.

「앨리스!」

「로버트!」

두 사람은 동시에 한목소리로 외쳤다.

「그를 보았소!」

「어디서요? 언제?」

그녀가 급히 물었다. 그녀는 달려오느라 숨을 헐떡이고 있었다.

「UN에서. 30분도 채 안 됐소! 바로 내 코앞을 지나갔었소. 뒤쫓아서 그를 붙잡을 수도 있을 뻔했소! 하지만 곧… 그런데 당신은 어디서 그를 봤소?」

「방금 전에요. 2번가에서, 햄마르스크욜드 빌딩 정문에서요. 한 남자와 함께 택시를 타더군요. 나는 그를 붙잡으려고 애를 썼지만…….」

앨리스 번레이는 말을 중단했다. 마일너의 얼굴에서 미소가 번져가는 것을 보았기 때문이었다. 그 미소 속에는 약속이 성취되었음을 확인하는 데서 오는 흥분이 배어 있었다. 그녀 역시 이 순간이 지니는 의미를 알아차리고는 깊이 감사하는 마음이 되었다. 잠시 동안 그들은 말문을 잃고 서로를 바라보았다. 마침내 그녀가 말했다.

「우린 그를 본 거예요.」

「우린 그를 본 거요.」

그가 반복했다.

「듀얼리 카임 스승님의 약속이 이루어진 거요!」

12

어찌하여 날 버리시나이까?

이스라엘 텔아비브

탐 도나핀은 텔 하쇼머 병원의 침상 끝에 앉아 행크 애셔가 무사 귀환에 대한 선물로 보내온 카메라의 끈을 만지작거리고 있었다. 탐의 병실 창 밖에서는, 지상으로부터 쏘아 올려진 빛의 섬광이 밤하늘을 배경으로 기상천외의 불꽃놀이를 벌이고 있었다. 하늘을 가로질러 좁은 띠를 이루며 날아가는 대공포의 섬광이 이어지다가 이따금씩은 폭발의 불꽃이 작열하여 캔버스를 공포의 빛깔로 물들이기도 했다. 탐은 첫 대공포가 발사된 지 얼마 지나지 않아 계속해서 그 장면을 포착해왔다. 심지어는 리비아의 미그25기와 이스라엘의 F15기 전투기 편대가 공중전을 벌이는 장면까지 사진에 담은 터였다.

탐은 다시 열려 있는 창문 쪽으로 가서는 지평선 쪽을 훑어보았다. 도시의 다른 지역과 마찬가지로 병원은 모두 소등한 상태였기 때문에 역설적이게도 밤 사진을 찍기에는 오히려 조건이 더 좋아졌다. 그때 문득 노크 소리가 나서 탐은 재빨리 자리에서 돌아섰다.

　문 쪽에서 들어온 사람은 어둠 속에서 총구 같은 것이 불쑥 자신을 향해 있는 것을 보고는 본능적으로 몸을 낮췄다. 그러나 곧 어깨 위에 올려놓고 쏘는 대전차포나 소형 바주카포처럼 보였던 그것이 사실은 카메라의 망원 렌즈였다는 것을 알아차리곤 경계심을 풀었다.

「아, 미안하게 됐소이다!」

　탐은 카메라를 내려뜨리고는 그에게 손을 내밀어 일어나는 것을 도와주었다.

「괜찮소?」

「아, 예. 괘, 괜찮습니다.」

　그 남자가 당황하여 더듬거렸다. 남자는 몸을 털면서 일어났다.

「당신이 탐 도나편인가요?」

「아, 예, 제가 도나편입니다. 당신은 누구시죠?」

　이번에는 환영의 악수를 하기 위해 손을 내밀며 탐이 말했다.

「전 폴루츠키입니다. 영국 대사관에서 왔지요.」

　그가 격식을 갖추며 대답했다.

「로저스 대사님과 한센 대사님이 저를 이리로 보냈습니다. 당신이 이스라엘에서 탈출할 수 있도록 왕실의 도움을 제공하라는 명이셨습니다. 진즉 당신을 알아보지 못했던 점 사과드립니다. 당신에게 미리 상황을 알리려고 했지만 전화선이 모두 불통이 되는 바람에 그렇게 하지 못했습니다. 로저스 대사님이 지시하신 대로, 당신의 담당 의사에게 여행을 해도 괜찮은지 문의를 드렸더니 그분은 전적으로 동의해주셨습니다. 교전 중인 이 지역을 즉각 떠나는 것이 당신의 회복에도 크게 도움이 될 거라고 하시더군요. 게다가 부상자들이 밀려들 테니 병실도 더 많이 필요하게 될 거라면서요.」

「절 어디로 데려가게 되어 있죠?」

탐이 물었다.

「일단 영국 대사관으로 간 다음 거기에서 영국이나 미국, 혹은 UN의 비행기나 배편을 알아볼 수 있을 것입니다. 당신만 좋으시다면, 제가 당신을 미국 대사관까지 안내해드릴 수도 있고, 그러면 거기에서 비슷한 조처를 취해드릴 겁니다.」

탐은 병원을 벗어나고 싶었던 참이라 로저스 대사의 제안이 너무도 반가웠다. 10분도 안 되어 그들은 정문을 빠져나오고 있었다. 불타고 있는 건물을 제외하면, 텔아비브 시내 전체가 어두웠다. 밤하늘은 연기로 가득했고, 괴기스런 섬광이 여기저기에서 번쩍거렸다.

「폴루츠키는 성씨겠죠? 이름은 뭐죠?」

젊은 영국인이 모는 메르세데스 벤츠가 서서히 텅 빈 거리를 활주하기 시작하자 탐이 물었다. 그는 아주 필요한 경우에만 잠깐씩 헤드라이트를 켰다 끄곤 했다.

「니겔입니다, 선생님.」

「폴루츠키는 폴란드식 이름이에요, 안 그렇소?」

「그렇습니다, 선생님. 제2차 세계대전 때 독일이 침공해오자 할아버지께서 영국으로 망명을 하셨어요. 할아버지는 폴란드 망명 정부의 일원이셨지요. 영국 정부가 인정하는.」

바로 그 순간 우르릉거리는 소리가 들리더니 귀를 찢는 듯한 폭발음이 이어졌다. 이스라엘 제트기 한 대가 굉음과 함께 땅을 향해 거의 일직선으로 회전하면서 곤두박질치고 있었다. 벤츠 안에 있어서 그것이 어떤 소리인지 분간하긴 힘들었지만, 그들 주변의 땅이 온통

뒤흔들렸다. 마치 지옥문이 열리는 것 같은 굉음이었다.

비행기는 6층 높이의 건물 옆에 거꾸로 처박혔다. 조종사는 이미 죽은 뒤였다. 거기에서 불과 두 블록 떨어진 지점을 지나고 있던 폴루츠키는 끼익 소리를 내며 힘껏 브레이크를 밟았다. 손으로는 단단히 핸들을 거머쥐고 있었지만, 떨리는 것을 주체하기는 힘들었다.

탐 역시 몹시 놀랐지만 카메라를 움켜쥐고는 차 밖으로 뛰쳐나갔다. 파괴의 현장을 포착하기 위해서였다.

「여기에서 기다려요.」

니겔은 반대할 엄두도 내지 못했다. 다시 운전을 하려면 아무래도 마음을 좀 진정시켜야 할 것 같았다. 탐이 불과 30미터도 걷지 않았을 때 또다시 제트 엔진이 포효하는 소리가 났다. 그의 왼편에서부터 리비아 미그기의 날개가 시야를 가득 채운 채 다가들었다.

미그기는 주변의 공기를 삼키는 굉음을 내지르면서 지붕들 바로 위를 날아 탐의 머리 위를 스쳐 지나갔고, 곧이어 이스라엘 이글기가 날아들었다. 뜨거운 추격전이 벌어지는 중이었다. 미그기는 오른쪽으로 급회전을 했고, 이스라엘기도 뒤따랐다. 리비아기가 이번에는 왼편으로 꺾어졌으나, 이스라엘기는 그의 뒤편 오른쪽에 있었다. 탐은 자신의 디지털 카메라로 전투 장면들을 샅샅이 담고 있었다.

그런데 그때, 탐이 생각하기에 리비아기가 결정적인 실수를 범한 것 같았다. 리비아기가 상승하기 시작한 것이다. 탐이 알기엔, 상승 속도에 있어서 미그기는 이글기의 적수가 되지 못했다. 이스라엘기는 목표물에 바짝 따라붙었다. 두 비행기는 공중으로 수직 상승했고, 이글기는 공대공 미사일을 발사했다. 탐이 예측했던 그대로였다.

미사일의 명중이 임박하자 탐은 충돌의 순간을 포착하기 위해 카

메라를 준비했다. 마지막 남은 1초 직전에 미그기는 방향을 틀어 급
강하했다. 멋진 계획이었지만 한 찰나가 늦은 셈이었다. 열 추적 미
사일이 냄새를 맡고는 방향을 틀었다. 미그기는 집요한 추적을 피하
고자 필사의 노력으로 강하를 계속했다. 잠시 뒤에 그 조종사는 있
는 힘껏 조종간을 잡아당겨 다시 상승하려 하겠지만, 거기서 조금만
스피드가 떨어져도 미사일에게 잡히고 말 것이었다.

　지상으로 점점 더 가까이 접근하면서도 그 조종사는 스피드를 떨
어뜨리지도 않고 코스 또한 최대한 유지하고 있었다. 몇 초만 더 있
으면 이젠 상승할 기회도 놓치게 될 게 뻔했다. 그럼 미그기는 지상
에 곤두박질칠 것이고 미사일도 가차 없이 폭발할 것이었다.

　조종사로서는 보기 드물게 용감한 시도였지만, 탐이 보기엔 솟구
쳐야 할 시기를 놓친 것 같았다. 모든 것이 이미 허사로 돌아간 것
같았다. 탐이 추락 현장을 포착하기 위해 카메라를 대기하고 있는
데, 조종사가 비행기의 기수를 위로 치켜 올렸다. 탐은 너무 늦었다
고 생각했지만 아니었다. 놀랍게도 비행사는 가파른 곡선을 그리며
빌딩 옥상에서 50미터도 안 되는 높이로 스쳐 지나갔다. 비행기는
심하게 요동을 쳤지만, 조종사는 용케 자기 길을 벗어나지 않고 머
리 위로 번개처럼 질주해 나아갔다. 미사일이 따라가기 시작했지만
급격한 진로 변경에 충분히 적응할 수가 없었다.

　잠시 후, 미사일의 궤적을 추적하기 위해 하늘을 살피던 탐은 그
것이 자신들을 향해 날아오는 것을 보고는 기겁을 하지 않을 수 없
었다. 미사일은 니겔이 타고 있는 메르세데스 벤츠의 지붕을 여지없
이 관통했다. 눈부신 섬광이 작열하고 니겔은 즉사했다. 그의 몸은
산산이 찢겨 숯덩이가 되어버린 미사일 조각들과 함께 사방팔방으

로 흩어졌다. 눈 깜박할 사이도 없이 강철과 유리 조각이 탐의 얼굴과 몸에 날아들었다. 그러고는 바로 한 순간 뒤에 날아든 엔진 뚜껑이 그를 강타하여 거리에 패대기쳤다.

메릴랜드 더우드

데커는 컴퓨터 앞에 앉아 한센 대사에 관한 기사를 쓰고 있었다. 6시를 몇 분 앞둔 이른 아침이었다. 그는 오후 늦게야 《뉴스월드》에 E메일로 송고를 하곤 했으므로, 지금은 그렇게 바쁜 시각이 아니었다. 진짜 뉴스는 중동에서의 전쟁이었다. 한센의 프로필 기사는 전쟁에 관한 기사에 덧붙여질 곁가지 흥밋거리 정도가 될 것이었다. 데커는 한센이 그 전쟁을 멈추게 하다시피 했던 인물이라는 점에 각도를 맞추었다. 그것은 물론 과장이었지만, 그는 기사의 실제 내용에 들어가서 그것을 완화시킬 속셈이었다.

루이자가 쓰던 방에서 알람시계가 울렸다. 지금은 크리스토퍼가 그 방을 쓰고 있었다. 며칠만 있으면 학교에 다녀야 하는 그로서는, 일찍 일어나는 습관을 들여야 할 필요가 있었다. 크리스토퍼가 옷을 입고 나올 무렵, 데커는 벌써 식탁에 아침을 차려놓았다.

「잠꾸러기야, 좋은 아침이구나.」

크리스토퍼가 부엌으로 들어오자 데커가 말했다.

「네가 좋아하는 것을 준비해놨단다. 베이컨을 듬뿍 넣은 와플에다가 뜨거운 시럽!」

「어, 아저씨, 제 기억에는 그건 아저씨가 좋아하는 음식인 것 같은

데요?」

크리스토퍼가 반문하자, 데커는 손으로 입을 가리면서 놀랍다는 시늉을 해보였다.

「앗, 그랬던가! 이거 정말 놀라운 우연의 일치로군!」

데커는 자기가 말하고 자기가 웃으면서, 부엌에 있는 텔레비전을 켰다. 6시 30분이었고, 이제 막 뉴스가 시작된 참이었다. 뉴스 앵커가 말했다.

「오늘의 주요 뉴스는 중동에서의 전쟁 상황입니다. 텔아비브의 피터 팬텀 기자와 국무성에 나가 있는 제임스 워스칼을 차례로 연결하겠습니다. 피터?」

「고맙습니다, 존. 오늘은 이스라엘의 안식일이지만, 안식할 수 있는 사람은 거의 없는 것 같습니다. 안식일이 시작되는 어제 저녁 땅거미가 내리는 시점에, 시리아와 리비아, 이라크의 제트기들이 이스라엘의 영공을 넘어 주요 전략 지점으로 향했습니다. 동시에, 시리아의 육군은 요르단의 육군을 지원받아, 시리아와 레바논에서부터 이스라엘로 쳐들어왔습니다. 밤 동안 내내, 그리고 아침까지, 여러 접경 지역에서 전투가 계속되었고, 양측에서 수많은 전상자가 발생했습니다.

제 뒤쪽으로는 아직도 연기를 내며 타고 있는 미제 F15 이글기의 잔해가 보입니다. 이스라엘이 자랑하는 첨단 기종의 하나인 이 전투기는 지난밤 텔아비브 상공에서 리비아의 미그 25기와 공중전을 벌이다가 격추되었습니다. 하지만 소식통에 따르면, 지난밤의 전투에서 격추된 전투기는 이스라엘의 이글기보다는 리비아와 이라크의 미그기들이 많았다고 전해집니다.

　문제는 이번 전쟁의 첫날밤에 일어난 참상은 공중에서가 아니라 지상에서 있었다고 하는 점입니다. CNN이 입수한 정보에 따르면 대부분의 이스라엘 공군기들은 날개 한 번 제대로 펴보지 못했습니다. 한 소식통에 따르면, 수십 대의 이스라엘 전투기들과 폭격기들이 파괴되어 활주로를 가로막는 바람에 다른 손상되지 않은 비행기들조차 뜨지 못한 채 잔해가 치워지기를 기다려야 했다고 합니다. 이스라엘 국방성은 논평을 거부하고 있습니다. 우리의 카메라 기자들도 기지에 대한 접근을 허락받지 못하고 있습니다. 비공식적인 평가이긴 하지만 전체 이스라엘 공군의 60퍼센트 가량이 피해를 입었다고 합니다. 이 통계가 맞는다면, 이스라엘은 지금 존립의 갈림길에 서 있다고 하겠습니다.」

　화면은 뒤쪽으로 다양한 국기가 늘어서 있는 거대한 홀 안에 서 있는 다른 기자에게로 바뀌었다. 미 국방성이라는 것과 제임스 워스칼 기자라는 것이 자막으로 나타났다.

　「이스라엘이 아랍의 이웃 나라들과 전쟁 상태에 들어간 것은 이번이 네번째입니다. 이스라엘은 번번이 엄청난 수적인 열세를 딛고 승리했었습니다. 그러나 이번에는 아랍 국가들 편에서 극적인 변화가 일어난 것 같습니다. 과거 이스라엘은 전략상 중요한 네 가지 이점을 갖고 있었습니다. 월등한 정보 능력, 고도로 훈련 받은 장교 및 사병의 드높은 사기, 세계적 수준의 공군력, 그리고 아랍 동맹들 사이의 상호 불신과 지휘 체계가 일사분란하지 않다는 점이 바로 그것이었습니다. 하지만 오늘 아침에는 이 네 가지의 전략상 이점 중 세 가지가 심각하게 손상되었거나 거의 모두 상실된 것으로 보입니다.

　텔아비브의 피터 팬텀 기자가 이미 보도했듯이, 이스라엘 공군기들이 상당한 타격을 입었을 뿐만 아니라, 아랍 국가들 사이에 고질적으로 보였던 원활하지 못한 협력 관계가 이번에는 종식을 고한 듯합니다. 군사 전문가에 따르면, 지난밤의 공격은 거의 흠잡을 데가 없을 정도로 일사불란한 모습을 보여주었다고 합니다. 시리아, 리비아, 이라크, 요르단의 일치된 협력은 동시전의 양상으로 전개되는 현대전의 전형을 보여주었습니다. 아랍의 참여국들은 최소한 부분적으로는 그 점에 대해 미국에 감사해야 할 것 같습니다.

결국, 지난밤의 공격이 성공할 수 있었던 것 자체가 실로 놀라운 일이 아닐 수 없습니다. 아랍 국가들은 세 갈래의 대량 공격을 모두 비밀리에 개시할 수 있었습니다. 이스라엘 정보부인 모사드는 세계에서도 둘째가라면 서러울 정도입니다만, 지난밤 동안만큼은 잠을 자고 있었던 것으로 나타나고 있습니다.」

화면은 둘로 나뉘어 뉴욕의 뉴스 데스크와 국방성의 기자를 함께 보여주었다.

「짐, 우리가 그렇게도 많이 들어왔던 이스라엘의 전략적 방어는 어떻게 된 겁니까? 그것이 충돌의 한 요인은 아닌가요?」

「그렇지 않습니다, 존. 당신이 말했듯이, 이스라엘은 고도의 전략적 방어 시스템을 구축하고 있는 것으로 알려져 있습니다. 비공식적인 평가이긴 합니다만, 그 점에서는 미국의 프로그램보다 오히려 앞서 있다고 할 수 있습니다. 하지만 이러한 고도의 정보 체계가 충돌의 한 요인이라고 보이지는 않습니다. 그 근거는 이렇습니다. 아랍의 공격이 전적으로 전통적인 군사적 힘에 의존해온 반면, 이스라엘의 전략적 방어는 그 이름이 암시하듯이, 스커드미사일에서 대륙간 탄도미사일에 이르기까지의 미사일 공격을 막아내도록 계획되어 있습니다. 낮은 고도로 비행하는 소형의 항공기와 육군에 대해서는 전략적 방어가 무용지물이었습니다.」

「국무성에서는 어떻게들 예측하고 있습니까? 미국의 직접적인 개입에 대해서는 논해진 바 있나요? 미국이 참여하게 된다면 이스라엘이 만회할 가능성은 있나요?」

앵커가 연이어 질문을 했다. 국무성의 기자는 이어폰을 조정하고는 대답했다.

「존, 어느 누구도 직접적인 개입에 대해서는 공개적으로 말하고 있지 않습니다. 그럼에도 미국과 영국이 군사 장비의 형태로 원조에 나설 가능성은 매우 높다고 할 수 있습니다. 두번째 질문에 답하자면, 어느 누구도 장담할 수 없을 것입니다만, 조심스러운 낙관론을 펼칠 수도 있을 것입니다. 침공 첫날의 참상에도 불구하고, 이스라엘이 기습 공격으로 고통을 받았던 것이 처음 있는 일이 아님을 기억할 필요가 있습니다. 욤키푸르 전쟁에서도 이스라엘은 첫 충격을 극복하고 엄청난 승리를 거두었습니다. 낙관론을 펼 수 있는 또 다른 근거는 이스라엘의 공군력입니다. 상당한 타격에도 불구하고, 이스라엘은 양적인 손실을 질적인 탁월함으로 극복할 가능성을 갖고 있습니다. 여기에 대해서는 두 가지 실례를 들 수 있습니다. 첫째, 앞에서 언급했듯이, 욤키푸르 전쟁에서 이스라엘 공군은 자국의 전투기는 단 한 대도 손실을 입음이 없이 2백 대 이상의 시리아 미그기를 격추시켰습니다. 다음으로는, 1970년 7월 소련과의 대결에서 이스라엘은 6대의 러시아 미그21기를 격추시킨 반면 소련은 단 한 대의 이스라엘기도 격추시키지 못했습니다. 이번 전쟁에서도 그 같은 전과만 올릴 수 있다면, 이스라엘은 다시 한 번 살아남을 수 있을 것입니다.」

「고마워요, 짐. 그러면 예루살렘에 나가 있는 탐 슬레이드를 불러 보겠습니다.」

화면은 템플 마운트로 바뀌었다.

「존, 지금까지 아랍과 이스라엘은 전쟁을 할 만한 명분을 뚜렷하게 갖고 있지 못했습니다만, 이번 경우에는 그것이 명백합니다. 이것은 성전(聖戰), 곧 지하드입니다. 불과 몇 년 전만 하더라도 심한 경쟁 관계에 있었던 아랍 국가들을 일치단결하게 한 지하드입니다. 놀랍 게도 그 명분은 축구장 두 배 크기만한 한 조각의 땅에 있습니다.

제 뒤쪽으로 보이는 바와 같이, 전쟁 중임에도 불구하고 예루살렘 성전의 건축이 진행되고 있습니다. 유대인과 무슬림이 서로 자기네 소유라고 주장하는 땅 위에 말입니다. 이 지점은 3년 전 유대교 극 단주의자들에 의해 파괴될 때까지 거의 1천2백여 년 동안 이슬람의 3대 성지 중 하나인 〈바위의 돔〉이었습니다. 그 이전에는 동일한 장 소 위에 고대의 유대교 성전이 서 있었지만 AD 70년 로마 군대에 의해 파괴되었습니다.

1948년 이스라엘이 한 국가가 된 이래로 성전의 재건축을 지지해 왔던 정통 유대교인들은 이슬람 사원의 파괴를 하나님이 보내신 한 징조로서 받아들이고자 했습니다. 하지만 대부분의 이스라엘 사람 들에게, 성전은 아무런 쟁점이 되지 못했습니다.

최근 3년여 동안, 통곡의 벽이 팔레스타인인들에 의해, 이어 이슬 람 사원이 이스라엘인들에 의해 파괴된 이래, 이스라엘 경찰은 그 땅을 출입금지 구역으로 만들어 지켜왔습니다. 그 기간 동안 이스라 엘 정치권은 팔레스타인의 폭동과 자살 폭탄 테러에 대한 반응으로서 급우 쪽으로 선회했습니다. 지난해 모세 그린스버그가 이끄는 리쿠드 당은 폭동의 혐의가 짙은 팔레스타인인의 추방과 성전의 재건축이라는 강경 노선을 주장하면서, 국회에서 소수이면서도 확실한 다수당으로 등장하는 데에 성공했습니다. 소수의 종교적 정당들은 연합 노선을 구성함에 있어 리쿠드 당을 지지하면서 성전 재건축을 핵심 사안으로 삼았습니다.

팔레스타인과 이스라엘 사이에 긴장과 폭력이 증가한 지 거의 4년이 지난 오늘날, 수많은 비종교적 이스라엘인조차도 성전 재건축을 문화적·역사적 이정표로서 적극 지지하고 있습니다. 그래서 아이로니컬하게도, 전투가 주변에서 치열하게 전개되고 있음에도 불구하고, 성전이 있는 이곳에서는 건설의 망치 소리가 이어지고 있습니다.」

「탐, 그렇다면 그곳 건설 노동자들은 아랍의 폭격에 노출되어 있는 것이 아닌가요? 이미 건설된 부분이 파괴될 위험이 상존해 있는 건 아니에요?」

「실제로는 그렇지 않습니다, 존. 바위의 돔이 없었을 때에도 이 산은 이슬람의 3대 성지였습니다. 오늘날에도 아랍이 이곳에 손상을 입힐 행위를 할 가능성은 매우 낮습니다. 그들이 건설 현장을 폭격하지는 않을 것입니다. 지금까지도 그들이 예루살렘 탈환에 성공한다고 할지라도 자기들 손으로 성전을 해체하진 않을 거라고 말하는 이들이 많았습니다.」

「고마워요, 탐.」

장면이 스튜디오로 바뀌면서 앵커가 말했다.

「여기는 뉴욕입니다. 오늘 오후 UN 안전보장이사회가 긴급 소집

되어 이번 적대 행위에 어떻게 대처할 것인지 심의에 들어갔습니다. UN 영국 대사인 존 한센은 공격에 나서야 한다고 주장해왔습니다. 최근 중동에 파견된 UN 대표를 이끌었던 한센은 UN이 엄격한 경제 제재를 가할 것을 요구하면서, 전쟁이 계속된다면 최근 UN의 휘하에 있는 해군력을 교전 중인 항구들을 봉쇄하기 위해 배치할 것을 제안했습니다.

그러나 대재난으로 인해 죽은 이들을 애도하고 그 원인에 대한 공식적인 보고를 기다리고 있는 세계는, 다른 전쟁에서와 똑같은 말과 태도가 취해진다면 현실 자체가 많이 바뀌게 될 것이 틀림없다는 여론이 있습니다. 세계의 대부분은 당분간 온통 죽음의 소식으로 뒤덮일 것 같습니다.」

데커는 리모트 컨트롤로 볼륨을 낮추었다.

「크리스토퍼, 우린 때마침 뉴욕에 가서 역사가 어떻게 만들어지는지, 그 현장을 목격했던 셈이구나.」

크리스토퍼는 당황한 시선으로 데커를 보았다. 그는 기자들 중 한 명의 말을 인용하면서 입을 열었다.

「성전 때문이라고 말하지만… 인간들은 종교의 차이를 자기들의 욕망을 정당화시키기 위해 이용해요. 종교는 인간들을 고양시키기 위한 것이어야 마땅한데도, 파괴와 살인을 위한 구실로 쓰이고 있어요.」

데커는 자신이 데리고 있는 꼬마 아이의 너무도 사려 깊은 말에 갑작스레 할 말을 잃었다. 그는 잠시 생각을 가다듬고는 눈높이를 소년의 차원에 맞추려고 해보았다. 〈역사가 이루어지는 현장을 목격했다〉는 정도에 만족하다니, 얼마나 짧은 소견인가! 그는 크리스토퍼가 뭔가 다른 말을 해주기를 기다렸다. 하지만 그 애는 혼자 뭔가를 골똘히 생각하는 눈치더니 중단했던 아침식사를 계속했다.

데커는 그를 계속 찔러보기로 했다. 어떤 결과가 나올지는 알 수 없는 일이었지만, 어쨌든 그는 지금 여기에서 복제된 나사렛 예수와 아침식사를 하면서 앉아 있는 것이다. 그가 바로 나사렛 예수의 복제라는 사실을 웬일인지 곧잘 잊어먹긴 하지만 말이다. 그리고 그가 종교에 대한 이야기를 이제 막 입에 올린 참이었다. 데커는 그 주제에 대해 그가 뭔가를 더 얘기할 것을 기다리고 있었다.

데커는 일찍이 결심한 바 있었다. 크리스토퍼에게는 그 자신의 출생의 비밀을 알려주지 말아야겠다고. 하지만 대부분의 사람들이 그렇듯이 데커 또한 삶의 의미라든지, 죽음 이후에도 삶이 계속되는지, 만약 그렇다면 그것의 실상은 어떠할지에 대해서 궁금증을 갖고 있었다. 크리스토퍼가 그런 주제에 관해 어떻게 이야기할지 듣고 싶었다. 데커는 그 말을 하려고 하면서 순간적으로 망설였다. 아무리 그래도 크리스토퍼는 이제 겨우 열네 살짜리 소년이 아닌가? 그런 것들에 대해서 어떻게 깊은 통찰력을 가질 수 있겠는가? 실제로 예수 그리스도와 이야기하는 것과 같을 리가 없다. 굿맨 교수도, 크리스토퍼는 과거 생에 대해 아무런 기억도 갖고 있지 않다는 것을 분명히 한 바 있었다. 그럼에도 데커는 묻고 싶은 충동을 어찌할 수 없었다.

「크리스토퍼, 너의 사적인 생각을 엿보고 싶어서 그러는 건 아니니, 말하고 싶지 않으면 그냥 안 해도 된다. 난 네가 종교에 대해 어떤 생각을 갖고 있는지 알고 싶구나.」

음, 이 정도면 아주 잘 나가고 있는 거야, 하고 그는 혼자 생각했다. 이 정도라면 말할 것을 강요하는 것도 아니고, 너무 깊숙이 찔러보는 것도 아니다. 그는 어떻게든 크리스토퍼의 출생 배경 따위에 대한 이야기만은 나오지 않기를 바라고 있었다.

크리스토퍼는 즉시 대답하지 않았다. 뭔가를 깊이 생각하고 있는 눈치였다. 처음에 데커는 그가 자신의 질문에 대한 대답을 생각하고 있으리라고 짐작했다. 하지만 크리스토퍼의 얼굴 표정은 그렇다고 하기엔 조금 이상했다. 데커가 그런 질문을 하게 된 진짜 이유를 알아채기라도 했단 말인가? 크리스토퍼의 표정은 일찍이 본 적이 없었을 정도로 심각했다.

「저, 아저씨와 뭔가 중요한 이야기를 나눠야 하긴 하겠지만, 지금은 아무래도 때가 아닌 것 같아요.」

크리스토퍼는 길게 한숨을 내쉬었다. 데커는 놀란 표정으로 그를 지켜보았다.

「전 제가 누구인지 알아요. 튜린의 수의에서 채취한 세포들에서 복제된 사실을 다 알고 있어요.」

「뭐라고? 그걸 네가 어떻게 알았지?」

데커는 충격에도 불구하고 입 밖으로 소리를 내지르지 않을 수 없었다.

「전 항상 다른 아이들과는 뭔가 다르다는 느낌을 갖고 있었어요. 하지만 마르타 할머니에게 그런 말을 할 때마다 할머니는 아이들이란 대개가 다 때로 그런 느낌을 갖는다고 말씀하셨어요. 그런 데에 쓸데없이 신경 써서는 안 된다고 하셨지요. 마르타 할머니는 정말 멋진 분이셨어요. 할머니는 항상 내 기분을 너무 잘 맞춰주셨지요.

하지만 나이가 조금 더 들어 열두 살이 되었을 때 끔찍한 악몽을 꾸었어요. 십자가에 처형되는 꿈이었는데, 너무나 진짜 같았어요. 할아버지나 할머니께 말씀조차 드리지 않았어요. 나는 그것이 단순한 악몽이라고만 생각했거든요. 하지만 몇 개월 동안에 걸쳐 똑같은 꿈이 반복해서 꾸어지는 것이었어요. 물론 저도 십자가 처형에 대해 들은 적이 있었지만, 거기에 대해 특별히 놀라거나 그러지는 않았어요. 그런 것에 대해 들은 것이 악몽을 꾸게 된 원인이라기엔 너무도 석연치 않았지요. 꿈은 항상 무서웠지만, 깨어났을 때는 또 속았다고 생각하고는 다시 잠에 빠져들었지요.

그런데 1년 전쯤, 할아버지의 서재에 들어간 적이 있어요. 할아버지는 책상에 앉아 뭔가를 하고 계셨고, 저는 푹신한 소파에 앉아 숙제를 하다가 그만 잠이 들었어요. 나는 다시 그 꿈을 꾸었고 뭔가 잠꼬대를 하기 시작했어요. 깨어나니 할아버지가 이상한 표정을 하신 채 제 앞에 앉아계시더군요. 할아버지는 낡은 녹음기에 내 잠꼬대를 거의 대부분 녹음해둔 터였어요. 할아버지는 나에게 무슨 꿈을 꾸었는지를 물으셨고, 전 대답을 했지요. 나를 위해서 할아버지는 녹음기를 틀어주셨지만, 전 한 마디도 알아들을 수가 없었어요. 내 목소리임에는 틀림이 없었지만 그건 영어가 아니었거든요.

할아버지는 대학의 언어학부에 전화를 거셔서, 그분에게 전화로 그 테이프를 들려주셨어요. 그러고는 그 언어가 어떤 종류인지 알겠느냐고 물었지요. 그분은 히브리어가 좀 섞인 고대 아람어라고 말해주셨어요.

할아버지께서 저에게 수의를 비롯한 모든 이야기를 들려주신 것이 바로 그때였어요. 전화를 걸었던 그 남자에 따르면, 내가 했던 두세 마디의 잠꼬대가 예수가 십자가에 처형될 당시에 했던 것으로 여겨지는 말들과 유사하다는 것이었어요.

겁나는 일이긴 했지만, 솔직히 말하자면 한편으로는 속 시원하기도 했어요. 예수가 외계인이었을지도 모른다는 이론을 할아버지가 말씀해주셨을 때는 특히 더 그랬지요. 물론 모든 아이들이 자신만은 특별하다는 생각을 갖기가 쉬워요. 할아버지는 할머니나 다른 누구에게도 말하지 말라고 했어요. 그걸 알면 사람들이 어떻게 생각할지, 어떤 행동을 할지 모른다는 것이었지요. 특히 근본주의자들은 예수를 복제하는 것이 죄라고 생각할 게 뻔하다고 했어요. 그러면서 할아버지는 자신말고 나에 대해서 알고 있는 인물은 아저씨뿐이라고 얘기해주셨죠. 그 당시에 아저씨는 레바논에 인질로 잡혀 계셨고요.」

「하지만 잠꼬대로나마 그런 말을 어떻게 기억할 수가 있었을까?」

「할아버지도 거기에 대해서는 놀라워하시면서 설명이 가능한 한 가지 이론을 말씀해주셨어요. 몸 안의 세포 하나하나에는 전체 몸에 대한 청사진이 있다는 것이었지요. 종족이나 성(性), 눈 빛깔, 키가 큰지 작은지에 대한 것뿐만 아니라, 신체의 서로 다른 세포들이 자기 구실을 하려면 알아야 할 필요가 있는 모든 것이 입력되어 있다는 것이었어요. 단 하나의 세포인 수정된 난자가 인간처럼 복잡한 생명체로 형태를 갖출 수 있는 비결이 거기에 있다고 했지요. 하나의 손가락 안에 있는 세포들은 자신이 몇 번째 손가락인지에 대한 정보만이 아니라 다른 손가락들과 보조를 맞추려면 어떻게 자라나야 하는지, 다른 손과 대응되는 손가락과 똑같은 크기라는 것 등등의 정보 또한 갖고 있다고 했어요. 할아버지는 바로 그러한 정보로 인해 복제가 가능한 거라고 말씀하셨지요.

요컨대, 해리 할아버지의 이론은 세포들은 그것들 자체의 합계보다도 훨씬 더 많은 정보를 함유할 수 있다는 것이었어요. 과학자들은 인간 DNA의 95퍼센트 가량을 그 반복성 때문에 〈잡동사니 DNA〉라고 부르지만, 그것들이 과연 무엇을 하는지에 대해서는 아직도 수수께끼에 싸여 있다고 했어요. 할아버지는 그 〈잡동사니 DNA〉가 세포들이 다른 세포들의 변화를 기록하는 데에 쓰이지 않을까 생각하셨지요. 그래서 모든 세포들은, 뇌세포들까지도 포함한 다른 모든 세포들의 정보를 저장하고 있다는 거지요. 할아버지는 바로 그것이 진화에 관해 야기되는 몇몇 질문들과 인류의 집단 무의식에 대한 답변이 될 수도 있을 거라고 하셨지만, 실제로 그것을 설명하시진 않았어요.」

데커는 지그문트 프로이드나 칼 융의 이론과의 관련성을 금세 알아차렸다.

「할아버지와 할머니가 돌아가시기 전에, 할아버지는 흰쥐를 가지고 실험하고 계셨어요. 미로를 뚫고 나아갈 수 있도록 훈련받은 본래의 쥐에게서 복제된 쥐가 그 길을 기억할 수 있는지를 말이에요. 거기에 대한 실험을 완성시키셨던 것 같진 않아요. 그분은 또, 내 기억이 부분적으로 살아난 이유는 십자가 처형과 부활, 그리고 복제라는 세포적 차원의 쇼크 때문이라고 생각하셨어요.」

「부활 이후에 대해서도 기억나는 것이 있니?」

데커가 물었다.

「없어요. 할아버지는 거기에 관해서는 아무것도 기억하지 못할 거라고 하셨어요. 부활한 지 얼마 지나지 않아 그 수의에 남아 있는 세포에서 내가 복제되었기 때문이라는 거였어요.」

「예수로서의 삶에 대해서는 십자가 처형말고 기억나는 게 없어?」

「할아버지는 할머니의 성서를 읽게 함으로써 내 기억력에 자극을 주려고 하셨어요. 성서는 흥미로웠지만, 그로 인해서 어떤 기억이 살아나진 않았어요. 하지만 그럼에도 불구하고 정말 혼돈스러운 것이 한 가지 있더군요.」

데커는 흥미가 솟아났다.

「그게 뭐지, 크리스토퍼? 뭐가 혼돈스러웠지?」

「성서에는 예수가 마치 자신이 죽임을 당할 것을 알고 있었던 것처럼 되어 있잖아요. 모두가 다 계획된 일이라고요. 하지만 그런 식이 아니었어요. 이상한 소리처럼 들릴지 모르지만, 꿈속에서 십자가 처형 이전에 제가 빌라도 앞에 서 있고, 그가 나를 심문하던 것을 기억해요. 나는 오직 그 생각뿐이었어요. 천사가 와서 나를 구해줄 거라는 생각 말이에요. 한시도 그 생각에서 벗어난 적이 없었어요. 뭔가가 잘못된 거예요. 십자가 처형은 일어나기로 되어 있지 않았어요! 허리와 발에 못이 박힌 채 십자가에 매달려 있었던 여러 시간 동안, 저는 무엇이 잘못되었는지를 알기 위해 애썼어요. 그것이 바로 〈나의 하나님, 나의 하나님, 어찌하여 나를 버리시나이까?〉[28]라고 제가 말한 이유예요. 저는 죽기로 되어 있지 않았어요. 하나님이 저를 구해주시기로 되어 있었어요!」

그 기억을 떠올리는 것만으로도 크리스토퍼에게는 고통스러운 경험임이 분명해 보였다.

「미안하구나.」

---

28) 마태복음 27:46.

데커는 소년의 어깨 위에 손을 얹었다. 바로 그때 전화벨이 울렸다. 데커는 크리스토퍼의 등을 쓰다듬어 주고는 전화를 받으러 갔다. 한센 대사였다.

「데커, 당신 마음의 짐을 덜어주려면 어찌해야 할지 나로서는 방법을 모르겠소. 그러니 텔아비브의 로저스 대사에게 받은 전갈을 당신에게 그대로 읽어주기만 하려고 해요.」

당신의 요청에 따라 동부 시각으로는 5시경, 이스라엘 시각으로 자정 무렵, 운전사를 텔 하쇼머 병원으로 보냈습니다. 탐 도나핀을 영국 대사관으로 데려와서 거기에서 탈출시킬 계획이었습니다. 예정대로라면 운전사와 탐 도나핀은 두 시간 안에 돌아와야 했습니다. 하지만 이스라엘 시각으로 새벽 3시 무렵에도 운전사는 대사관에 아직 오지 않은 채였고, 이동전화로도 연락이 되지 않았습니다.

통상적인 절차에 따라, 수색 팀이 보내져서 운전사가 오기로 되어 있는 여정을 되밟았습니다. 수색 팀은 운전사도, 차도 발견하지 못했습니다. 하지만 탐 도나핀이 대사관에서 보낸 운전사와 함께 병원에서 나간 사실은 확인되었습니다.

수색 팀은 선택 가능한 다른 길들까지 범위를 넓혀 조사했고, 이스라엘 시각으로 아침 7시 30분경, 차에 남아 있었던 것으로 추정되는 것을 찾아냈는데, 그것은 운전면허증이었던 것으로 판명되었습니다.

「데커, 정말 유감이오.」
한센이 마무리를 지었다.
「차는 빗나간 미사일이나 포탄에 직격으로 맞아서 완전하게 파괴된 것으로 보이오. 생존자는 없는 것 같소.」

뉴욕

브랙포드 가문의 부는 어디를 가나 눈을 사로잡았다. 체리목 패널, 화려한 카펫, 그리고 거울처럼 반짝이는 황동 제품들……. 전 UN 부총장 로버트 마일너와 앨리스 번레이는 거울 아닌 거울로 자신들의 모습을 보며, 재단의 총수가 머무는 빌딩 꼭대기 층으로 올라가고 있었다. 엘리베이터에는 안내원이 따로 있었다.

로버트 마일너는 성인이 되고 난 후 대부분의 시간을 부와 권력을 쥔 사람들에게 둘러싸여 살아왔다. 부총장의 직무에는 UN의 특별 프로젝트를 위해 거액의 돈을 희사할 수 있는 부자 후원자들을 끌어들이는 일이 항상 따라다녔고, 마일너는 그 일을 아주 잘 해냈다. 그런 경험에는 많은 유익함이 뒤따랐다. 부자들을 돈과 분리시켜 생각할 줄 알게 된 것도 그러한 유익함 중의 하나였다. 그는 한편으로는 자아의 만족을 느끼면서 다른 한편으로는 많은 이들이 굶주리고 있음에도 그렇게 많은 것을 가진다는 것에 대해 죄책감을 느끼면서, 자신이 원하는 것을 얻는 법에 정통해져갔다.

그럼에도 막대한 부를 소유한 사람들에 대한 마일너의 뿌리 깊은 불신은 여전했다. 그리고 브랙포드 가문은 세상에서도 보기 드문 부자인 것이 확실했다. 데이비드 브랙포드는 확실히 흔해 빠진 부자는 아니었다. 그의 가문은 UN을 지원하는 데 있어서만큼은 돈을 아끼지 않았다. UN을 창설할 당시에도 브랙포드 가문은 재정적으로 큰 역할을 했었다. 하지만 마일너는 언제부터인가 그러한 씀씀이가 순수한 의도에서 나온 것이 아님을 알게 되었다. 그들이 희사를 할 때는 무엇인가 자신들에게 돌아올 것을 기대할 때가 많았다. 기대하는 바가 아무리 없다고 할지라도 최소한 그것은 〈간섭〉을 의미했다.

따라서 브랙포드의 사무실을 찾는 앨리스 번레이와 동행하기로 한 것은 적잖은 마음의 불편함을 각오하고서 한 일이었다. 그녀는 이것이 마땅히 해야 할 일이며, 브랙포드가 그들을 돕게 될 것을 확신한다고 말했다. 그녀는 자신의 영적인 스승인 티벳의 듀얼리 카임 대사에게 자문을 구했었고, 그는 브랙포드에게 찾아가보라고 하고는 세상을 떠나버렸다.

꼭대기 층에 오르자 데이비드 브랙포드의 비서가 기다리고 있었다. 그는 그들을 호위하여 보안 검색대를 통과하게 한 다음 거대한 사무실로 그들을 안내했다. 데이비드 브랙포드는 책상 앞의 의자에 몸을 묻고는 전화를 받고 있었다. 책상 옆에는 하얀 카펫 위에 다 자란 레브라도 리트리버가 자신의 주인과는 달리 그들의 도착에도 아랑곳하지 않고 점잖게 앉아 있었다. 브랙포드는 얼른 통화를 끝내고는 접견실로 나와서 그들을 맞았다.

「앨리스, 그리고 총장님, 어서 오십시오.」

브랙포드는 마일너의 직위를 그대로 부름으로써 예의를 표했다.

「뭘 좀 드릴까요? 커피, 괜찮으세요?」

브랙포드는 비서에게 커피를 내오라고 시키고는, 최근의 프로젝트에 관해 몇 마디 언급을 했다. 커피가 나오자 비로소 이야기가 진지해졌다. 그는 먼저 시선을 마일너에게로 향하면서 말했다.

「앨리스 말로는, 뭔가 제 도움을 필요로 하는 일이 있으시다면서요?」

「아, 예.」

앨리스 번레이가 나섰다.

「당신도 아시다시피, 여러 해 전에 듀얼리 카임 대사님은 로버트와 제가 살아생전에 진정한 크리슈나무리티(구세주라는 뜻 – 역주)인 뉴 에이지의 통치자를 만나게 될 것이라는 예언을 남기셨지요. 그런데 어제 우린 그분을 만났습니다.」

얼굴 표정은 거의 변함이 없었지만, 로버트 마일너는 앨리스의 말 한 마디 한 마디가 당혹스럽지 않을 수 없었다. 도대체 내가 왜 앨리스에게 말을 하도록 허락했단 말인가? 이런 일이 일어날 줄 미리 짐작했어야 했는데. 앨리스는 자신의 감정을 조절할 줄 아는 사람이 아니라는 것을 왜 몰랐단 말인가? 아무 사전 공작도 없이 이런 식으로 접근할 일은 아닌 것이다. 그들이 그를 보았다는 것만큼은 더도 덜도 아닌 사실 그대로다. 하지만 데이비드 브랙포드 같은 인간이 번레이의 영적 스승이 했다는 이런 식의 이야기를 믿을 리가 없지 않은가. 브랙포드는 듀얼리 카임의 능력을 볼 수 있는 기회가 한 번도 없었지 않은가.

「대단한 일이군요. 언제 제가 그분을 뵐 수 있을까요?」

브랙포드가 마침내 앨리스 번레이의 말에 대꾸했다.

결정적인 증거는 아무것도 없음에도 불구하고, 로버트 마일너는 브랙포드가 그들을 후원할 것임을 확신했다. 하지만 그에게는 응분의 반응을 보여야 하는 일이 커다란 부담이 아닐 수 없었다.

「아, 예, 그것이 문제입니다. 우리는 그가 어디에 사는지를 모릅니다. 그는 UN에 모습을 나타냈지만, 한 남자와 함께 곧 떠나버렸습니다. 아버지 같았습니다만.」

번레이가 대답했다.

「아버지라고요? 그럼 그분의 나이가……?」

브랙포드는 자신의 회의를 명백히 드러내줄 말이 입 밖으로 튀어나오는 것을 간신히 제어하고 있는 셈이었다. 하지만 그는 번레이가 이 사람을 무엇이라고 불렀는지조차 암만 해도 기억해낼 수가 없었다. 말을 잇지 못하는 그의 어려움을 번레이가 나서서 해결해주었다.

「그분은 아직 소년입니다. 그는 그러니까 대충…, 어, 로버트, 당신 생각엔 어느 정도일 것 같아요?」

마일너는 입을 꼭 다물고 있었다. 하지만 그것은 별 문제가 되지 않았다. 앨리스가 곧 자기 말에 스스로 답하기 시작했으므로.

「열넷이나 열다섯 살 정도?」

「열네 살이나 열다섯?」

브랙포드가 반복했다. 브랙포드는 눈썹을 치켜 올리며 명백히 회의를 표명했지만, 번레이는 아랑곳하지 않고 말했다.

「예, 맞아요. 우린 그가 누구인지를 알아내기 위해 당신의 도움을 받고 싶어요.」

그러자 놀랍게도 브랙포드가 즉시 반응을 보였다.

「당신들을 도울 만한 적합한 사람이 있어요. 잠깐만요.」

그는 커피 테이블 위의 전화기를 들었다.

「베티, 타킹턴 씨를 내 사무실로 좀 불러줄래요?」

그러자 곧 문이 열리고, 키가 큰 근육질의 남자가 사무실로 들어섰다.

「어서 와요, 샘.」

데이비드 브랙포드가 자신의 잔을 내려놓으면서 말했다.

번레이와 마일너는 일어나서 그를 맞았다. 소개가 끝나자 브랙포드는 번레이와 마일너가 왜 그 사람들에게 관심을 갖고 있는지에 대해서만 빼놓은 채 요구되는 일의 핵심을 간결하게 설명했다.

「할 수 있겠소?」

「그럴 수 있으리라고 믿습니다, 회장님. UN의 보안 카메라에는 로비를 드나드는 모든 손님들의 면모가 다 기록됩니다. 그 테이프들을 입수할 수 있을 겁니다. 번레이 씨와 총장님이 그 소년과 신사분을 알아볼 수 있다면, 우리 사람들을 풀어서 그들이 누구인지를 알아낼 수 있습니다. 그들이 사무국이나 총회 식당처럼 방명록에 기재를 해야 하는 UN의 어느 건물로 들어간 적이 있다면, 일은 훨씬 더 쉬워질 겁니다.」

「좋소」

브랙포드가 타킹턴의 능력에 신뢰를 표하면서 만족해했다. 앨리스 번레이 역시 대단하다며 공감을 표하고는 덧붙였다.

「그들이 누구인지를 찾아낸다면, 그 다음 단계로 도움을 청해야 할 일이 또 있어요.」

이스라엘 텔아비브

정적만이 가득한 어두운 거리에 키가 크고 수염이 더부룩한 한 남자가 나타났다. 마마 자국처럼 상처가 난 아스팔트에는 여기저기 자갈이 흩어져 있었다. 사내는 어깨 위에 상당한 짐을 짊어지고 있었음에도 소리를 내지 않기 위해서인 듯 사뿐사뿐 큰 걸음으로 걷고 있었다. 귓가로 내려온 갈색의 곱슬머리가 어깨에 짊어진 짐의 무게에 눌려 두 뺨에 바짝 달라붙어 있었다. 검은 옷을 입은 그 사내는 그 도시의 상업 지역에서부터 10킬로미터 이상 되는 거리를 따라 이곳 지중해 해변의 아파트가 밀집된 지역으로 내려온 셈이었다.

마침내 10층짜리 아파트 앞에 멈춰 선 사내는 입구를 찾아 들어갔다. 지난밤의 폭격에 파괴된 유리문은 베니어판으로 대체되어 있었다. 사내가 노크를 하자 잠시 후 문이 빠끔히 열리더니 두 개의 눈이 바깥을 내다보았다. 두 눈이 알았다는 표시를 하더니 재빨리 문이 다시 닫히고, 문 뒤쪽의 테이블이 치워지는 소리가 났다. 문이 열리고 30대 중반의 여인이 나타났다. 핏자국이 묻은 외과 수술용 가운을 입은 여인이 그 예기치 않은 손님을 맞아들였다.

「어서 오세요, 랍비님.」

그녀는 임시변통으로 병원으로 쓰이는 거실 쪽으로 랍비라 부른 사람을 이끌었다. 여기저기 환자 가족들이 진을 치고 있었다.

「여기는 곤란합니다. 다른 사람들이 있어서……..」

보기 드물게 성량이 풍부하고 깍듯한 말씨로 남자가 말했다.

「당신의 방으로 갑시다.」

그제야 여인은 랍비가 어깨 위에 걸머지고 있는 남자의 얼굴을 살펴보았다. 그의 얼굴과 옷은 피로 범벅이 되어 있었고, 그것이 랍비의 말을 정당화시켜주고 있었다. 하지만 흉하게 일그러진 그의 두개골은 환자가 거의 죽은 것이나 마찬가지 상태이며, 차라리 그렇게 죽은 상태라면 오히려 더 나으리라는 생각이 들게 했다.

「랍비님, 제 생각엔 괜한 시간 낭비일 것 같습니다만.」

「그러니까 당신이 살펴보아야 합니다. 당신은 훌륭한 의사요. 당신의 능력을 믿어요.」

랍비는 단호하게 말한 뒤, 돌아서서 층계 쪽으로 걷기 시작했다.

「하지만 랍비님, 그는 이미 죽었거나 거의 죽은 상태에 있어요.」

「그는 죽지 않았소.」

랍비는 다시 확언한 뒤 문을 열고는 계단을 올라가기 시작했다. 바짝 뒤를 따르던 여인은 랍비를 앞질러 계단을 재빨리 올라가서는 계단 가운데에서 그의 진로를 가로막고 나섰다. 랍비는 여인을 뚫어지게 바라보면서 길을 비켜달라고 눈으로 말했다.

「그렇다면 맥박이라도 재보게 해줘요!」

그녀가 애원했다.

랍비는 그녀가 사내의 팔목을 짚어 맥박을 잴 수 있도록 잠시 그 자리에 섰다. 그의 눈은 그녀를 주시하면서 반응을 기다리고 있었다. 놀랍게도 맥박은 비교적 또렷했다. 랍비는 그녀를 지나쳐 다시 계단을 오르기 시작했다. 그녀가 뒤에서 말했다.

「좋아요, 그는 살아 있어요. 하지만 랍비님도 그의 머리 상태를 보셨을 텐데요. 거의 가망이 없을 정도로 두뇌를 손상당했잖아요.」

「뇌는 잘못된 게 아무것도 없소. 어린아이였을 적의 상처요.」

랍비는 3층에 도착했고, 계단과 이어진 문을 열었다.

「좋아요, 좋아요, 그 사람은 어쩜 살아날지도 몰라요.」

달갑지 않은 그 환자와 랍비가 자신의 아파트로 들어서는 것을 막기 위해 그녀는 펄쩍펄쩍 뛰다시피 했다. 그녀의 유일한 희망은 그에게 계획을 바꿔달라고 말하는 것뿐이었다. 그가 기어코 고집을 부린다면 그녀는 어쩔 수 없이 따라야만 할 것이다. 어쨌든 그는 랍비이니까. 문제는 그녀가 아는 한 어느 누구도 랍비에게는 무얼 하지 말라고 말한 적이 없다는 사실이었다.

「하지만 왜 그를 제 아파트에 들여야 하지요? 왜 그 사람은 다른 사람들처럼 아래층에 있으면 안 되는 거죠?」

랍비는 그녀가 문을 열어주기를 기다리면서 대답했다.

「그는 정결치가 못해요. 할례를 받지 않은 상태요.」

가까이에 엿들을 만한 사람이 없음에도 불구하고 그는 작은 소리로 속삭였다.

「물론, 당신이 그를 직접 돌봐줘야 할 필요가 있기도 하고.」

항의해봤자 아무 소용이 없음을 알게 된 여인은 하는 수 없이 문을 열어주었다.

「침실이 하나 비어 있어요. 그리로 데려가서 눕히세요.」

물건을 넣어두는 방에서 낡은 침대 시트를 끄집어내면서 그녀가 말했다.

「이방인인가요?」

시트를 침대에 펴기 시작하면서 그녀가 물었다.

「그는 자신이 이방인이라고 믿고 있소. 일주일쯤 후에 몸이 나으면 그의 할례를 위해 다시 오겠소.」

「도대체 누구죠?」

그녀는 자신의 상황을 마지못해 받아들이면서 물었다.

「그의 이름은 탐 도나펀이오.」

랍비가 말했다.

그녀는 양동이에 물을 받아와서 탐의 상처를 씻기기 시작했다.

「그는 예언서가 가리켜 보이는 사람들 중의 하나요. 〈그가 죽음을 불러와서 죽어야만 종말이 오고 새로운 시작이 오리라.〉」

그녀는 자신이 들은 말에 정신이 아찔해져서 동작을 멈추고는 랍비를 돌아보았다.

「그는 주님의 형제인 야고보의 혈통을 잇는 마지막 사람이오. 피의 복수를 할 자격을 갖춘 사람(Avenger of Blood)이지.」

〈2권으로 계속〉